人类能够创建文明，很重要的一个原因是因为能够想象出现实中不存在的东西，让我们珍惜这种能力。

刘慈欣

刘慈欣

祖籍河南，长于山西，高级工程师，中国作家协会会员，中国科普作家协会会员，中国科幻代表人物，亚洲首位世界科幻大奖雨果奖得主。

自1999年处女作《鲸歌》问世以来，刘慈欣已发表短篇科幻小说三十余篇、出版长篇科幻小说六部，十次荣获中国科幻最高奖银河奖。他的长篇代表作“三体”三部曲被普遍认为是中国科幻文学的里程碑，将中国科幻推升到了世界高度。

图书在版编目（CIP）数据

刘慈欣文集：8 卷本 / 刘慈欣 著．— 重庆：重庆出版社，2023.10

ISBN 978-7-229-18000-3

Ⅰ．①刘… Ⅱ．①刘… Ⅲ．①中国文学—当代文学—作品综合集 Ⅳ．① I217.2

中国国家版本馆 CIP 数据核字 (2023) 第 178779 号

中国科幻基石丛书

刘慈欣文集（8 卷本）

LIUCIXIN WENJI（8 JUAN BEN）

刘慈欣 著

丛书主编：姚海军

责任编辑：邹 禾 姚海军 唐弋淄

特邀编辑：汪 旭 赵云帆

装帧设计：梁 博

版面设计：梁 博 甄沛佳

责任校对：刘 艳

重庆出版集团
重庆出版社 出 版

重庆市南岸区南滨路 162 号 1 幢 邮政编码：400061 http://www.cqph.com

四川省南方印务有限公司 印刷

开本：710mm × 1000mm 1/16 印张：244.5 插页：8 字数：2760 千

2023 年 10 月第 1 版 2023 年 10 月第 1 次印刷

ISBN 978-7-229-18000-3

定价：1980.00 元

如有印装问题，请寄回印刷厂调换

厂址：四川省眉山市彭山区彭祖大道南段 135 号 邮编：620860

中国科幻基石丛书
主编 姚海军

刘慈欣文集
1

三 体

刘慈欣
著

重庆出版集团 重庆出版社

写在“基石”之前

姚海军

“基石”是个平实的词，不够“炫”，却能够准确传达我们对构建中的中国科幻繁华巨厦的情感与信心，因此，我们用它来作为这套原创丛书的名字。

最近十年，是科幻创作飞速发展的十年。王晋康、刘慈欣、何夕、韩松等一大批科幻作家发表了大量深受读者喜爱、极具开拓与探索价值的科幻佳作。科幻文学的龙头期刊更是从一本传统的《科幻世界》，发展壮大成为涵盖各个读者层的系列刊物。与此同时，科幻文学的市场环境也有了改善，省会级城市的大型书店里终于有了属于科幻的领地。

仍然有人经常问及中国科幻与美国科幻的差距，但现在的答案已与十年前不同。在很多作品上（它们不再是那种毫无文学技巧与色彩、想象力拘谨的幼稚故事），这种比较已经变成了人家的牛排之于我们的土豆牛肉。差距是明显的——更准确地说，应该是“差别”——却已经无法再为它们排个名次。口味问题有了实际意义，这正是我们的科幻走向成熟的标志。

与美国科幻的差距，实际上是市场化程度的差距。美国科幻从期刊到图书到影视再到游戏和玩具，已经形成了一条完整的产业链，动力十足；而我们的图书出版却仍然处于这样一种局面：读者的阅读需求不能满足的同时，出版者却感叹于科幻书那区区几千册的销量。结果，我们基本上只有为热爱而创作的科幻作家，鲜有为版税而创作的科幻作家。这不是有责任心的出版人所乐于看到的现状。

科幻世界作为我国最有影响力的专业科幻出版机构，一直致力于对中国科幻的全方位推动。科幻图书出版是其中的重点之一。中国科幻需要长远眼光，需要一种务实精神，需要引入更市场化的手段，因而我们着眼于远景，而着手之处则在于一块块"基石"。

需要特别说明的是，对于基石，我们并没有什么限定。因为，要建一座大厦需要各种各样的石料。

对于那样一座大厦，我们满怀期待。

新版自序

《三体》最后一部的出版已经有十一个年头，在这段时光里，这部科幻小说走过了不寻常的路，拥有了大量的读者，被译成二十多种语言出版，并获得雨果奖。这出乎了作者的预料，我想也出乎本书出版者的预料。

一个谜题一直萦绕着我：读者在这部小说中究竟看到了什么？吸引他们的是其中的现实，还是对现实的超越？是其中因幻想而变形的科技还是真正的科技本身？是其中的外星他者，还是他者所映射出的人类自身？是心中的道德还是头顶的星空？……这些我真的不知道。在我最初创作这部小说时，是在写一部科幻小说，现在这本书在我的心目中仍然是一部科幻小说。正如冈恩所指出的那样，真正的科幻小说的最大的特征是“无所指”，它没有指向现实或别的什么东西，它只是指向科幻自身。这个精辟的论点指出了科幻小说自身所固有的一种单纯。如果非要把作品比作自己的孩子的话，那经过这十余年，这个孩子可能会成长为一个很成熟很复杂的人，但在我的眼中，他仍然是单纯的孩子。

所以我现在对这本书能说的，也只是一些单纯和不太复杂的事。

我一直有一种幸运感，庆幸我能够在外星人降临我们的世界之前写完并出版了这部小说。外星人的降临对人类是福是祸现在谁都不知道，但对《三体》肯定是一场灾难，那时书中的一切将变得平淡无奇。有人可能觉得可笑，但我这种感觉是真诚的。如果要回答这样一个问题：什么样的科幻题材是离现实最近的？我会毫不犹豫地回答是外星人。与其他科幻题材相比，外星人具有最大的不确定性，这个古老的科幻想象随时都可能变成现实，这事一旦发生，将迅雷不及掩耳，而在那时，我们的生活、文化和哲学将完全改变，我们现在所关注的一切将不再重要。而现在，从国际社会的层面，到国家，再到个人，都对此采取漠不关心的态度。以中国来说，很难在大学中看到相关的专业（宇宙生物学和宇宙社会学），申报这样的科研项目也很难得到经费，在FAST射电望远镜的科研项目中，寻找外星智慧信号也是排在后面的。我一直觉得，对外星智慧文明问题的漠视，是人类世界最不可思议的事情之一。

《三体》的读者包括国家元首和普通大众，如果这本书能够稍稍引起人们对外星人问题的注意，是对现实问题而不是虚无缥缈的幻想的那种注意，那是我作为作者所得到的最大的安慰。

回想十多年前本书的写作，有一个奇怪的感觉：那时我仿佛不是在写小说，而是在修改一段已经发生的历史，这事似乎在另一个时间和另一个空间发生过，我只是把它改得让读者更能够接受。这无疑是创作科幻小说时最佳的状态，这种状态很难重复。就像你一觉醒来时，发现自己刚做过的梦十分有趣极其震撼，你第二个夜晚想回到那个梦中，一般是不可能的。但不管怎样，这十来年我还是一直在努力，想找回那个梦。

谢谢《三体》的每一位读者。

2021年4月

目录

写在“基石”之前 …… 姚海军 I

新版自序 …… III

1. 科学边界 …… 1

2. 台 球 …… 16

3. 射手和农场主 …… 22

4. 三体、周文王、长夜 …… 42

5. 叶文洁 …… 57

6. 宇宙闪烁之一 …… 64

7. 疯狂年代 …… 68

8. 寂静的春天 …… 78

9. 红岸之一 …… 93

10. 宇宙闪烁之二 …… 101

11. 大 史 …… 109

12. 三体、墨子、烈焰 …… 117

13. 红岸之二 …… 129
14. 红岸之三 …… 139
15. 红岸之四 …… 146
16. 三体、哥白尼、宇宙橄榄球、三日凌空 …… 151
17. 三体问题 …… 159
18. 三体、牛顿、冯·诺伊曼、秦始皇、三日连珠 …… 176
19. 聚 会 …… 192
20. 三体、爱因斯坦、单摆、大撕裂 …… 198
21. 三体、远征 …… 209
22. 地球叛军 …… 212
23. 红岸之五 …… 220
24. 红岸之六 …… 231
25. 叛 乱 …… 239
26. 雷志成、杨卫宁之死 …… 244
27. 无人忏悔 …… 250
28. 伊文斯 …… 263
29. 第二红岸基地 …… 273

30. 地球三体运动 …………………… 276
31. 两个质子 …………………… 281
32. 古筝行动 …………………… 289
33. 监听员 …………………… 305
34. 智 子 …………………… 316
35. 虫 子 …………………… 342
尾 声 · 遗 址 …………………… 348
后 记 …………………… 350

1

科学边界

汪淼觉得，来找他的这四个人是一个奇怪的组合：两名警察和两名军人，如果那两个军人是武警还算正常，但这是两名陆军军官。

汪淼第一眼就对来找他的警察没有好感。其实那名穿警服的年轻人还行，举止很有礼貌，但那位便衣就让人讨厌了。这人长得五大三粗，一脸横肉，穿着件脏兮兮的皮夹克，浑身烟味，说话粗声大嗓，是最令汪淼反感的那类人。

“汪淼？”那人问，直呼其名令汪淼很不舒服，况且那人同时还在点烟，头都不抬一下。不等汪淼回答，他就向旁边那位年轻人示意了一下，后者向汪淼出示了警官证，他点完烟后就直接向屋里闯。

“请不要在我家里抽烟。”汪淼拦住了他。

“哦，对不起，汪教授。这是我们史强队长。”年轻警官微笑着说，同时对姓史的使了个眼色。

“成，那就在楼道里说吧。”史强说着，深深地吸了一大口，手中的烟几乎燃下去一半，之后竟不见吐出烟来。“你问。”他又向年轻警官偏了一下头。

“汪教授，我们是想了解一下，最近你与‘科学边界’学会的成员有过接触，是吧？”

“‘科学边界’是一个在国际学术界很有影响的学术组织，成员都是著名学者。这样一个合法的学术组织，我怎么就不能接触了呢？”

“你看看你这个人！”史强大声说，“我们说它不合法了吗？我们说不让你接触了吗？”他说着，刚才吸进肚子里的烟都喷到汪淼脸上。

“那好，这属于个人隐私，我没必要回答你们的问题。”

“还啥都成隐私了，像你这样一个著名学者，总该对公共安全负责吧。”史强把手中的烟头扔掉，又从压扁了的烟盒里抽出一根。

“我有权不回答，你们请便吧。”汪淼说着要转身回屋。

“等等！”史强厉声说，同时朝旁边的年轻警官挥了一下手，“给他地址和电话，下午去走一趟。”

“你要干什么！”汪淼愤怒地质问，这争吵引得邻居们也探出头来，想看看出了什么事。

“史队！你说你——”年轻警官生气地将史强拉到一边，显然他的粗俗不只是让汪淼一人不适应。

“汪教授，请别误会。”一名少校军官急忙上前，“下午有一个重要会议，要请几位学者和专家参加，首长让我们来邀请您。”

“我下午很忙。”

“这我们清楚，首长已经向超导中心领导打了招呼。这次会议上不能没有您，实在不行，我们只有把会议延期等您了。”

史强和他的同事没再说话，转身下楼了，两位军官看着他们走远，似乎都长出了一口气。

“这人怎么这样儿？”少校小声对同事说。

“他劣迹斑斑，前几年在一次劫持人质事件中，他不顾人质的死活擅自行动，结果导致一家三口惨死在罪犯手中；据说他还和黑社会打得火热，用一帮黑道势力去收拾另一帮；去年又搞刑讯逼供，使一名嫌疑人致残，因此被停职了……”

“这种人怎么能进作战中心？”

“首长点名要他，应该有什么过人之处吧。不过，对他限制挺严，除了公安方面的事务，几乎什么都不让他知道。”

作战中心？那是什么？汪淼不解地看着面前的两位军官。

接汪淼的汽车驶进了城市近郊的一座大院，从那只有门牌号码没有单位名牌的大门，汪淼知道这里是军方而不是警方的地盘。

会议是在一个大厅里举行的，汪淼一进去就对这里的纷乱吃惊不小。大厅周围是一圈胡乱安放的电脑设备，有的桌子上放不下就直接搁地板上，电线和网线纠缠着散在地上；一大摞网络交换机没有安在机架内，而是随手堆放在服务器上；有好几个投影仪的大屏幕，在大厅的角落里呈不同角度随意立着，像吉卜赛人的帐篷；烟雾像晨雾般在半空浮了一层……汪淼不知道这是否就是那名军官所说的作战中心，有一点他可以肯定：这里在处理的事情，已经让人们顾不上其他了。

临时拼凑的会议桌上也是堆满了文件和杂物，与会者大多神情疲惫，衣服皱巴巴的，有领带的都扯开了，好像熬了一夜。主持会议的是一位叫常伟思的陆军少将，与会者有一半是军人。经过简单的介绍，他知道还有少部分警方人员，其他的人都是和他一样参加会议的专家学者，其中有几位还是很有名望的科学家，而且是研究基础科学的。

令他感到意外的是还有四个外国人，这些人的身份令他大吃一惊：其中的两个人也是军人，分别是美国空军上校和英国陆军上校，职务是北约联络员；另外两人居然是美国中央情报局的官员，在这里的职务是什么观察员。

从所有人的脸上，汪淼都读出了一句话：我们已经尽力了，快他妈的结束吧！

汪淼看到了史强，他倒是一反昨天的粗鲁，向汪淼打招呼，但那一脸傻笑让汪淼愉快不起来。他不想挨着史强坐，但也只有那一个空位，他只好坐过去，屋里本来已经很浓的烟味更加重了。

发文件时，史强凑近汪淼说："汪教授，你好像是在研究什么……新材料？"

"纳米材料。"汪淼简单地回答。

"我听说过，那玩意儿强度很高，不会被用于犯罪吧？"从史强那带有一半调侃的表情上，汪淼看不出他是不是开玩笑。

"什么意思？"

"呵，听说那玩意儿一根头发丝粗就能吊起一辆大卡车，犯罪分子要是偷点儿去做把刀，那一刀就能把一辆汽车砍成两截吧。"

"哼，根本不用做成刀，用那种材料做一根只有头发丝百分之一粗细的线，拦在路上，就能把过往的汽车像切奶酪一样切成两半……啥不能用于犯罪？刮鱼鳞的刀都能！”

史强把面前的文件从袋中抽出一半又塞了回去，显然没了兴趣。“说得对，鱼都能犯罪呢！我办过一个杀人案，一个娘们儿把她丈夫的那玩意儿割下来了。知道用的是什么吗？冰箱里冷冻的罗非鱼！鱼冻硬后，背上的那排刺就跟一把快刀似的……”

“我没兴趣。怎么，让我来开会就是为这事儿？”

“鱼？纳米材料？不、不，与那些都没关系。”史强把嘴凑到汪淼耳边，“别给这帮家伙好脸，他们歧视咱们，只想从咱们这里套情报，但什么都不告诉咱们。像我，在这儿混了一个多月，还和你一样什么都不知道。”

“同志们，会议开始。”常伟思将军说，“在全球各战区，我们这里现在成为焦点。首先把当前情况向与会的同志们介绍一下。”

“战区”这个不寻常的术语令汪淼迷惑，他还注意到，首长好像并没有打算向他这样的新人介绍来龙去脉，这倒是印证了史强的话。在常将军这简短的开场白中，他两次提到了“同志们”，汪淼看看对面的两名北约军人和两个美国中情局官员，感觉将军似乎漏掉了“先生们”。

“他们也是同志，反正这边的人都是这么称呼的。”史强低声地对汪淼说，同时用手中的烟指了指那四个外国人。

在迷惑的同时，汪淼对史强的观察力留下了些印象。

“大史，你把烟熄了，这儿的烟味够浓了。”常伟思说，低头翻着文件。

史强拿着刚点着的烟四下看看，没找到烟灰缸，就“吱啦”一声扔到茶杯里了。他抓住这个机会举手要求发言，没等常伟思表态就大声说道：“首长，我提个要求，以前提过的——信息对等！”

常伟思将军抬起头，“没有任何一个军事行动是信息对等的，这点也请到会的专家学者们谅解，我们不可能给你们介绍更多的背景资料。”

“但我们不一样。”史强说，“警方从作战中心成立之初就一直参与，可直到现在，我们连这个机构到底是干什么的都不知道。而且，你们正在把警方排挤出去，你们一步步熟悉我们的工作，然后把我们一个个赶走。”

与会的另外几名警官都在低声制止史强。史强敢对常伟思这样级别的首长这么说话，汪淼有些吃惊，而后者的反击更犀利。

“我说大史，现在看来，你在部队上的老毛病还没改。你能代表警方吗？你因为自己的恶劣行为已被停职好几个月了，马上就要被清除出公安队伍。我调你来，是看重你在城市警务方面的经验，你要珍惜这次机会。”

大史用粗嗓门说：“那我是戴罪立功了？你们不是说那都是些歪门邪道的经验吗？”

“但有用。”常伟思对史强点点头，“有用就行，现在顾不上那么多了，这是战争时期。”

“什么都顾不了了，”一位中情局的情报官员用标准的普通话说，“我们不能再用常规思维。”

那位英军上校显然也能听懂中文，他点点头，“To be or not to be……”

“他说什么？”史强问汪淼。

“没什么。”汪淼机械地回答。这些人似乎在梦呓，战争时期？战争在哪儿？他扭头望向大厅的落地窗，透过窗子可以看到远处大院外面的城市：春天的阳光下，街道上车流如织；草坪上有人在遛狗，还有几个孩子在玩耍……

里面和外面的世界，哪个更真实？

常将军讲道：“最近，敌人的攻击明显加强了，目标仍是科学界高层，请你们先看一下文件中的那份名单。”

汪淼抽出文件中最上面的那张纸，是用大号字打印的，名单显然拟得很仓促，中文和英文姓名都有。

“汪教授，看到这份名单，您有什么印象？”常伟思看着汪淼问。

“我知道其中的三人，都是物理学最前沿的著名学者。”汪淼答道，有些心不在焉，他的目光锁定在最后一个名字上，在他的潜意识中，那两个字的色彩与上面几行字是不同的。怎么会在这里看到她的名字？她怎么了？

“认识？”大史用一根被烟熏黄的粗指头指着文件上的那个名字问。见汪淼没有反应，他迅速作出反应，道：“呵，不太认识。想认识？”

现在，汪淼知道常伟思把他以前的这个战士调来是有道理的，这个外表粗俗的家伙，眼睛跟刀子一样。他也许不是个好警察，但确实是个狠角色。

那是一年前，汪淼是“中华二号”高能加速器项目纳米构件部分的负责人。那天下午在良湘的工地上，一次短暂的休息中，他突然被眼前的一幅构图吸引了。作为一名风景摄影爱好者，现实的场景经常在他眼中形成一幅幅艺术构图。构图的主体就是他们正在安装的超导线圈，那线圈有三层楼高，安装到一半，看上去是一个由巨大的金属块和乱麻般的超低温制冷剂管道组成的怪物，仿佛一堆大工业时代的垃圾，显示出一种非人性的技术的冷酷和钢铁的野蛮。就在这金属巨怪前面，出现了一个年轻女性纤细的身影。这构图的光线分布也很绝：金属巨怪淹没在临时施工顶棚的阴影里，更透出那冷峻、粗糙的质感；而一束夕阳金色的光，透过顶棚的孔洞正好投在那个身影上，柔和的暖光照着她那柔顺的头发，照着工作服领口上白皙的脖颈，看上去就像一场狂暴的雷雨后，巨大的金属废墟上开出了一朵娇柔的花……

"看什么看，干活儿！"

汪淼吓了一跳，然后发现纳米研究中心主任说的不是他，而是一名年轻工程师，后者也和自己一样呆呆地望着那个身影。汪淼从艺术中回到现实，发现那位女性不是一般的工作人员，因为总工程师陪同着她，在向她介绍着什么，一副很尊敬的样子。

"她是谁？"汪淼问主任。

"你应该知道她的，"主任说，用手画了一大圈，"这个投资二百亿的加速器建成后，第一次运行的可能就是验证她提出的一个超弦模型。要说在论资排辈的理论研究圈子，本来轮不到她的，可那些老家伙不敢先来，怕丢人，就让她捡了个便宜。"

"什么？杨冬是……女的?!"

"是的，我们也是在前天见到她时才知道。"主任说。

那名工程师问："她这人是不是有什么心理障碍，要不怎么会从来不上媒体呢？别像钱锺书似的，到死大家也没能在电视上看上一眼。"

"可我们也不至于不知道钱锺书的性别吧？我觉得她童年一定有什么不寻常的经历，以致得了自闭症。"汪淼说，多少有一些酸葡萄心理。

杨冬和总工程师走过来，在经过时她对他们微笑着点点头，没说一句话，但汪淼记住了她那清澈的眼睛。

当天晚上汪淼坐在书房里，欣赏着挂在墙上的自己最得意的几幅风景摄影，他的目光落在一幅塞外风光上——那是一个荒凉的山谷，雪山从山谷的尽头露出一抹白；山谷的这一端，半截沧桑的枯木占据了几乎三分之一的画面。汪淼在想象中把那个萦绕在他脑海中的身影叠印到画面上，让她位于山谷的深处，看上去很小很小；这时汪淼惊奇地发现，整个画面苏醒过来，仿佛照片中的世界认出了那个身影，仿佛这一切本来就是为她而存在。他又依次在想象中将那个身影叠印到另外几幅作品上，有时还将她那双眼睛作为照片上空旷苍穹的背景，那些画面也都苏醒过来，展现出一种汪淼从未想象过的美。以前，汪淼总觉得自己的摄影作品缺少某种灵魂；现在他知道了，缺的是她。

"名单上的这些物理学家，在不到两个月的时间里，先后自杀。"常伟思说。

晴天霹雳，汪淼的大脑一片空白。后来这空白中渐渐有了图像，那是他那些黑白风景照片，照片中的大地没有了她的身影，天空抹去了她的眼睛，那些世界死了。

"是……什么时候？"汪淼呆呆地问。

"在不到两个月的时间里。"常将军重复道。

"你是指最后一位吧。"坐在汪淼旁边的大史得意地说，然后压低声音，"她是最后一位自杀者，前天晚上，服用过量安眠药。她死得很顺溜，没有痛苦。"

刹那间，汪淼居然对大史有了那么一丝感激。

"为什么？"汪淼问，那些照片上死去的风景画仍在他的脑海中幻灯似的循环浮现。

常伟思回答道："现在能肯定的只有一点：促使他们自杀的原因是相同的。但原因本身在这里很难说清，也可能对我们这些非专业人士根本就说不清。文件中附加了他们遗书的部分内容，各位会后可以仔细看看。"

汪淼翻翻那些遗书的复印件，都是长篇大论。

"丁仪博士，您能否把杨冬的遗书给汪教授看一下？她的最简短，也最有概括性。"

那个一直低着头沉默的人半天才有所反应，掏出一个白色的信封隔着桌子递给汪淼，大史在旁边低声说："他是杨冬的男友。"汪淼这才想起自己在良湘的高能加速器工地上也见过丁仪，他是理论组的成员，这名物理学家因在对球状闪电①的研究中发现宏原子而闻名于世。汪淼从信封中抽出一片散发出清香的东西，形状不规则，不是纸，竟是一片白桦树皮，上面有一行娟秀的字：

一切的一切都导向这样一个结果：物理学从来就没有存在过，将来也不会存在。我知道自己这样做是不负责任的，但别无选择。

连签字都没有，她就走了。

"物理学……不存在？"汪淼茫然四顾。

常将军合上文件夹，"有一些相关的具体信息与世界上三台新的高能加速器建成后取得的实验结果有关，很专业，我们就不在这里讨论了。我们首先要调查的是'科学边界'学会。联合国教科文组织将2005年定

①此处参见作者的另一本小说《球状闪电》。

为世界物理年，这个组织就是在这一年国际物理学界频繁的学术会议和交流活动中逐渐诞生的，是一个松散的国际性学术组织。丁博士，您是理论物理专业的，能进一步介绍一下它的情况吗？”

丁仪点点头说：“我与‘科学边界’没有任何直接联系，不过这个组织在学术界很有名。它的宗旨是：自20世纪下半叶以来，物理学古典理论中的简洁有力渐渐消失了，理论图像变得越来越复杂、模糊和不确定，实验验证也越来越难，这标志着物理学的前沿探索似乎遇到了很大的障碍和困难。‘科学边界’试图开辟一条新的思维途径，简单地说就是试图用科学的方法找出科学的局限性，试图确定科学对自然界的认知在深度和精度上是否存在一条底线——底线之下是科学进入不了的。现代物理学的发展，似乎隐隐约约地触到了这条底线。”

“很好。”常伟思说，“据我们了解，这些自杀的学者大部分与‘科学边界’有过联系，有些还是它的成员。但没有发现诸如邪教精神控制或使用违禁药物这类的犯罪行为。也就是说，即使‘科学边界’对那些学者产生过影响，也是通过合法的学术交流途径。汪教授，他们最近与您有联系，我们想了解一些情况。”

大史粗声粗气地开口说：“包括联系人的姓名、见面地点和时间、谈话内容，如果交换过文字资料或电子邮件的话……”

“大史！”常伟思厉声制止了他。

“不吱声没人拿你当哑巴！”旁边一位警官探过身去对大史低声说，后者拿起桌上的茶杯，看到里面的烟头后，“咚”的一声又放下了。

大史又令汪淼像吃了苍蝇一样难受，刚才那一丝感激消失得无影无踪。但他还是克制着回答了这个问题：“我与‘科学边界’的接触是从认识申玉菲开始的，她是一名日籍华裔物理学家，现在为一家日资公司工作，就住在这个城市。她曾在三菱电机的一家实验室从事纳米材料研究，我们是在今年年初的一次技术研讨会上认识的。通过她，又认识了几位物理专业的朋友，都是‘科学边界’的成员，国内国外的都有。和他们交往时，谈的都是一些很……怎么说呢，很终极的问题，主要就是丁博士刚才提到的科学底线的问题。

“我一开始对这些问题没有太大的兴趣，只是作为消遣。我是搞应用研究的，在这方面水平不高，主要是听他们讨论和争论。这些人思想都很深刻，观点新颖，自己感觉同他们交流，思想开阔了许多，渐渐变得很投入了。但讨论的话题仅限于此，都是天马行空的纯理论，没有什么特别的。他们曾邀请我加入‘科学边界’，但那样的话，参加这样的研讨会就变成了一项义务，我因为精力有限就谢绝了。”

“汪教授，我们希望您接受邀请，加入‘科学边界’学会，这也是我们今天请您来的主要目的。”常将军说，“我们希望能通过您这个渠道，得到一些这个组织的内部信息。”

“您是说让我去卧底吗？”汪淼不安地问。

“哇哈哈，卧底！”大史大笑一声。

常伟思责备地看了大史一眼，对汪淼说：“只是提供一些情况，我们也没有别的渠道。”

汪淼摇摇头，“对不起，首长。我不能干这事。”

“汪教授，‘科学边界’是一个由国际顶尖学者构成的组织，对它的调查是一件极其复杂和敏感的事，我们真的是如履薄冰。没有知识界的帮助，我们寸步难行，所以才提出了这个唐突的要求，希望您能理解。不过我们也尊重您的意愿，如果不同意，我们也是能够理解的。”

“我……工作很忙，也没有时间。”汪淼推托道。

常伟思点点头，“好的，汪教授，那我们就不再耽误您的时间了，谢谢您能来参加这次会议。”

汪淼愣了几秒钟，才明白他该离开了。

常伟思礼貌地把汪淼送到会议室门口时，大史在后面大声说：“这样挺好，我压根儿就不同意这个方案。已经有这么多书呆子寻了短见，让他去不是‘肉包子打狗’吗？”

汪淼反身回去，走到大史身旁，努力克制着自己的愤怒，“你这么说话实在不像一名合格的警官。”

“我本来就不是。”

“那些学者自杀的原因还没有搞清楚，你不该用这么轻蔑的口气谈论他们，他们用自己的智慧为人类社会做出的贡献，是任何人都不可替代的。”

“你是说他们比我强？”大史在椅子上仰头看着汪淼，“我总不至于听人家忽悠几句就去寻短见。”

“那你是说我会？”

“总得对您的安全负责吧。”大史看着汪淼，又露出他招牌式的傻笑。

“在那种情况下我比你要安全得多，你应该知道，一个人的鉴别能力是和他的知识成正比的。”

“那不见得，像您这样的……”

“大史，你要再多说一句，也从这里出去好了！”常伟思严厉地呵斥道。

“没关系，让他说。”汪淼转向常将军，“我改变主意了，决定按您的意思加入‘科学边界’。”

“很好。”大史连连点头，“进去后机灵点儿，有些事顺手就能做，比如瞄一眼他们的电脑，记个邮件地址或网址什么的……”

“够了！够了！你误会了，我不是去卧底，只是想证明你的无知和愚蠢！”

“如果您过一阵儿还活着，那自然也就证明了。不过恐怕……嘿嘿。”大史仰着头，傻笑变成了狞笑。

“我当然会一直活下去，但实在不想再见到你这号人了！”

常伟思一直把汪淼送下了楼梯，并安排车送他，在道别时说：“史强就那种脾气，其实他是一名很有经验的刑警和反恐专家。二十多年前，他曾是我连里的一名战士。”

走到车前，常伟思又说：“汪教授，你一定有很多问题要问。”

“刚才您说的那些，与军方有什么关系？”

“战争与军方当然有关系。”

汪淼迷惑地看看周围明媚春光中的一切，“可战争在哪儿？现在全球一处热点都没有，应该是历史上最和平的年代了。”

常伟思露出了高深莫测的笑容，“你很快就会知道一切的，所有人都会知道。汪教授，你的人生中有重大的变故吗？这变故突然完全改变了你的生活，对你来说，世界在一夜之间变得完全不同。”

“没有。”

“那你的生活是一种偶然，世界有这么多变幻莫测的因素，你的人生却没什么变故。”

汪淼想了半天还是不明白，“大部分人都是这样嘛。”

“那大部分人的人生都是偶然。”

“可……多少代人都是这么平淡地过来的。”

“都是偶然。”

汪淼摇头笑了起来，“得承认今天我的理解力太差了，您这岂不是说……”

“是的，整个人类历史也是偶然，从石器时代到今天都没什么重大变故，真幸运。但既然是幸运，总有结束的一天；现在我告诉你，结束了，做好思想准备吧。”

汪淼还想问下去，但将军与他握手告别，阻止了他下面的问题。

上车后，司机开口问汪淼家的地址，汪淼告诉他后，随口问道：“哦，接我来的不是你？我看车是一样的。”

“不是我，我是去接丁博士的。”

汪淼心里一动，便向司机打听丁仪的住处，司机告诉了他。当天晚上，他就去找丁仪。

2

台　球

推开丁仪那套崭新的三居室的房门，汪淼闻到了一股酒味，看到丁仪躺在沙发上，电视开着，他的双眼却望着天花板。汪淼四下打量了一下，看到房间还没怎么装修，也没什么家具和陈设，宽大的客厅显得很空，最显眼的是客厅一角摆放的一张台球桌。

对汪淼的不请自来，丁仪倒没表示反感，他显然也想找人说话。

"这套房子是三个月前买的，"丁仪说，"我买房子干什么？难道她真的会走进家庭？"他带着醉意笑着摇摇头。

"你们……"汪淼想知道杨冬生活中的一切，但又不知该如何问。

"她像一颗星星，总是那么遥远，照到我身上的光也总是冷的。"丁仪走到窗前看着夜空，像在寻找那颗已逝去的星辰。

汪淼也沉默下来。很奇怪，他现在就是想听一听她的声音，一年前那个夕阳西下的时刻，她同他对视的那一瞬间没有说话，他从来没有听到过她的声音。

丁仪一挥手，像要赶走什么，将自己从这哀婉的思绪中解脱出来。“汪教授，你是对的，别跟军方和警方纠缠到一块儿，那是一群自以为是的白痴。那些物理学家的自杀与‘科学边界’没有关系，我对他们解释过，可解释不清。”

“他们好像也做过一些调查。”

“是，而且这种调查还是全球范围的，那他们也应该知道，其中的两人与‘科学边界’没有任何来往，包括——杨冬。”丁仪说出这个名字时显得很吃力。

“丁仪，你知道，我现在也卷进这件事里了。所以，关于使杨冬做出这种选择的原因，我很想知道，我想你一定知道一些。”汪淼笨拙地说道，试图掩盖他真正的心迹。

“如果知道了，你只会卷得更深。现在你只是人和事卷进来了，知道后连精神也会卷进来，那麻烦就大了。”

“我是搞应用研究的，没有你们理论派那么敏感。”

“那好吧，打过台球吗？”丁仪走到了台球桌前。

“上学时随便玩过几下。”

“我和她很喜欢打，因为这让我们想到了加速器中的粒子碰撞。”丁仪说着拿起黑白两个球，将黑球放到洞旁，将白球放到距黑球仅十厘米左右的位置，问汪淼，“能把黑球打进去吗？”

“这么近谁都能。”

“试试。”

汪淼拿起球杆轻击白球，将黑球撞入洞内。

“很好，来，我们把球桌换个位置。”丁仪招呼一脸迷惑的汪淼，两人抬起沉重的球桌，将它搬到客厅靠窗的一角。放稳后，丁仪从球袋内掏出刚才打进去的黑球，将它放到洞边，又拾起那个白球，再次放到距黑球十厘米左右的地方，“这次还能打进去吗？”

“当然。”

“打吧。”

汪淼再次轻而易举地将黑球打入洞内。

“搬。”丁仪挥手示意，两人再次抬起球桌，搬到客厅的第三个角，丁仪又将黑白两个球摆放到同样的位置，“打吧。”

“我说，我们……”

“打吧。”

汪淼无奈地笑笑，第三次将黑球击入洞内。

他们又搬了两次台球桌，一次搬到了客厅靠门的一角，最后一次搬回了原位。丁仪又两次将黑白球摆到洞前的位置，汪淼又两次将黑球击入洞内。这时两人都有些出汗了。

“好了，实验结束，让我们来分析一下结果。”丁仪点上一支烟说，“我们总共进行了五次试验，其中四次在不同的空间位置和不同的时间，两次在同一空间位置但时间不同。您不对结果震惊吗？”他夸张地张开双臂，“五次，撞击试验的结果居然都一样！”

“你到底想表达什么？”汪淼喘着气问。

“你现在对这令人难以置信的结果做出解释，用物理学语言。”

“这……在五次试验中，两个球的质量是没有变化的；所处位置，当然是以球桌面为参照系来说，也没有变化；白球撞击黑球的速度向量也基本没有变化，因而两球之间的动量交换也没有变化，所以五次试验中黑球当然都被击入洞中。”

丁仪拿起撂在地板上的一瓶白兰地，把两个脏兮兮的杯子分别倒满，递给汪淼一杯，后者谢绝了。“应该庆祝一下，我们发现了一个伟大的定律：物理规律在时间和空间上是均匀的。人类历史上的所有物理学理论，从阿基米德原理到弦论，以至人类迄今为止的一切科学发现和思想成果，都是这个伟大定律的副产品，与我们相比，爱因斯坦和霍金才真是搞应用的俗人。”

“我还是不明白你想表达什么。”

“想象另一种结果：第一次，白球将黑球撞入洞内；第二次，黑球走偏了；第三次，黑球飞上了天花板；第四次，黑球像一只受惊的麻雀在房间里乱飞，最后钻进了您的衣袋；第五次，黑球以接近光速的速度飞出，把台球桌沿撞出一个缺口，击穿了墙壁，然后飞出地球，飞出太阳系，就像阿西莫夫描写的那样[①]。这时您怎么想？”

丁仪盯着汪淼，后者沉默许久才问：“这事真的发生了，是吗？”

丁仪将手中的两杯酒都仰头灌下去，两眼直勾勾地看着台球桌，仿佛那是个魔鬼，“是的，发生了。近年来，基础理论研究的实验验证条件渐渐成熟，有三个昂贵的‘台球桌’被造了出来，一个在北美，一个在欧洲，还有一个你当然知道，在中国良湘，你们纳米中心从那里赚了不少钱。

“这些高能加速器将实验中粒子对撞的能量提高了一个数量级，这是人类以前从未达到过的。在新的对撞能级下，同样的粒子，同样的撞

①这里指阿西莫夫的科幻小说《台球》。

击能量，一切试验条件都相同，结果却不一样。不但在不同的加速器上不一样，在同一加速器不同时间的试验中也不一样，物理学家们慌了，把这种相同条件的超高能撞击试验一次次地重复，但每次的结果都不同，也没有规律。”

“这意味着什么呢？”汪淼问，看到丁仪盯着自己不作声，他又补充道，“哦，我搞纳米，也接触物质微观结构，但比起你们来要浅好几个层次，请指教一下。”

“这意味着物理规律在时间和空间上不均匀。”

“这又意味着什么呢？”

“往下您应该能推论出来吧，那个将军都想出来了，他真是个聪明人。”

汪淼看着窗外沉思着，外面城市的灯海一片灿烂，夜空中的星星被淹没得看不见了。

“这就意味着宇宙普适的物理规律不存在，那物理学……也不存在了。”汪淼从窗外收回目光说。

“‘我知道自己这样做是不负责任的，但别无选择。’”丁仪紧接着说，“这是她遗书的后半部分，您刚无意中说出了前半部分，现在多少能够理解她吧。”

汪淼从台球桌上拿起刚才他打过五次的那个白球，抚摸了一会儿轻轻放下，“这对一个前沿理论的探索者确实是个灾难。”

“在理论物理这个领域要想有所建树，需要一种宗教般的执着，这很容易把人引向深渊。”

告辞时，丁仪给了汪淼一个地址，“你如果有空，拜托去看看杨冬的母亲。杨冬一直和她住在一起，女儿是她生活的全部，现在就一个人了，很可怜。”

汪淼说：“丁仪，你知道的显然比我多，就不能再透露一点吗？你真的相信物理规律在时空上不均匀？”

“我什么都不知道……”

丁仪与汪淼对视了好长时间，最后说：“这是个问题。”

汪淼知道，他不过是接下了那位英军上校的话：生存还是死亡，这是个问题。

3

射手和农场主

第二天是周末，汪淼反而起得很早，带上相机骑着自行车出去了。作为一名摄影爱好者，他最向往的题材是人迹罕至的荒野，但人到中年，已经没有精力进行这种奢侈的享受了，大多数时间只能在城市里拍风景了。他有意无意地选取城市中那些散发着蛮荒气息的角落，如公园中干涸的湖底、建筑工地上翻出的新土、钻出水泥缝隙的野草等。为了消除背景上城市的俗艳色彩，他只使用黑白胶片，没想到竟自成一派，渐渐小有名气，作品入选了两次大影展，还加入了摄影家协会。每次出去拍摄，他就这样骑着自行车在城市里随意乱转，捕捉着灵感和需要的构图，有时一转就是一整天。

今天，汪淼的感觉有些异样。他的摄影以古典风格的沉稳凝重见长，但今天，他很难再找到创造这种构图所需要的稳定感，在他的感觉中，这座正在晨曦中苏醒的城市似乎建造在流沙上，它的稳定是虚幻的。在刚过去的那一夜，那两颗台球一直占据着他长长的梦境，它们在黑色的空间中无规则地乱飞，在黑色的背景上黑球看不见，它只有在偶尔遮挡白球时才显示一下自己的存在。

难道物质的本原真的是无规律吗？难道世界的稳定和秩序，只是宇宙某个角落短暂的动态平衡？只是混乱的湍流中一个短命的漩涡？

不知不觉中，他已骑到了新落成的CCTV大厦脚下。他停下车，坐到路边，仰望这“A”字形的巍峨建筑，试图找回稳定的感觉，顺着大厦在朝阳中闪烁的尖顶的指向，他向深不见底的蓝色苍穹望去，脑海中突然浮现出两个词：射手、农场主。

在“科学边界”的学者们进行讨论时，常用到一个缩写词：SF，它不是指科幻，而是上面那两个词的缩写。这源自两个假说，都涉及宇宙规律的本质。

“射手假说”：有一名神枪手，在一个靶子上每隔十厘米打一个洞。设想这个靶子的平面上生活着一种二维智能生物，它们中的科学家在对自己的宇宙进行观察后，发现了一个伟大的定律：“宇宙每隔十厘米，必然会有一个洞。”它们把这个神枪手一时兴起的随意行为，看成了自己宇宙中的铁律。

“农场主假说”则有一层令人不安的恐怖色彩：一个农场里有一群火鸡，农场主每天中午十一点来给它们喂食。火鸡中的一名科学家观察这个现象，一直观察了近一年都没有例外，于是它也发现了自己宇宙中的伟大定律：“每天上午十一点，就有食物降临。”它在感恩节早晨向火鸡们公布了这个定律，但这天上午十一点食物没有降临，农场主进来把它们都捉去杀了。

汪淼感到脚下的路面像流沙般滑动，“A”字形大厦仿佛摇晃起来，他赶紧收回目光。

仅仅是为了摆脱不安，汪淼强迫自己拍完了一个胶卷，午饭前回到了家。妻子带着孩子出去玩儿，中午不回来了。往常，汪淼一定会迫不及待地把胶卷冲出来，但今天他一点兴致都没有。简单地吃过午饭后，他倒头便睡，由于昨天夜里没睡好，一觉睡醒都快五点了。他这时才想起上午拍的胶卷，便钻到那间由壁橱改成的狭窄暗室里去冲洗。

胶片很快冲出来了，他开始查看哪张值得放大洗成照片，在第一张就发现了一件离奇的事。这张拍的是一个大商场外的一小片草地，他看到底片正中有一行白色的东西，细看是一排数字：1200:00:00。

第二张底片上也有数字：1199:49:33。

整卷胶片，每张底片上都有小小的一排数字！

第三张：1199:40:18；第四张：1199:32:07；第五张：1199:28:51；第六张：1199:15:44；第七张：1199:07:38；第八张：1198:53:09……第三十四张：1194:50:49；第三十六张，也是最后一张：1194:16:37。

汪淼立刻想到是胶卷的问题。他使用的是1988年产的徕卡M2型相机，全机械手动，没有任何自动化功能，更不可能往胶片上叠印日期一类的数字。仅凭其品质卓绝的镜头和机械结构，即使在数码时代，也是专业相机中的贵族。

重新查看每张底片，汪淼很快发现了这些数字的第一个诡异之处：它们自动适应背景。如果背景是黑色，数字则为白色，白色背景上的数字就是黑色，似乎是为了形成最大的反差便于观察者看清。当汪淼再看第十六张底片时，心跳加快了，感到暗室中有一股寒气沿着脊背升上来：

这张拍的是以一面老墙为背景的一棵枯树，老墙斑驳一片，在照片上黑白相间。在这样的背景上，那行数字以正常的位置无论是黑是白都不可能显示清楚，但它竟竖了起来，且弯曲自身，沿着枯树深色的树身呈白色显示，看上去仿佛是附着在枯树上的一条细蛇！

汪淼开始研究那些数字的数学关系，起初他以为是某种编号，但每组数字的间隔并不相同，他很快明白这是以小时、分、秒为单位的计时。他拿出了拍摄笔记，上面详细记录了每张照片的拍摄时间，精确到分。他发现两张照片上计时的差值与它们实际拍摄的时间间隔是一致的。很明显，这卷胶片上反向记录了某个以现实的速度流逝的时间。汪淼马上明白了它是什么。

一个倒计时。

倒计时从1200小时开始，到现在还剩余1194小时。

现在？不，是拍完胶卷最后一张那一时刻。这个倒计时还在继续吗？

汪淼走出暗室，取出一只新的黑白胶卷装到徕卡相机上，在房间里飞快地随意拍摄起来，最后又到阳台上拍了几张室外的画面。胶卷拍完后，他把它从相机里取出来，一头钻进暗室冲洗。冲出来的胶片上，那数字幽灵般地在每一张底片上不断显示出来，第一张是1187:27:39，从上一卷最后一张拍摄到拍这卷的第一张，正好是间隔这么长时间。以后的每一张的计时间隔为三到四秒：1187:27:35、1187:27:31、1187:27:27、1187:27:24……是他快速拍摄的间隔。

倒计时仍在继续。

汪淼再次给相机装上新胶卷，飞快地乱拍起来，有几张他是故意扣上镜头盖拍的。当他将拍完的胶卷取出时，妻子和孩子回来了。在去冲洗前，他给徕卡装上第三个胶卷，把相机递给妻子：“来，拍完这卷。”

“拍什么？”妻子惊诧地看着丈夫。以前，汪淼绝不允许其他人碰自己的相机，当然她和儿子对那玩意儿也没兴趣，在他们眼里，那是一个两万多元买来的乏味的老古董。

“什么都行，随便拍。”汪淼把相机塞到妻子手中，一头钻进了暗室。

“那，豆豆，我给你拍吧。”妻子把镜头对准了儿子。

汪淼的脑海中突然浮现出幽灵般的数字像一条张开的绞索横在孩子面容前的幻象，他不由微微战栗了一下。“不，别拍儿子，随便拍别的什么吧。”

快门“咔嚓”一声，妻子拍了第一张，然后叫道：“这怎么按不动了？”汪淼教妻子扳了一个手柄，“这样，每次都要倒卷。”然后钻进了暗室。

“真麻烦。”身为医生的妻子不能理解，在千万级像素的数码相机已经普及的今天，还有人用这种过时的昂贵玩意儿，而且拍的还是黑白胶卷。

胶卷冲出来后，对着晕暗的红灯，汪淼看到那幽灵倒计时仍在继续，在一张张随意拍出的混乱画面上，包括那几张扣着镜头盖拍的，清晰地显示出：1187:19:06、1187:19:03、1187:18:59、1187:18:56……

妻子敲了两下暗室的门，告诉他拍完了。汪淼出门抓过相机，取胶卷时他的手明显地在颤抖。不顾妻子异样的目光，他拿着胶卷又回到暗室，死死地关上门。他干得很忙乱，显影液、定影液洒了一地，胶卷很快冲出来了，他闭上双眼，默默祈祷：别出现，不管是什么，别在现在出现，别轮到我……

他用放大镜沿着湿漉漉的胶卷看去，倒计时消失了，底片上只有妻子拍出的室内画面，在低速光圈下，她那不专业的操作拍出的画面一片模糊，但汪淼觉得这是他看过的最赏心悦目的照片了。

汪淼走出暗室，长出一口气，发现汗水已浸湿了全身。妻子去厨房做饭了，儿子也到自己的房间去玩儿，他一个人坐在沙发上，开始了稍微冷静的思考。

首先，这组在不同的拍摄间隔精确地记录时间流逝，并显示出智能迹象的数字，不可能是预留在胶片上的，只能是某种力量使其感光，那会是什么呢？是相机的问题吗？是某种装置被有意无意地放置到了相机中吗？他将镜头卸下来，把相机拆开，用放大镜仔细地观察着相机内部，检查着每个一尘不染的光洁机件，没有发现任何异常。那么，联想到那几张扣上镜头盖后拍摄的画面，最可能的感光源是外界某种穿透力很强的射线，但这在技术上同样是不可能的：射线源在哪儿？如何瞄准？

至少以现有技术而言，这种力量是超自然的。

为了进一步确定幽灵倒计时已经消失，汪淼又在徕卡相机中装上了一个胶卷，开始一张张地随意拍起来。当这次的胶卷冲出来后，刚刚稍微平静了一会儿的他又被推到了疯狂的边缘：幽灵倒计时又出现了，从画面显示的时间看，它根本就没有停止过，只是在妻子拍的那卷上没有显示而已：

1186:34:13、1186:34:02、1186:33:46、1186:33:35……

汪淼冲出暗室，冲出家门，猛敲邻居的门，开门的是退休的张教授。

“老张，你家有没有相机？哦，不要数码的，要用胶卷的！”

“你这大摄影家朝我借相机？那个两万多的坏了？我只有数码的……你不舒服？脸色这么难看。”

“借我用用。”

老张很快拿来一架很普通的柯达数码相机，“给，里面的几张删掉就行……”

“谢谢！”汪淼抓过相机和胶卷，匆匆返回屋里。其实家里还有三架胶卷相机和一架数码相机，但汪淼觉得从别处借更可靠些。他看着摊放在沙发上的两架相机和几只黑白胶卷，略一思考后，又给徕卡装上了胶卷，然后将数码相机递给正在端饭的妻子：

“快，拍几张，就像刚才一样！”

“这是干什么？看你的脸色……你到底怎么了?!”妻子惊恐地望着他。

“你别管，拍！”

妻子放下手中的碟子，走过来看着丈夫，眼中的惊恐又加上了忧虑。

汪淼把柯达相机塞到过来吃饭的六岁儿子手里，“豆豆，你帮爸爸拍。就按这个，对，这是一张；再按一下，对对，又是一张；就这样一直拍，对着哪儿都行。”

儿子很快掌握了，小家伙很感兴趣，拍得很快。汪淼转身从沙发上拿起自己的徕卡，也拍了起来，父子俩就这样“咔嚓、咔嚓”地疯狂拍着，丢下妻子在频频闪光中不知所措，眼泪涌了出来。

“汪淼，我知道你最近工作压力很大，你可别……”

汪淼把徕卡相机的胶卷拍完，又从孩子手中抢过数码相机。他想了一下，为了避开妻儿的干扰，走到卧室中，自己用数码相机也拍了几张。

他拍的时候用的是目视取景器，没用液晶屏，因为怕看到结果，虽然迟早要看。

汪淼取出徕卡里的胶卷钻进暗室，紧紧地关上门工作起来。冲洗完成后，他细看底片，因手在颤抖，他只能用双手握着放大镜——底片上，幽灵倒计时在继续。

汪淼冲出暗室，开始检查数码相机上的照片，从液晶屏上看到，刚才拍的数码照片中，儿子拍的部分没有显示倒计时；而在自己拍的那部分，倒计时清晰地显示出来，并且与底片上的同步变化。

汪淼使用不同的相机拍摄，目的是排除问题出在相机或底片上的可能性，但他无意中让孩子拍摄，加上之前让妻子拍摄，得出了一个更加诡异的结果：用不同相机和不同胶卷拍摄，别人拍出的都正常，幽灵倒计时只会在他拍摄的照片上出现！

汪淼绝望地抓起那堆胶卷，像抓着一团纠缠在一起的蛇，又像一团难以挣脱的绞索。

他知道，仅凭自己的力量是无法解决这个问题的，那么去找谁呢？大学和研究所里的同事是不行的，他们与自己一样，都是技术型思维的人；直觉告诉他，这件事已超出了技术之外。他想到了丁仪，可现在这人自己也陷入精神危机之中。他最后想到了“科学边界”，那是一群思想深刻而且活跃的人。于是，他拨通了申玉菲的电话。

“申博士，我这里有些事，必须到你那里去一趟。”汪淼急促地说。

“来吧。”申玉菲只说了这两个字就挂断了电话。

汪淼吃了一惊，申玉菲平时说话也十分精简，以至于“科学边界”的一些人戏称她为“女海明威”。但这次，她竟连是什么事都不问，汪淼不知该感到安慰还是更加不安。

他将那团胶卷塞进一个提包，并带上那架数码相机，在妻子焦虑的目光中冲出家门。本来可以开车去的，但即使在这灯火灿烂的城市，他在路上也想有人陪伴，于是叫了出租车。

申玉菲住在新城铁线附近的一个高档别墅区，这里的灯光稀疏了许多，别墅群环绕着几个能垂钓的小人工湖，晚上有一种乡村的感觉。申玉菲显然很富有，但汪淼一直搞不清她的财产来源，她以前的研究职位和现在公司中的职位都挣不到这么多钱。不过她的别墅中并没有豪华享受的痕迹，那里是“科学边界”的一个聚会场所，其中的陈设很像一个带会议室的小图书馆。

在客厅里，汪淼见到申玉菲的丈夫魏成。这个四十岁左右的男人，一副敦厚的知识分子模样，汪淼对他的了解仅限于其姓名，申玉菲介绍时也只说了这些。他似乎没有工作，成天待在家里，对“科学边界”的讨论不感兴趣，对家里频繁来往的学者们也习以为常。

但他并非无所事事，显然在家研究着什么东西，整天沉浸在思考中，见到任何人都是心不在焉地打个招呼，然后回到楼上的房间里，他一天的大部分时间都待在那里。一次，汪淼在楼上无意中从半开的房门向里瞥了一眼，看到一个令人惊奇的东西：一台HP小型机。他不会看错的，因为这台设备与他工作的超导研究中心那台一样，黑灰色机箱，是四年前出品的RX8620。把这台价值上百万的设备放在家里似乎很奇怪，魏成每天一个人守着它到底在干什么？

“玉菲在上面有点事，您稍等一会儿吧。”魏成说，然后走上楼。汪淼本打算等的，但实在坐不住，也跟着走上楼去，看到魏成正要进入他那个放着小型机的房间。魏成看到汪淼跟来似乎并不反感，指指对面的一个房间说："哦，就在那个房间里，你去找她吧。"

汪淼敲门，门没锁，开了一个缝，他看到申玉菲正坐在电脑前玩游戏，令汪淼惊奇的是她竟穿着一套"V装具"。这是目前在游戏玩家中很流行的玩意儿，由一个全视角显示头盔和一套感应服构成，感应服可以使玩家从肉体上感觉到游戏中的击打、刀刺和火烧，能体会到酷热和严寒，甚至还能逼真地模拟出身体暴露在风雪中的感觉。汪淼走到她后面，由于游戏是在头盔中以全视角方式显示的，在显示器上什么都看不到。这时，汪淼想起大史让他记网址和邮件地址的事，无意中扫了一眼显示器，那个游戏登录界面上的英文名很特别，他记住了。

申玉菲摘下显示头盔，又脱下了感应服，戴上她那副在瘦削的脸上显得很大的眼镜，面无表情地对汪淼点点头，一个字都没说，等着他说话。汪淼拿出那团胶卷，开始讲述发生在自己身上的诡异事件。申玉菲注意听着，对那些胶片，只是拿起来大概扫了几眼，并没有细看——这令汪淼很震惊，现在他进一步确定申玉菲对此事并非完全不知情，这几乎令他停止了讲述，只是申玉菲几次点头示意他继续，才将事情讲完了。这时，申玉菲才说出了他们见面后的第一句话：

"你领导的纳米项目怎么样了？"

这不着边际的问题令汪淼十分吃惊，"纳米项目？它与这有什么关系？"他指指那堆胶卷。

申玉菲没有说话，只是静静地看着他，等他回答自己的问题。这就是她的谈话风格，从不多说一个字。

“把研究停下来。”申玉菲说。

“什么？”汪淼认为自己听错了，“你说什么？”

申玉菲沉默着，没重复自己的话。

“停下来?！那是国家重点项目！”

申玉菲仍不说话，只是看着他，目光平静。

“你总得说出原因吧！”

“停下来试试。”

“你到底知道些什么？告诉我！”

“我能告诉你的就这些了。”

“项目不能停，也不可能停！”

“停下来试试。”

关于幽灵倒计时的简短谈话就到此为止，之后，不管汪淼如何努力，申玉菲再也没有说出一个与此有关的字，只是重复那句话：“停下来试试。”

“我现在明白了，‘科学边界’并不是像你们宣称的那样是一个基础理论的学术交流组织，它与现实的关系比我想象的要复杂得多。”汪淼说。

“相反，你得出这个印象，是因为‘科学边界’涉及的东西比你想象的更基础。”

绝望的汪淼没有告辞起身就走，申玉菲默默地一直送他到庭院的大门处，并看着他坐进出租车。正在这时，另一辆汽车疾驰而来，在门前刹住了。一个男人下车，借着别墅中透出的灯光，汪淼一眼就认出了他。

这人是潘寒，是“科学边界”里最著名的人物之一。作为一名生物学家，他成功地预言了长期食用转基因农产品造成的后代遗传畸形，还预言了转基因作物可能造成的生态灾难。与那些空洞地危言耸听的学者不同，他的预言充满了具体的细节，且都一一精确兑现，其准确度达到令人震惊的程度，以至于有传言说他来自未来。

他使自己闻名于世的另一个创举，是创建了国内第一个实验社会。与西方那些旨在回归自然的乌托邦社团不同，他的“中华田园”不是处于荒野之地，而是置身于最大的城市中。社团没有一分钱财产，包括食物在内的所有生活用品，均来自城市垃圾。与人们最初的预想不同，“中华田园”不但生存了下来，而且迅速壮大，其固定成员已达三千多人，不定期到其中体验生活的人更是不计其数。

以这两个成功为基础，潘寒的社会思想也日益具有影响力。他认为，科技革命是人类社会的一种病变，技术的爆炸性发展与癌细胞的飞速扩散相当，最终的结果都是耗尽有机体的养分，破坏器官，导致其寄宿体的死亡。他主张废除那些“粗暴的”技术，如化石能源和核电，保留“温和的”技术，如太阳能和小水电；将大城市逐步解散，人口均匀分布于自给自足的小村镇中，以“温和技术”为基础，建立“新农业社会”。

“他在吗？”潘寒指指别墅的一楼问。

申玉菲没有回答，沉默地挡在他面前。

“我要警告他，当然也要警告你，别逼我们！”潘寒冷冷地说。

申玉菲仍没回答他，只是对出租车里的汪淼说：“走吧，没事。”然后示意司机开车。车发动后，汪淼再也没有听到他们说什么，他回头远远地看到，灯光下申玉菲一直没让潘寒走进别墅。

回到家已是深夜，汪淼在小区的门口走下出租车，一辆黑色桑塔纳紧贴着他刹住，车窗摇下，一股烟喷了出来，是大史，粗壮的身躯将驾驶座挤得满满的。

“哇，汪教授，汪院士！这两天过得可好？”

“你在跟踪我？真无聊！”

“别误会，我要是直直开过去不就完了，讲个礼貌打个招呼你还当成驴肝肺了。”大史露出他的特色傻笑，一副无赖相，“咋的，那边看到什么有用的信息没，交流交流？”

“我说过，我和你们没关系了，今后请不要跟踪我！”

“得——”大史开动了车子，“好像我愿意挣这俩夜班外勤费似的，球赛都耽误了。”

汪淼走进家门，妻儿已经睡了，他听到妻子在床上不安地翻身，嘴里发出模糊不清的声音，丈夫今天怪异的举动，不知会给她带来怎样的噩梦。汪淼吃了两片利眠灵，躺到床上，过了很长时间才艰难地进入梦乡。

他的梦境很纷乱，但其中的一个东西却恒定地存在着：幽灵倒计时。其实，倒计时在梦中出现是汪淼早就预料到的事。梦境中，他疯狂地击打悬浮在半空的倒计时，撕它，咬它，但一切击打都无力地穿透了它，它就悬在梦境正中，坚定地流逝着。它使汪淼烦躁至极，终于从梦中醒来。

他睁开眼，看到了模糊的天花板，外面城市的灯光透过窗帘，在上面投出黯淡的光晕。但有一样东西从梦中跟随他到现实中：幽灵倒计时。倒计时仍在他睁开的眼睛前显现，数字很细，但很亮，发出一种烧灼的白光：

1185:11:34、1185:11:33、1185:11:32、1185:11:31……

汪淼转转头，看到了卧室中模糊的一切，确认自己已经醒来，倒计时没有消失。他闭上双眼，倒计时仍显现在他那完全黑暗的视野中，像黑天鹅绒上发亮的水银。他再次睁眼，并揉揉眼睛，倒计时仍没有消失，不管他的视线如何移动，那一串数字稳稳地占据着视野的正中央。

一股莫名的恐惧使汪淼猛地坐起来，倒计时死死跟随着他。他跳下床，冲到窗前，扯开窗帘，推开窗。外面沉睡中的城市仍然灯光灿烂，倒计时就在这广阔的背景前显现着，像电影画面上的字幕。

一时间，汪淼感到自己窒息了，不由发出一声低沉的惊叫。面对被惊醒的妻子恐慌的探问，他努力使自己镇定下来，安慰妻子说没什么，又躺回床上，闭上眼睛，在幽灵倒计时的照耀下艰难地度过了剩下的夜晚。

清晨起床后，汪淼努力使自己在家人面前显得正常些，但妻子还是看出了异样，问他的眼睛怎么了，是不是看不清东西。

早饭后，汪淼向纳米中心请了假，开车去医院。一路上，幽灵倒计时无情地横在他眼中的现实世界前面，这东西会自动调节自己的亮度，在不同的背景上都清晰地显现出来。汪淼甚至盯着初升的太阳，试图使倒计时被强光暂时隐没一会儿，但没有用，那串魔鬼数字竟在日轮上显现出来，这时它不是增加亮度，而是变成黑色，更加恐怖。

同仁医院很难挂号，汪淼直接找了妻子的一个同学，一位著名的眼科专家。他没有说病情，而是先让医生检查自己的眼睛。仔细检查了汪淼的双眼后，医生告诉他没有发现什么病变，眼睛一切正常。

“我的眼睛总是看见一个东西，不管你看哪里，这东西都在。”汪淼说。同时，那串数字就横在医生脸前：

1175:11:34、1175:11:33、1175:11:32、1175:11:31……

“飞蚊症。”医生说，同时抽出处方笺开始写，“我们这年纪的常见眼病，晶状体混浊。不太好治，但没什么要紧的，开些碘药水和维生素D吧，也许能吸收掉，但希望不大。不过，这确实没什么要紧的，只要你习惯了忽略视野里的那些杂物，对视力没什么影响。”

“你说的飞蚊症，那些……东西看上去是什么样子？”

“不规则，因人而异，有时是小黑点儿，有时像蝌蚪。”

“如果看到的是一串数字呢？”

医生写处方的笔停了，“你看到一串数字？”

“是的，横在视野中心。”

医生推开纸和笔，关切地看着他，“一进来我就看出，你过度劳累。上次同学聚会，李瑶向我提起你，说你的工作压力很大。到我们这岁数，应该注意了，健康可透支不起了。”

“你是说，我这是精神因素所致？”

医生点点头，“要是一般的病人，我就建议他去精神科了，其实没必要，没什么要紧的，就是太累了。休息几天吧，去度几天假，和李瑶、孩子，叫什么来着，豆豆吧，一起去。放心，很快会恢复的。”

1175:14:02、1175:14:01、1175:14:00、1175:13:59……

“我告诉你我看到的是什么，一个倒计时！一秒一秒，在精确地走！这会是精神因素？”

医生宽容地笑笑，“想知道精神因素能对视力影响到什么程度吗？

上个月我们收治了一个女孩儿，十五六岁吧，她在教室里突然间什么都看不见了，完全失明。可经过所有检查，眼睛在生理上完全正常。后来精神科的专家对她进行了一个月的心理治疗，又是突然间，她的眼睛恢复到正常的视力水平。”

汪淼知道在这里是浪费时间，他起身要走，最后说：“好吧，不管我的眼睛，我只有一个问题想请教你：有什么外力，能通过远程作用使人看到什么吗？”

医生想了想说：“有，我前一阵儿参加‘神舟19号’的医疗组，曾有航天员报告说，他们在舱外工作时看到了并不存在的闪光。以前国际空间站上的航天员报告过类似情况，都是在太阳活动剧烈的时候，太空中的高能粒子打到视网膜上，人就看到闪耀。不过你说的看到数字，还是倒计时，绝无可能是这个原因。”汪淼恍惚地走出医院，倒计时就在他眼前，他似乎在跟着它走，跟着一个死死缠着他的鬼魂。他买了一副墨镜戴上，仅仅是为了不让别人看到自己梦游般迷离的眼神。

汪淼走进纳米中心的主体实验室，进门之前没忘记把墨镜摘下来，尽管这样，遇见他的同事都对他的精神状态露出担心的神色。

在实验大厅中央，汪淼看到反应黑箱仍在运行中。这台巨型设备的主体是汇集了大量管道的一个球体。代号叫“飞刃”的超强度纳米材料已经生产出来，但是用分子建筑术制造的，就是用分子探针将材料分子像砌砖那样一个个垒砌起来，这样的工艺要耗费大量的资源，那些产品可以说是世界上最贵重的珍宝了，根本无法进行量产。

实验室现在做的，就是试图通过一种催化反应来代替分子建筑法，使巨量的分子在反应中同时完成筑砌。试验就是在反应黑箱中进行的，这台设备可以在数量庞大的成分组合上进行反应试验，这样数量的组合如果用传统的人工操作可能上百年也做不完，但在反应黑箱中可以快速自动进行。同时，这是一种集现实反应与数字模拟一体化的设备，当合成进行到一定程度时，计算机会根据反应的阶段性结果建立起合成反应的数字模型，将剩下的反应进程用数字模拟代替，大大提高了实验效率。

实验主任见到汪淼后，急匆匆走过来，开始汇报反应黑箱刚出现的一系列故障。这是近来汪淼一上班就遇到的事。现在，反应黑箱连续运行了一年多，许多传感器灵敏度下降，误差增大，急需停机维护。但身为项目首席科学家的汪淼坚持做完第三批合成组合再停机，工程师们只好在反应黑箱上加入越来越多的补偿修正装置，到现在这些装置本身也需要补偿修正，搞得整个项目组疲惫不堪。但主任小心翼翼地没提停机和暂停试验的事，怕汪淼又像上几次那样大发雷霆。他只是把困难都摆出来，意思也很明白。

汪淼抬头看看反应黑箱，觉得它像一个子宫，工程师们正围着它忙碌，艰难地维持着正常的运行。在这场景前面，叠现着幽灵倒计时：

1174:21:11、1174:21:10、1174:21:09、1174:21:08……

停下来试试。汪淼脑海中突然响起申玉菲的话。

“全面更新外围传感系统需要多长时间？”他问。

“四五天吧，”实验主任突然看到了希望，赶紧加一句，“快些干，三天就行，汪总，我保证！”

我并没有屈服，设备确实需要维修，因而试验必须暂停，与别的无关。汪淼在心里对自己说，然后转向主任，透过倒计时的数字看着他，“把试验停下来吧，停机维修，就照你说的时间表。”

“好的，汪总，我会很快给你一份更新方案，下午就能停机了！”主任兴奋地说。

“现在就停吧。”

主任像不认识似的看着汪淼，但旋即恢复了兴奋状态，好像生怕失掉这个机会似的。他拿起电话下了停机命令，项目组里那些疲惫的研究员和工程师一下子都兴奋起来，开始按程序扳动上百个复杂的开关，众多的监控屏一个接一个地黑了下来，最后，主监控屏上显示了停机状态。

几乎与此同时，汪淼眼前的倒计时停止了走动，数字固定为1174:20:35。几秒钟后，数字闪动了几下，消失了。

当没有幽灵倒计时覆盖的现实重现眼前时，汪淼长出了一口气，像刚从水底挣扎出来一样。他无力地坐下，很快意识到旁边还有人在看着自己。

他对实验主任说：“系统更新是设备部的事，你们实验组的人好好休息几天吧，这一阵大家都辛苦了。”

“汪总，你也太累了，这里有张总工程师盯着，你也回家好好休息一下吧。”

“是啊，太累了。”汪淼无力地说，待他离开后，拿起电话，拨了申玉菲的号码，只响了一声铃她就接了。

“你们背后是什么？”汪淼问，尽量使自己的声音显得冷静一些，但没有做到。

沉默。

“倒计时的尽头是什么？”

沉默。

“你在听吗？”

“在。”

“高强度纳米材料怎么了？这不是高能加速器，只是一项应用研究，值得这样关注吗？”

“什么值得关注，不应由我们来判断。”

“够了！”汪淼大吼一声，心中的恐惧和绝望突然化为疯狂的怒气，“你们以为这点小魔术就能骗得了我？就能阻止技术进步？！我承认一时无法做出技术上的解释，但那是因为我还没有绕到那个可耻魔术师的背后！”

“你的意思，是想在更大的尺度上看到倒计时？”

申玉菲的话让汪淼愣了一下，他对这个问题没有准备，于是强迫自己冷静下来，以免落入圈套。“收起你那套把戏吧。大尺度又怎么样，你们同样可以玩魔术！可以向天空投映全息图像，就像上一次战争中北约做的那样，强力激光甚至可以将图像映满整个月球表面！射手和农场主应该能够玩弄人类力不能及的更大尺度，比如，倒计时能够显示到太阳表面吗？”话刚说完，汪淼吃惊地张大了嘴，他竟在下意识中说出了那两个这时应十分忌讳的名词，还好，没有说出更忌讳的那个。他想争取更多的主动性，于是接着说：“考虑到某种我还没想到的可能性，即使在太阳的尺度上，你们那个可耻魔术师仍有可能要魔术，那种力量要真正令人信服，显示的尺度还需更大些。”

“问题是你能承受得了吗？我们是朋友，我想帮你，别走杨冬的路。”

听到这个名字，汪淼不由打了个寒战，但随之而来的愤怒又使他不顾一切了，“能接受这个挑战吗？”

“能。”

“你想怎么样？”汪淼的声音变得无力了。

“你旁边有上网的电脑吗？好，进这个网址：http://www.qsl.net/bg3tt/zl/mesdm.htm，打开了吗？把网页打印出来，随身带着。”

汪淼看到网页上显示的只是一张莫尔斯电码对照表。

“我不明白，这是……”

“在以后的两天内，设法找到一个能够观测宇宙背景辐射的地方。具体的请看我随后发给你的电子邮件。”

“这是……干什么呢？”

“我知道纳米研究项目已经停了，你打算重新启动它吗？”

“当然，三天以后。”

“那倒计时将继续。”

“我将在什么尺度上看到它？”

沉默良久，这个为某种超出人类理解力的力量代言的女人，冷酷地封死了汪淼的一切出路：

“三天后，也就是十四日，在凌晨一点钟至五点钟，整个宇宙将为你闪烁。”

4

三体、周文王、长夜

汪淼拨通了丁仪的电话，对方接听后，他才想起现在已是凌晨一点多了。

“我是汪淼，真对不起，这么晚打扰。”

“没关系，我正失眠。”

“我……遇到一些事，想请你帮个忙。你知道国内有观测宇宙背景辐射的机构吗？”汪淼产生了一种倾诉的欲望，但旋即觉得幽灵倒计时之事目前还是不要让更多的人知道为好。

“宇宙背景辐射？你怎么对这个有雅兴？看来你真的遇到一些事了……你去看过杨冬的母亲吗？”

“啊——真对不起，我忘了。”

“没关系，现在科学界，很多人都……像你说的那样遇到了一些事，心不在焉的。不过你最好还是去看看她，她年纪大了，又不愿雇保姆，要是有什么费力气的事麻烦你帮着干干……哦，宇宙背景辐射的事，你正好可以去找杨冬的母亲问问，她退休前是搞天体物理专业的，与国内的这类研究机构很熟。”

“好好，我今天下班就去。”

“那先谢谢了，我是真的无法再面对与杨冬有关的一切了。”

打完电话后，汪淼坐到电脑前，开始打印网页上显示的那张很简单的莫尔斯电码对照表。这时他已经冷静下来，将思绪从倒计时上移开，想着关于“科学边界”和申玉菲的事，想到她玩的网络游戏。关于申玉菲，他能肯定的唯一一件事就是她不是爱玩游戏的人，这个说话如电报般精简的女人给他唯一的印象就是冷，她的冷与其他的某些女性不同，不是一张面具，而是从里到外冷透了。

汪淼总是下意识地将她与早已消失的DOS操作系统联系在一起，一块空荡荡的黑屏幕，只有一个简单得不能再简单的“C: >”提示符在闪动，你输入什么它就输出什么，一个字都不会多，也不会有变化。现在他知道，“C: >”提示符后面其实是一个无底深渊。

她真会有兴致玩游戏，而且是戴着V装具玩儿？她没有孩子，那套V装具只能是自己买回去用的，这有些不可思议。

汪淼在浏览器的地址栏中输入那个很容易记住的游戏网址：www.threebody.com，网页上显示该游戏只支持V装具方式。汪淼想起了纳米中心的职工娱乐室里好像有一套V装具，就走出已经空荡荡的中心实验大厅，去值班室要了钥匙，在娱乐室中穿过一排台球桌和健身器材，在一台电脑旁找到了V装具，费了很大劲才把感应服穿上，然后戴上显示头盔，启动电脑。

启动游戏后，汪淼置身于一片黎明之际的荒原，荒原呈暗褐色，细节看不清楚，远方地平线上有一小片白色的曙光，其余的天空则群星闪烁。一声巨响，两座发着红光的山峰砸落到远方的大地上，整个荒原笼罩在红色光芒之中。被激起的遮天蔽日的尘埃散去后，汪淼看清了两个顶天立地的大字：三体。

随后出现一个注册界面，汪淼用“海人”这个ID注册，然后成功登录。

荒原依旧，但V装具感应服中的压缩机嗞嗞地启动了，汪淼感到一股逼人的寒气。前方出现了两个行走的人影，在曙光的背景前呈黑色的剪影。汪淼追了上去，他看到两人都是男性，披着破烂的长袍，外面还裹着一张肮脏的兽皮，都带着一把青铜时代那种又宽又短的剑，其中一人背着一只有他一半高的细长的木箱子。那人扭头看看汪淼，他的脸像那兽皮一样脏和皱，双眼却很有神，眸子映着曙光。“冷啊。”他说。

“是，真冷。”汪淼附和道。

“这是战国时代，我是周文王。”那人说。

“周文王不是战国时代的人吧？”汪淼问。

“他一直活到现在呢，纣王也活着。”另一个没背箱子的人说，“我是周文王的追随者，我的ID就叫‘周文王追随者’，他可是个天才。”

“我的ID是‘海人’。”汪淼说，“您背的是什么？”

周文王放下那只长方形木箱，将一个立面像一扇门似的打开，露出里面的五层方格，借着晨曦的微光，汪淼看到每层之间都有高低不等的一小堆细沙，每格中都有从上一格流下的一道涓细的沙流。

“沙漏，八小时漏完一次，颠倒三次就是一天，不过我常常忘了颠倒，要靠追随者提醒。”周文王介绍说。

“你们好像是在长途旅行，有必要背这么笨重的计时器吗？”

“那怎么计时呢？”

“拿个小型的日晷多方便，或者干脆只看太阳也能知道大概的时间。”

周文王和追随者面面相觑，然后一起盯着汪淼，好像他是个白痴，“太阳？看太阳怎么能知道时间？这可是乱纪元。”

汪淼正要询问这个怪异名词的含义，追随者哀鸣道：“真冷啊，冷死我了！”

汪淼也觉得冷，但他不能随便脱下感应服，一般情况下，那样做会被游戏注销ID的。他说：“太阳出来就会暖和些的。”

“你在冒充伟大的先知吗？连周文王都不算先知呢！”追随者冲汪淼不屑地摇摇头。

“这需要先知吗？谁还看不出来太阳一两个小时后就会升起？”汪淼指指天边说。

“这是乱纪元！”追随者说。

“什么是乱纪元？”

“除了恒纪元，都是乱纪元。”周文王说，像回答一个无知孩童的提问。

果然，天边的晨光开始暗下去，很快消失了，夜幕重新笼罩了一切，苍穹星光灿烂。

“原来现在是黄昏不是早晨？”汪淼问。

“是早晨，早晨太阳不一定能升起，这是乱纪元。”

寒冷使汪淼很难受。“看这样子，太阳要很长时间以后才会升起来。”他哆嗦着指指模糊的地平线说。

“你怎么又会有这种想法？那可不一定，这是乱纪元。”追随者说着转向周文王，“姬昌，给我些鱼干吃吧。”

“不行！”周文王断然说道，“我也是勉强吃饱，要保证我能走到朝歌，而不是你。”

说话间，汪淼注意到另一个方向的地平线又出现了曙光，他分不清东南西北，但肯定不是上次出现时的方向。这曙光很快增强，不一会儿，这个世界的太阳升起来了，是一颗蓝色的小太阳，很像增强了亮度的月亮，但还是让汪淼感到了一丝温暖，并看清了大地的细节。但这个白昼很短暂，太阳在地平线上方划了一道浅浅的弧形就落下了，夜色和寒冷又笼罩了一切。

三人在一棵枯树前停下，周文王和追随者拔出青铜剑来砍柴，汪淼将碎柴收集到一块。追随者拿出火镰，噼啪、噼啪打了好一阵，生起了一堆火。汪淼的感应服的前胸部分变暖和了，但背后仍然冰冷。

“烧些脱水者，火才旺呢。”追随者说。

“住嘴！那是纣王干的事！”

“反正路上那些散落的，都破成那样，泡不活了。如果你的理论真能行，别说烧一些，吃一些都成，与那理论相比，几条命算什么。”

“胡说！我们是学者！”

篝火燃尽后，三人继续赶路。由于他们之间交谈很少，系统加快了游戏时间的流逝速度，周文王很快将背上的沙漏翻了六下，转眼间两天过去了，太阳还没有升起过一次，甚至天边连曙光的影子都没有。

“看来太阳不会出来了。”汪淼说，同时调出游戏界面来看了一下自己的HP，它正因寒冷而迅速减小。

“你又冒充伟大的先知了……”追随者说，汪淼和他一起说出了后半句，“这是乱纪元！”

这话说完不久，天边真的出现了曙光，并且迅速增强，转眼间太阳就升了起来。汪淼发现这次升起的是一颗大太阳，当它升至一半时，直径占了视野内至少五分之一的地平线。暖流扑面而来，令汪淼心旷神怡，但他看周文王和追随者时，发现他们都一脸惊恐，仿佛魔鬼降临。

“快，找阴凉地儿！”追随者大喊，汪淼跟着他们飞奔，跑到了一处低矮的岩石后面蹲下来。岩石的阴影在渐渐缩短，周围的大地像处于白炽状态般刺眼，脚下的冻土迅速融化，由坚硬如铁变成泥泞一片，热浪滚滚。汪淼很快出汗了。当大太阳升到头顶正上方时，三人用兽皮蒙住头，强光仍如利箭般从所有缝隙和孔洞中射进来。三人绕着岩石挪到另一边，躲进那边刚刚出现的阴影中……

太阳落山后，空气依然异常闷热，大汗淋漓的三人坐在岩石上，追随者沮丧地说：“乱纪元旅行，真是在地狱里走路，我受不了了；再说我也没吃的了，你不分我些鱼干，又不让吃脱水者，唉——”

“那你只能脱水了。”周文王说，一手用兽皮扇着风。

“脱水以后，你不会扔下我吧？”

“当然不会，我保证把你带到朝歌。”

追随者脱下了被汗水浸湿的长袍，赤身躺到泥地上。在落日的余晖中，汪淼看到追随者身上的汗水突然增加了，他很快知道那不是出汗，这人身体内的水分正在被彻底排出，这些水在沙地上形成了几条小小的溪流，追随者的整个躯体如一根熔化的蜡烛在变软变薄……十分钟后水排完了，那躯体化为一张人形的软皮一动不动地铺在泥地上，面部的五官都模糊不清了。

“他死了吗？”汪淼问。他想起来了，一路上不时看到有这样的人形软皮，有的已破损不全，那就是不久前追随者想要用来烧火的脱水者。

“没有。”周文王说着，将追随者变成的软皮拎起来，拍了拍上面的土，放到岩石上将他（它）卷起来，就像卷一只放了气的皮球一般，“在水里泡一会儿，他就会恢复原状活过来，就像泡干蘑菇那样。”

“他的骨骼也变软了？”

“是的，都成了干纤维，这样便于携带。”

“这个世界中的每个人都能脱水吗？”

“当然，你也能，要不，在乱纪元是活不下去的。”周文王将卷好的追随者递给汪淼，“你带着他吧，扔到路上不是被人烧了，就是吃了。”

汪淼接过软皮，很轻的一小卷，用胳膊夹着倒也没有什么异样的感觉。

汪淼夹着脱水的追随者，周文王背着沙漏，两人继续着艰难的旅程。同前几天一样，这个世界中的太阳运行得完全没有规律，在连续几个严寒的长夜后，可能会突然出现一个酷热的白天，或者相反。两人相依为命，在篝火边抵御严寒，泡在湖水中度过酷热。好在游戏时间可以加快，一个月可以在半小时内过完，这使得乱纪元的旅程还是可以忍受的。

这天，漫漫长夜已延续了近一个星期（按沙漏计时），周文王突然指着夜空欢呼起来：

“飞星！飞星！两颗飞星!!”

其实，汪淼之前就注意到那种奇怪的天体，它比星星大，能显出乒乓球大小的圆盘形状，运行速度很快，肉眼能明显地看到它在星空中移动，只是这次出现了两个。

周文王解释说：“两颗飞星出现，恒纪元就要开始了！”

“以前看到过的。”

“那只有一个。”

“最多只有两个吗？”

“不，有时会有三个，但不会再多了。”

“三颗飞星出现，是不是预示着更美好的纪元？”

周文王用充满恐惧的眼神瞪了汪淼一眼，“你在说什么呀，三颗飞星……祈祷它不要出现吧。”

周文王的话没错，他们向往的恒纪元很快开始了，太阳升起落下开始变得有规律，一个昼夜渐渐固定在十八小时左右，日夜有规律的交替使天气变得暖和了一些。

“恒纪元能持续多长时间？”汪淼问。

“一天或一个世纪，每次多长谁都说不准。”周文王坐在沙漏上，仰头看着正午的太阳，“据记载，西周曾有过长达两个世纪的恒纪元，唉，生在那个时代的人有福啊。”

“那乱纪元会持续多长时间呢？”

“不是说过嘛，除了恒纪元都是乱纪元，两者互为对方的间隙。”

“那就是说，这是一个全无规律的混乱世界?!”

“是的，文明只能在较长的气候温暖的恒纪元里发展。大部分时间里，人类集体脱水存贮起来，当较长的恒纪元到来时，再集体浸泡复活，生产和建设。”

“那怎样预知每个恒纪元到来的时间和长短呢？”

“做不到，从来没有做到过。当恒纪元到来时，国家是否浸泡取决于大王的直觉，常常是：浸泡复活了，庄稼种下了，城镇开始修筑，生活刚刚开始，恒纪元就结束了，严寒和酷热就毁灭了一切。”周文王说到这里，一手指向汪淼，双眼变得炯炯有神，“好了，你已经知道了这个游戏的目标：就是运用我们的智力和悟性，分析研究各种现象，掌握太阳运行的规律，文明的生存就维系于此。”

“在我看来太阳运行根本就没有规律。”

“那是因为你没能悟出世界的本原。”

“你悟出来了？”

“是的，这就是我去朝歌的目的，我将为纣王献上一份精确的万年历。”

“可这一路上，没看到你有这种能力。”

“对太阳运行规律的预测只能在朝歌做出，因为那里是阴阳的交汇点，只有在那里取的卦才是准确的。”两人又在严酷的乱纪元跋涉了很长时间，其间又经历了一次短暂的恒纪元，终于到达了朝歌。

汪淼听到一种不间断的类似于雷声的轰鸣。这声音是朝歌大地上许多奇怪的东西发出的，那是一座座巨大的单摆，每座都有几十米高。单摆的摆锤是一块块巨石，被一大束绳索吊在架于两座细高石塔间的天桥上。每座单摆都在摆动中。驱动它们的是一群群身穿盔甲的士兵，他们和着奇怪的号子，齐力拉动系在巨石摆锤上的绳索，维持着它的摆动。汪淼发现，所有巨摆的摆动都是同步的，远远看去，这景象怪异得使人着迷，像大地上竖立着一座座走动的钟表，又像从天而降的许多巨大、抽象的符号。

在巨摆的环绕下，有一座巨大的金字塔，夜幕中如同一座高耸的黑山，这就是纣王的宫殿。汪淼跟着周文王走进了金字塔基座上的一个不高的洞门，门旁几名守卫的士兵在黑暗中如幽灵般无声地徘徊。他们沿着一条长长的隧道向里走，隧道窄而黑，间隔很远才有一支火炬。

"在乱纪元，整个国家在脱水中，但纣王一直醒着，陪伴着这片没有生机的国土。要想在乱纪元生存，就得居住在这种墙壁极厚的建筑中，几乎像住在地下，才能避开严寒和酷热。"周文王边走边对汪淼解释。

走了很长的路，才进入了纣王位于金字塔中心的大殿，其实这里并不大，很像一个山洞。身披一大张花兽皮坐在一处高台上的人显然是纣王了，但首先吸引汪淼目光的是一位黑衣人，他的黑衣几乎与大殿中浓重的阴影融为一体，那张苍白的脸仿佛是浮在虚空中。

"这是伏羲。"纣王对刚进来的周文王和汪淼介绍那位黑衣人，仿佛他们一直就在那儿似的，而黑衣人才是新来的，"他认为，太阳是脾气乖戾的大神，他醒着的时候喜怒无常，是乱纪元；睡着时呼吸均匀，是恒纪元。伏羲建议竖起了外面的那些大摆，日夜不停地摆动，声称这对太阳神有强烈的催眠作用，能使其陷入漫长的昏睡。但直到现在，我们看到太阳神仍醒着，最多只是不时打打盹儿。"

纣王挥了一下手，有人端来一只陶罐，放到伏羲面前的小石台上——汪淼后来知道，那是一罐调味料。伏羲长叹一声，端起陶罐喝下去，那咕咚咕咚的声音仿佛黑暗深处有一颗硕大的心脏在跳动。喝了一半后，他将剩下的调味料倒在身上，然后扔下陶罐，走向大殿角落的一口架在火上的青铜大鼎，爬上鼎沿；他跳进大鼎，激起了一大团蒸汽。

“姬昌坐下，一会儿就开宴。”纣王指指那口大鼎说。

“愚蠢的巫术。”周文王朝大鼎偏了下头，轻蔑地说。

“你对太阳悟出了什么？”纣王问，火光在他的双眸中跳动。

“太阳不是大神，太阳是阳，黑夜是阴，世界是在阴阳平衡中运转的，这不在我们的控制之中，但可以预测。”周文王说着，抽出青铜剑，在火炬照到的地板上画出了一对大大的阴阳鱼，然后以令人目眩的速度在周围画出了六十四卦，看上去如同火光中时隐时现的大年轮，“大王，这就是宇宙的密码，借助它，我将为您的王朝献上一部精确的万年历。”

“姬昌啊，我现在急需知道的，是下一个长恒纪元什么时候到来。”

“我将立刻为您占卜。”周文王说着，走到阴阳鱼中央盘腿坐下，抬头望着大殿的顶部，目光仿佛穿透厚厚的金字塔看到了星空，他的双手手指同时在进行着复杂的运动，组合成一部高速运转的计算器。寂静中，只有大鼎中的汤发出咕嘟咕嘟的声响，仿佛煮在汤中的巫师在梦呓。

周文王从阴阳图中站起来，头仍仰着，说：“下面将是一段为期四十一天的乱纪元，然后将出现为期五天的恒纪元，接下来是为期二十三天的乱纪元和为期十八天的恒纪元，然后是为期八天的乱纪元，当这段乱纪元结束后，大王，您所期待的长恒纪元就到来了，这个恒纪元将持续三年零九个月，其间气候温暖，是一个黄金纪元。”

“我们首先需要证实一下你前面的预测。”纣王不动声色地说。

汪淼听到上方传来一阵轰隆隆的声音，大殿顶上的一块石板滑开，露出一处正方形的洞口，汪淼调整方向，看到这个方洞通到金字塔的外面，在这个方洞的尽头，汪淼看到了几颗闪烁的星星。

游戏的时间加快了，由两名士兵看守的周文王带来的沙漏几秒钟就翻动一次，标志着八小时的流逝。上方的窗口无规律地闪烁起来，不时有一束乱纪元的阳光射进大殿，有时很微弱，如月光一般；有时则十分强烈，投在地上的方形光斑白炽明亮，使所有的火炬黯然失色。汪淼数着沙漏翻动的次数，当翻到一百二十次左右时，阳光投进窗口的间隔变得规则了，预测中的第一个恒纪元到来。沙漏再翻动十五下后，窗口的闪烁又紊乱起来，乱纪元又开始了。然后又是恒纪元，然后又是乱纪元，它们的开始和持续时间虽然有些小误差，但与周文王的预测已是相当地吻合了。当最后一段为期八天的乱纪元结束后，他预言的长恒纪元开始了。汪淼数着沙漏的翻动，二十天过去了，射进大殿的日光仍遵循着精确的节奏。这时，游戏时间的流逝被调整到正常。

纣王向周文王点点头，“姬昌啊，我将为你树起一座丰碑，比这座宫殿还要高大。”

周文王深鞠一躬，“我的大王，让您的王朝苏醒吧，繁荣吧！”

纣王在石台上站起身，张开双臂，仿佛要拥抱整个世界，他用一种很奇怪的歌唱般的音调喊道：“浸泡——”

听到这号令，大殿内的人都跑向洞门。在周文王的示意下，汪淼跟随他沿着长长的隧道向金字塔外走去。走出洞门，汪淼看到时值正午，太阳在当空静静地照耀着大地，微风吹过，他似乎嗅到了春天的气息。周文王和汪淼一同来到了距金字塔不远的一处湖畔，湖面上的冰已融化了，阳光在微波间跳动。

先出来的一队士兵高呼着：“浸泡！浸泡！”都奔向湖边一处形似谷

仓的高大石砌建筑。在来的路上，汪淼不时在远处看到过这种建筑，周文王告诉他那是“干仓”，是存贮脱水人的大型仓库。士兵们打开干仓的石门，从中搬出一卷卷落满灰尘的皮卷，他们每人都抱着、夹着好几个皮卷走向湖边，将那些皮卷扔进湖中。那些皮卷一遇到水，立刻舒展开来，一时间，湖面上漂浮着一片似乎是剪出来的薄薄的人形。每一张“人片”都在迅速吸水膨胀，渐渐地，湖面上的“人片”都变成了圆润的肉体，这些肉体很快具有了生命的迹象，一个个挣扎着从齐腰深的湖水中站立起来。他们睁大如梦初醒的眼睛看着这风和日丽的世界。“浸泡！”一个人高呼起来，立刻引来了一片欢呼声：“浸泡！浸泡！！”……这些人从湖中跑上岸，赤身裸体地奔向干仓，将更多的皮卷投入湖中，浸泡复活的人一群群从湖中跑出来。这一幕也发生在更远处的湖泊和池塘中，整个世界在复活。

“噢，天啊！我的指头——”

汪淼顺着声音看去，见一个刚浸泡复活的人站在湖中，举着一只手哭喊道，那手缺了中指，血从手上断指处滴到湖中。其他复活者纷纷拥过他的身边，兴高采烈地奔向湖岸，没有人注意他。

“行了，你就知足吧！”一个经过的复活者说，“有人整条胳膊腿都没了，有人脑袋被咬了个洞，如果再不浸泡，我们怕是都要被乱纪元的老鼠啃光了！”

“我们脱水多长时间了？”另一位复活者问。

“看看大王宫殿上积的沙尘有多厚就知道了，刚听说现在的大王已不是脱水前的大王了，不知是他的儿子还是孙子。”

浸泡持续了八天才完全结束，这时所有的脱水人都已复活，世界又一次获得了新生。这八天中，人们享受着每天二十个小时、周期准确的日出日落。沐浴在春天的气息里，所有人都衷心地赞美太阳、赞美掌管宇宙的诸神。第八天夜里，大地上的篝火比天上的星星都密，在漫长的乱纪元中，荒废的城镇又充满了灯火和喧闹，同文明以前的无数次浸泡一样，所有人将彻夜狂欢，迎接日出后的新生活。

但太阳再也没有升起来。

各种计时器都表明日出的时间已过，但各个方向的地平线都仍是漆黑一片。又过了十个小时，没有太阳的影子，连最微弱的晨光都见不到。一天过去了，无边的夜在继续着；两天过去了，寒冷像一只巨掌在暗夜中压向大地。

“请大王相信我，这只是暂时的，我看到了宇宙中的阳在聚集，太阳就要升起来了，恒纪元和春天将继续！”金字塔的大殿里，周文王跪在纣王端坐的石台下哀求道。

“还是把鼎烧上吧。”纣王叹了口气说。

“大王！大王！”一名大臣从洞门里跌跌撞撞地跑进来，带着哭腔喊道，“天上，天上有三颗飞星！！”

大殿中的所有人都惊呆了，空气仿佛凝固了，只有纣王仍然不动声色。他转向以前一直不屑于搭理的汪淼，“你还不知道出现三颗飞星意味着什么吧？姬昌啊，告诉他。”

“这意味着漫长的严寒岁月，冷得能把石头冻成粉末。”周文王长叹一声，说。

“脱水——”纣王又用那歌唱般的声音喊道。其实，在外面的大地上，人们早已开始陆续脱水，重新变成人干以度过漫漫长夜，他们中的幸运者被重新搬入干仓，还有大量的人干被丢弃在旷野上。周文王慢慢站起身，朝架在火上的青铜大鼎走去，他爬上鼎沿，跳进去前停了几秒钟，也许是看到伏羲煮得烂熟的脸正在汤中冲他轻笑。

“用文火。”纣王无力地说，然后转向其他人，“该EXIT的就EXIT吧，游戏到这儿已经没什么玩头了。”

洞门上方出现了发着红光的EXIT标志，人们纷纷向那里走去。汪淼也跟随而去，穿过洞门和长长的隧道来到了金字塔外，看到黑夜里大雪纷飞，刺骨的寒冷使他打了个冷战。天空的一角显示出游戏的时间又加快了。

十天后，雪仍在下着，但雪片大而厚重，像是凝结的黑暗。有人在汪淼耳边低声说：“这是在下二氧化碳干冰了。”汪淼扭头一看，是周文王的追随者。

又过了十天，雪还在下，但雪花已变得薄而透明，在金字塔洞门透出的火炬的微光中呈现出一种超脱的淡蓝色，像无数飞舞的云母片。

“这雪花已经是凝固的氧、氮了，大气层正在绝对零度中消失。”

金字塔被雪埋了起来，最下层是水的雪，中层是干冰的雪，上层是固态氧、氮的雪。夜空变得异常晴朗，群星像一片银色的火焰。一行字在星空的背景上出现：

这一夜持续了四十八年，第137号文明在严寒中毁灭了，该文明进化至战国层次。

文明的种子仍在，它将重新启动，再次开始在三体世界中命运莫测地进化，欢迎您再次登录。

退出前，汪淼最后注意到的是夜空中的三颗飞星，它们相距很近，相互围绕着，在太空深渊中跳着某种诡异的舞蹈。

5

叶文洁

汪淼摘下V装具后，发现自己的内衣已被冷汗浸透了，很像是从一场寒冷的噩梦中醒来。他走出纳米中心，下楼开车，按丁仪给的地址去杨冬的母亲家。

乱纪元，乱纪元，乱纪元……

这个概念在汪淼的头脑中萦绕。为什么那个世界的太阳运行会没有规律？一颗恒星的行星，不管其运行轨道是正圆还是偏长的椭圆，其围绕恒星的运动一定是周期性的，全无规律的运行是不可能的……汪淼突然对自己很恼火，他使劲地摇头想赶走头脑中的这一切，不过是个游戏嘛，但他失败了。

乱纪元，乱纪元，乱纪元……

见鬼！别去想它!！为什么非想它不可？为什么?!

很快，汪淼找到了答案。他已经有很多年没有玩过电子游戏了，这些年来，电子游戏的软硬件技术显然已经提高了很多，其中的虚拟现实场景和附加效果都是他学生时代所无法比拟的。但汪淼明白，《三体》的真实不在于此。记得在大三的一次信息课上，教授挂出了两幅大图片，一幅是画面庞杂精细的《清明上河图》，另一幅是一张空旷的天空照片，空荡荡的蓝天上只有一缕若有若无的白云。教授问这两幅画中哪一幅所包含的信息量更大，答案是后者要比前者大一至两个数量级！

《三体》正是这样，它的海量信息是隐藏在深处的，汪淼能感觉到，但说不清。他突然悟出，《三体》的不寻常在于，与其他的游戏相比，它的设计者是反其道而行之——一般游戏的设计者都是尽可能地增加显示的信息量，以产生真实感；但《三体》的设计者却是在极力压缩信息量，以隐藏某种巨大的真实，就像那张看似空旷的天空照片。

汪淼放松了思想的缰绳，任其回到《三体》世界。

飞星！关键在于不引人注意的飞星，一颗飞星，两颗飞星，三颗飞星……这分别意味着什么？

正想着，车已开到他要去的小区大门了。

在要去的那栋楼门口，汪淼看到一位六十岁左右的头发花白、身材瘦削的女性，戴着眼镜，提着一个大菜篮子吃力地上楼梯。他猜她大概就是自己要找的人，一问，她果然就是杨冬的母亲，叶文洁。听汪淼说明来意后，她露出发自内心的感动，她是汪淼常见到的那种老知识分子，岁月的风霜已消去了他们性情中所有的刚硬和火热，只剩下如水的柔和。

汪淼拿过菜篮子同她一起上了楼，走进她的家门后发现，这里并不像他想象的那么冷清——有三个孩子在玩耍，最大的不超过五岁，小的刚会走路。杨母告诉汪淼，这都是邻居的孩子。

“他们喜欢在我这儿玩儿，今天是星期天，他们的父母要加班，就把他们丢给我了……哦，楠楠，你的画儿画完了吗？嗯，真好看，起个题目吧！太阳下的小鸭子，好，奶奶给你题上，再写上六月九日，楠楠作……中午你们都想吃什么呢？洋洋？烧茄子？好好；楠楠？昨天吃过的荷兰豆？好好；你呢，咪咪？肉肉？不，你妈妈说了，不要吃那么多肉肉，不好消化的，吃鱼鱼好吗？看奶奶买回来的这么大的鱼鱼……”

她肯定想要孙子或孙女，但即使杨冬活着，会要孩子吗？看着杨母和孩子们投入地对话，汪淼心想。

杨母将篮子提进厨房，出来后对汪淼说：“小汪啊，我先去把菜泡上，现在的蔬菜农药残留很多，给孩子们吃至少要泡两小时以上……你可以先到冬冬的房间里看看。”

杨母最后一句看似无意的提议令汪淼陷入紧张和不安之中，她显然看出了汪淼此行在内心深处的真正目的。她说完就转身回了厨房，没有看汪淼一眼，自然看不到他的窘态，她这几乎天衣无缝的善解人意令汪淼一阵感动。

汪淼转身穿过快乐的孩子们，走向杨母刚才指向的那个房间。他在门前停住了，突然被一种奇异的感觉所淹没，仿佛回到了少年多梦的时节，一些如清晨露珠般晶莹脆弱的感受从记忆的深处中浮起，这里面有最初的伤感和刺痛，但都是玫瑰色的。

汪淼轻轻推开门，扑面而来的淡淡的气息是他没有想到的，那是森林的气息，他仿佛进入了一间护林人的林间小屋。墙壁被一条条棕色的树皮覆盖着，三只凳子是古朴的树桩，写字台也是由三个较大的树桩拼成的，还有那张床，铺的显然是东北的乌拉草。这一切都很粗糙、很随意，没有刻意表现出某种美感。以杨冬的职位，她的收入是很高的，可以在任何一处高档社区买下房子，可她一直同母亲住在这里。

汪淼走到树桩写字台前，上面的陈设很简单，没有与学术有关的东西，也没有与女性有关的东西；也许都已经拿走了，也许从来就没在这里存在过。他首先注意到一张镶在木镜框中的黑白照片，是杨冬母女的合影，照片中的杨冬正值幼年，母亲蹲下正好同她一样高。风很大，将两人的头发吹到一起。照片的背景很奇怪，天空呈网格状，汪淼仔细察看支撑那网络的粗大的钢铁结构，推想那是一个抛物面天线或类似的东西，因为巨大，它的边缘超出了镜头。

照片中，小杨冬的大眼睛中透出一种令汪淼心颤的惶恐，仿佛照片外的世界令她恐惧似的。汪淼注意到的第二件东西是放在写字台一角的一本厚厚的大本子，首先令他迷惑的是本子的材质，他看到封面上有一行稚拙的字："杨冬的hu à（桦）皮本。"这才知道这本子是桦树皮做的，时光已经使银白色的桦皮变成暗黄。他伸手触了一下本子，犹豫了一下又缩了回来。

"你看吧，那是冬冬小时候的画儿。"杨母在门口说。

汪淼捧起桦皮本，轻轻地一页页翻看。每幅画上都有日期，明显是母亲为女儿注上的，就像他刚进门时看到的那样。汪淼又发现了一件多少让他不可理解的事：从画上的日期看，这时的杨冬已经三岁多了，这么大的孩子通常都能够画出比较分明的人或物体的形状；但杨冬的画仍然只是随意纷乱的线条，汪淼从中看出了一种强烈的恼怒和绝望，一种想表达某种东西又无能为力的恼怒和绝望，这种感觉，是这种年龄的普通孩子所不具有的。

杨母缓缓地坐到床沿上，双眼失神地看着汪淼手中的桦皮本，她女儿就是在这里，在安睡中结束了自己的生命。汪淼在杨母身边坐下，他从来没有过如此强烈的愿望，要与他人分担痛苦。

杨母从汪淼手中拿过桦皮本，抱在胸前，轻声说："我对冬冬的教育有些不知深浅，让她太早接触了那些太抽象、太终极的东西。当她第一次表现出对那些抽象理论的兴趣时，我告诉她，那个世界，女人是很难进入的。她说居里夫人不是进入了吗？我告诉她，居里夫人根本没有进入，她的成功只是源于勤奋和执着，没有她，那些工作别人也会完成，倒是像吴健雄[1]这样的女人还比她走得远些，但那真的不是女人的世界。女性的思维方式不同于男性，这没有高下之分，对世界来说都是必不可少的。

"冬冬没有反驳我。到后来，我真的发现她身上有一些特殊的东西，比如给她讲一个公式，别的孩子会说'这公式真巧妙'之类的，她则会说这公式真好看、真漂亮，那神情就像她看到一朵漂亮的野花一样。她父亲留下了一堆唱片，她听来听去，最后选择了一张巴赫的反复听，那是最不可能令孩子，特别是女孩子入迷的音乐了。开始我以为她是随意为之，但问她感受时，这孩子说：她看到一个巨人在大地上搭一座好大好复杂的房子，巨人一点一点地搭着，乐曲完了，大房子也就搭完了……"

"您对女儿的教育真是成功。"汪淼感慨地说。

"不，是失败啊！她的世界太单纯，只有那些空灵的理论。那些东西

---

①吴健雄（1912—1997），物理学家，在实验室中首次证明了李政道和杨振宁关于弱相互作用中宇称不守恒的理论推测，推翻了宇称守恒定律。

一崩溃，就没有什么能支撑她活下去了。”

“叶老师，您这么想我觉得也不对，现在发生了一些让我们难以想象的事，这是一次空前的理论灾难，做出这种选择的科学家又不只是她一人。”

“可只有她一个女人，女人应该像水一样的，什么样的地方都能蹚得过去啊。”

……

告辞时，汪淼才想到了来访的另一个目的，于是他向杨母说起了观测宇宙背景辐射的事。

“哦，这个，国内有两个地方正在做，一个在乌鲁木齐观测基地，好像是中科院空间环境观测中心的项目；另一个很近，就在北京近郊的射电天文观测基地，是中科院和北大那个联合天体物理中心搞的。前面那个是实际地面观察，北京这个只是接收卫星数据，不过数据更准确、全面一些。那里有我的一个学生，我帮你联系一下吧。”杨母说着，去找电话号码，然后给那个学生打电话，似乎很顺利。

“没问题的，我给你个地址，你直接去就行。他叫沙瑞山，明天正好值夜班……你好像不是搞这专业的吧？”杨母放下电话问。

“我搞纳米，我这是为了……另外一些事情。”汪淼很怕杨母追问下去，但她没有。

“小汪啊，你脸色怎么这么不好？好像身体很虚的。”杨母关切地问。

“没什么，就是这样儿。”汪淼含糊地说。

“你等等，”杨母从柜子里拿出一个小木盒，汪淼看到上面标明是人参，“过去在基地的一位老战友前两天来看我，带来这个……不，不，你拿去，人工种植的，不是什么珍贵的东西，我血压高，根本用不着的。你可以切成薄片泡茶喝，我看你脸色，好像血很亏的样子。年轻人，一定要爱护自己啊。”

汪淼的心中涌起一股暖流，双眼湿润了，他那颗两天来绷得紧紧的心脏像被放到了柔软的天鹅绒上。“叶老师，我会常来看您的。”他接过木盒说。

6

宇宙闪烁之一

汪淼驱车沿京密路到密云县，再转至黑龙潭，又走了一段盘山路，便到达中科院国家天文观测中心的射电天文观测基地。他看到二十八面直径为九米的抛物面天线在暮色中一字排开，像一排壮观的钢铁植物，2006年建成的两台高大的五十米口径射电望远镜天线矗立在这排九米天线的尽头，车驶近后，它们令汪淼不由想起了那张杨冬母女合影的背景。

但叶文洁的学生从事的项目与这些射电望远镜没有什么关系，沙瑞山博士的实验室主要接收三颗卫星的观测数据：1989年11月升空、即将淘汰的微波背景探测卫星COBE，2001年发射的威尔金森微波各向异性探测卫星WMAP，以及2009年欧洲航天局发射的普朗克高精度宇宙微波背景探测卫星Planck。

宇宙整体的微波背景辐射频谱非常精确地符合温度为2.726K的黑

体辐射谱，具有高度各向同性，但在不同局部也存在大约百万分之五涨落的幅度。沙瑞山的工作就是根据卫星观测数据，重新绘制一幅更精确的全宇宙微波辐射背景图。这个实验室不大，主机房中挤满了卫星数据接收设备，有三台终端分别显示来自三颗卫星的数据。

沙瑞山见到汪淼，立刻表现出了那种长期在寂寞之地工作的人见到来客的热情，问他想了解哪方面的观测数据。

“我想观测宇宙背景辐射的整体波动。”

“您能……说具体些吗？”沙瑞山看汪淼的眼神变得奇怪起来。

“就是，宇宙3K微波背景辐射整体上的各向同性的波动，振幅在百分之一至百分之五之间。”

沙瑞山笑了笑。早在本世纪初，密云射电天文基地就对游客开放参观，为挣些外快，沙瑞山时常做些导游或讲座的事，这种笑容就是他回答游客（他已适应了那些骇人的科盲）问题时常常露出的。“汪先生，您……不是搞这个专业的吧？”

“我搞纳米材料。”

“哦，那就对了。不过，对于宇宙3K背景辐射，您大概有个了解吧？”

“知道得不多。目前的宇宙起源理论认为，宇宙诞生于距今约一百四十亿年前的一次大爆炸。在诞生早期，宇宙温度极高，随后开始冷却，形成被称为微波背景辐射的‘余烬’。这种弥漫全宇宙的残留背景辐射，在厘米波段上是可以观测到的。好像是在一九六几年吧，两个美国人在调试一个高精度卫星接收天线时意外地发现了宇宙背景辐射……”

“足够了，”沙瑞山挥手打断了汪淼的话，“那你就应该知道，与我们观测的不同部分的微小不均匀不同，宇宙整体辐射背景波动是随着宇宙的膨胀，在宇宙时间尺度上缓慢变化的，以Planck卫星的精度，直到一百万年后都未必能测出这种变化，你却想在今天晚上发现它百分之五的波动？！知道这意味着什么吗？这意味着整个宇宙像一个坏了的日光灯管那样闪烁！”

而且是为我闪烁，汪淼心里说。

“叶老师这是在开什么玩笑。”沙瑞山摇摇头说。

“但愿真是个玩笑。”汪淼说，本想告诉他，叶文洁并不知道详情，但又怕因此招致他的拒绝，不过这倒是他的心里话。

“既然是叶老师交代的，就观测吧，反正也不费劲，百分之一的精度，用老古董COBE就行了。”沙瑞山说着，在终端上忙活起来，很快屏幕上出现一条平直的绿线，“你看，这就是当前宇宙整体背景辐射的实时数值曲线，哦，应该叫直线才对，数值是2.726 ± 0.010K，那个误差是银河系运动产生的多普勒效应，已经滤掉了。如果发生你所说的超过百分之一振幅的波动，这条线就会变红并将波动显示出来。我敢打赌直到世界末日它也是条绿直线，要看到它显现肉眼看得到的变化，可能比看太阳毁灭还要等更长的时间。”

“这不会影响您的正常工作吧？”

“当然不会，那么粗的精度，用COBE观察数据的边角料就足够了。好了，从现在开始，如果那伟大的波动出现，数值会自动存盘。”

“可能要等到凌晨一点。”

“哇，这么精确？没关系，反正我本来就是值夜班。您吃饭了吗？那好，我带您去参观一下吧。”

这一夜没有月亮，他们沿着长长的天线阵列漫步。沙瑞山指着天线说:“壮观吧？可惜都是聋子的耳朵。”

“为什么？”

“自它们建成以来，在观测频段上就干扰不断，先是上世纪80年代末的寻呼台，到现在是疯狂发展的移动通信。这些米波综合孔径射电望远镜能做的那些项目，像米波巡天、射电变源、超新星遗迹研究等等，大部分都不能正常开展。多次找过无委会（国家无线电管理委员会），没有用，我们能玩得过中国移动、联通、网通？没有钱，宇宙奥秘算个球！好在我的项目靠卫星数据，与这些‘旅游景观’无关了。”

“近年来很多基础研究的商业运行还是很成功的，比如高能物理。把观测基地建到离城市远些的地方应该好些吧？”

“那还是钱的问题。就目前而言，只能是在技术上屏蔽干扰。唉，叶老师要在就好了，她在这方面造诣很深。”

然后，他们来到一家为游客开的通宵酒吧。沙瑞山一杯接着一杯地灌啤酒，变得更加健谈。话题集中在叶文洁身上。从她的学生这里，汪淼得知了她那历经风霜的前半生。

7

疯狂年代

中国，1967年。

“红色联合”对“四·二八兵团”总部大楼的攻击已持续了两天，他们的旗帜在大楼周围躁动地飘扬着，仿佛渴望干柴的火种。“红色联合”的指挥官心急如焚，他并不惧怕大楼的守卫者，那两百多名“四·二八”战士，与诞生于1966年初、经历过大检阅和大串联的“红色联合”相比要稚嫩许多。他怕的是大楼中那十几个大铁炉子，里面塞满了烈性炸药，用电雷管串联起来，他看不到它们，但能感觉到它们磁石般的存在，开关一合，玉石俱焚，而“四·二八”的那些小红卫兵是有这个精神力量的。比起已经在风雨中成熟了许多的第一代红卫兵，新生的造反派们像火炭上的狼群，除了疯狂还是疯狂。

大楼顶上出现了一个娇小的身影，那个美丽的女孩子挥动着一面“四·二八”的大旗，她的出现立刻招来了一阵杂乱的枪声，射击的武器五花八门，有陈旧的美式卡宾枪、捷克式机枪和三八大盖，也有崭新的制式步枪和冲锋枪——后者是在“八月社论”发表之后从军队中偷抢来的——连同那些梭镖和大刀等冷兵器，构成了一部浓缩的近现代史……“四·二八”的人在前面多次玩过这个游戏，在楼顶上站出来的人，除了挥舞旗帜外，有时还用喇叭筒喊口号或向下撒传单，每次他们都能在弹雨中全身而退，为自己挣到崇高的荣誉。这次出来的女孩儿显然也相信自己还有那样的幸运。她挥舞着战旗，挥动着自己燃烧的青春，敌人将在这火焰中化为灰烬，理想世界明天就会在她那沸腾的热血中诞生……她陶醉在这鲜红灿烂的梦幻中，直到被一颗步枪子弹洞穿了胸膛，十五岁少女的胸膛是那么柔嫩，那颗子弹穿过后基本上没有减速，在她身后的空中发出一声啾鸣。年轻的红卫兵同她的旗帜一起从楼顶落下，她那轻盈的身体落得甚至比旗帜还慢，仿佛小鸟眷恋着天空。其实，比起另外一些人来，她还是幸运的，至少是在为理想献身的壮丽激情中死去。

这样的热点遍布整座城市，像无数并行运算的CPU，将“文化大革命”连为一个整体。疯狂如同无形的洪水，将城市淹没其中，并渗透到每一个细微的角落和缝隙。

在城市边缘的那所著名大学的操场上，一场几千人参加的批斗会已经进行了近两个小时。在这个派别林立的年代，任何一处都有错综复杂的对立派别在格斗。在校园中，红卫兵、“文革”工作组、工宣队和军宣队，相互之间都在爆发尖锐的冲突，而每种派别的内部又时时分化出新的对立派系，捍卫着各自不同的背景和纲领，爆发更为残酷的较量。但这次被批斗的反动学术权威，却是任何一方均无异议的斗争目标，他们也只能同时承受来自各方的残酷打击。

与其他牛鬼蛇神相比，反动学术权威有他们的特点：当打击最初到来时，他们的表现往往是高傲而顽固的，这也是他们伤亡率最高的阶段；他们有的因不认罪而被活活打死，有的则选择了用自杀的方式来维护自己的尊严。

从这一阶段幸存下来的人，在持续的残酷打击下渐渐麻木，这是一种自我保护的精神外壳，使他们避免最后的崩溃。他们在批斗会上常常进入半睡眠状态，只有一声恫吓才能使其惊醒过来，机械地重复那已说过无数遍的认罪词；然后，他们中的一部分人便进入了第三阶段，旷日持久的批判将鲜明的政治图像如水银般注入了他们的意识，将他们那由知识和理性构筑的思想大厦彻底摧毁，他们真的相信自己有罪，真的看到了自己对伟大事业构成的损害，并为此痛哭流涕，他们的忏悔往往比那些非知识分子的牛鬼蛇神要深刻得多，也真诚得多。而对于红卫兵来说，进入后两个阶段的批判对象是最乏味的，只有处于第一阶段的牛鬼蛇神才能对他们那早已过度兴奋的神经产生有效的刺激，如同斗牛士手上的红布，但这样的对象越来越少了，在这所大学中可能只剩下一个，他由于自己的珍稀而被留到批判大会最后出场。

叶哲泰从“文革”开始一直活到了现在，并且一直处于第一阶段，他不认罪，不自杀，也不麻木。当这位物理学教授走上批判台时，他那神情分明在说：让我背负的十字架更沉重一些吧！

红卫兵们让他负担的东西确实很重，但不是十字架。别的批判对象戴的高帽子都是用竹条扎的框架，而他戴的这顶却是用一指粗的钢筋焊成的，还有他挂在胸前的那块牌子，也不是别人挂的木板，而是从实验室的一个烤箱上拆下的铁门，上面用黑色醒目地写着他的名字，并沿对角线画上了一个红色的大叉。

押送叶哲泰上台的红卫兵比别的批判对象多了一倍，有六人，两男四女。两个男青年步伐稳健有力，一副成熟的青年布尔什维克形象，他们都是物理系理论物理专业大四年级的，叶哲泰曾是他们的老师；那四名女孩子要年轻得多，都是大学附中的初二学生，这些穿着军装扎着武装带的小战士挟带着逼人的青春活力，像四团绿色的火焰包围着叶哲泰。叶哲泰的出现使下面的人群兴奋起来，刚才已有些乏力的口号声又像新一轮海潮般重新高昂起来，淹没了一切。

耐心地等口号声平息下去后，台上两名男红卫兵中的一人转向批判对象："叶哲泰，你精通各种力学，应该看到自己正在抗拒的这股伟大的合力是多么强大，顽固下去是死路一条！今天继续上次大会的议程，废话就不多说了。老实回答下面的问题：在六二至六五届的基础课中，你是不是擅自加入了大量的相对论内容?！"

"相对论已经成为物理学的古典理论，基础课怎么能不涉及它呢？"叶哲泰回答说。

"你胡说！"旁边的一名女红卫兵厉声说，"爱因斯坦是反动的学术权威，他有奶便是娘，跑去为美帝国主义造原子弹！要建立起革命的科学，就要打倒以相对论为代表的资产阶级理论黑旗！"

叶哲泰沉默着，他在忍受着头上铁高帽和胸前铁板带来的痛苦，不值得回应的问题就沉默了。在他身后，他的学生也微微皱了一下眉头。说话的女孩儿是这四个中学红卫兵中天资最聪颖的一个，并且显然有备而来，刚才上台前还看到她在背批判稿，但要对付叶哲泰，仅凭她那几句口号是不行的。他们决定亮出今天为老师准备的新武器，其中的一人对台下挥了一下手。

叶哲泰的妻子、同系的物理学教授绍琳从台下的前排站起来，走上台。她身穿一件很不合体的草绿色衣服，显然想与红卫兵的色彩拉近距离，但熟悉绍琳的人联想到以前常穿精致旗袍讲课的她，总觉得别扭。

“叶哲泰！”绍琳指着丈夫喝道，她显然不习惯于这种场合，尽量拔高自己的声音，却连其中的颤抖也放大了，“你没有想到我会站出来揭发你，批判你吧?！是的，我以前受你欺骗，你用自己那反动的世界观和科学观蒙蔽了我！现在我醒悟了，在革命小将的帮助下，我要站到革命的一边，人民的一边！”她转向台下，“同志们、革命小将们、革命的教职员工们，我们应该认清爱因斯坦相对论的反动本质，这种本质，广义相对论体现得最清楚：它提出的静态宇宙模型，否定了物质的运动本性，是反辩证法的！它认为宇宙有限，更是彻头彻尾的反动唯心主义……”

听着妻子滔滔不绝的演讲，叶哲泰苦笑了一下。琳，我蒙蔽了你？其实你在我心中倒一直是个谜。

一次，我对你父亲称赞你那过人的天资——他很幸运，去得早，躲过了这场灾难——老人家摇摇头，说我女儿不可能在学术上有什么建树；接着，他说出了对我后半生很重要的一句话：琳琳太聪明了，可是搞基础理论，不笨不行啊。

以后的许多年里，我不断悟出这话的深意。琳，你真的太聪明了，早在几年前，你就嗅出了知识界的政治风向，做出了一些超前的举动，比如你在教学中，把大部分物理定律和参数都改了名字，欧姆定律改叫电阻定律，麦克斯韦方程改名成电磁方程，普朗克常数叫成了量子常数……你对学生们解释说：所有的科学成果都是广大劳动人民智慧的结晶，那些资产阶级学术权威不过是窃取了这些智慧。但即使这样，你仍然没有被“革命主流”所接纳，看看现在的你，衣袖上没有“革命教职员工”都戴着的红袖章；你两手空空地上来，连一本语录都没资格拿……谁让你出生在旧中国那样一个显赫的家庭，你父母又都是那么著名的学者。

说起爱因斯坦，你比我有更多的东西需要交代。1922年冬天，爱因斯坦到上海访问，你父亲因德语很好被安排为接待陪同者之一。你多次告诉我，父亲是在爱因斯坦的亲自教诲下走上物理学之路的，而你选择物理专业又是受了父亲的影响，所以爱翁也可以看作你的间接导师，你为此感到无比的自豪和幸福。

后来我知道，父亲对你讲了善意的谎言，他与爱因斯坦只有过一次短得不能再短的交流。

那是1922年11月13日上午，他陪爱因斯坦到南京路散步，同行的好像还有上海大学校长于右任、《大公报》经理曹谷冰等人，经过一个路基维修点，爱因斯坦在一名砸石子的小工身旁停下，默默看着这个在寒风中衣衫破烂、手脸污黑的男孩子，问你父亲：他一天挣多少钱？问过小工后，你父亲回答：五分。这就是他与改变世界的科学大师唯一的一次交流，没有物理学，没有相对论，只有冰冷的现实。据你父亲说，爱因斯坦听到他的回答后又默默地站在那里好一会儿，看着小工麻木的劳作，手里的烟斗都灭了也没有吸一口。你父亲在回忆这件事后，对我发出这样的感叹：在中国，任何超脱飞扬的思想都会砰然坠地的，现实的引力太沉重了。

“低下头！”一名男红卫兵大声命令。这也许是自己的学生对老师一丝残存的同情，被批斗者都要低头，但叶哲泰要这样，那顶沉重的铁高帽就会掉下去，以后只要他一直低着头，就没有理由再给他戴上。但叶哲泰仍昂着头，用瘦弱的脖颈支撑着那束沉重的钢铁。

“低头！你个反动顽固分子！！”旁边一名女红卫兵解下腰间的皮带朝叶哲泰挥去，黄铜带扣正打在他脑门上，在那里精确地留下了带扣的形状，但很快又被瘀血模糊成黑紫的一团。他摇晃了一下，又站稳了。

一名男红卫兵质问叶哲泰：“在量子力学的教学中，你也散布过大量的反动言论！”说完对绍琳点点头，示意她继续。

绍琳迫不及待地要继续下去了，她必须不停顿地说下去，以维持自己那摇摇欲坠的精神免于彻底垮掉。“叶哲泰，这一点你是无法抵赖的！你多次向学生散布反动的哥本哈根解释！”

“这毕竟是目前公认的最符合实验结果的解释。”叶哲泰说，在受到如此重击后，他的口气还如此从容，这让绍琳很吃惊，也很恐惧。

“这个解释认为，是外部的观察导致了量子波函数的坍缩，这是反动唯心论的另一种表现形式，而且是一种最猖狂的表现！”

“是哲学指引实验还是实验指引哲学？”叶哲泰问道，他这突然的反击令批判者们一时不知所措。

“当然是正确的马克思主义哲学指引科学实验！”一名男红卫兵说。

“这等于说正确的哲学是从天上掉下来的。反对实践出真知，恰恰是违背马克思主义对自然界的认知原则的。”

绍琳和两名大学红卫兵无言以对，与中学和社会上的红卫兵不同，他们不可能一点儿道理也不讲。但来自附中的四位小将自有她们“无坚不摧”的革命方式，刚才动手的那个女孩儿又狠抽了叶哲泰一皮带，另外三个女孩子也都分别抡起皮带抽了一下，当同伴革命时，她们必须表现得更革命，至少要同样革命。两名男红卫兵没有过问，他们要是现在管这事，也有不革命的嫌疑。

“你还在教学中散布宇宙大爆炸理论，这是所有科学理论中最反动的一个！”一名男红卫兵试图转移话题。

“也许以后这个理论会被推翻，但本世纪的两大宇宙学发现：哈勃红移和3K宇宙背景辐射，使大爆炸学说成为目前为止最可信的宇宙起源理论。”

“胡说！”绍琳大叫起来，又接着滔滔不绝地讲起了宇宙大爆炸，自然不忘深刻地剖析其反动本质。但这理论的超级新奇吸引了四个小女孩儿中最聪明的那一个，她不由自主地问道：

“连时间都是从那个奇点开始的?！那奇点以前有什么？”

“什么都没有。”叶哲泰说，像回答任何一个小女孩儿的问题那样，他转头慈祥地看着她，铁高帽和已受的重伤，使他这动作很艰难。

“什么……都没有?！反动！反动透顶!！”那女孩儿惊恐万状地大叫起来，她不知所措地转向绍琳寻求帮助，立刻得到了回应。

“这给上帝的存在留下了位置。”绍琳对女孩儿点点头提示说。

小红卫兵那茫然的思路立刻找到了立脚点，她举起紧握皮带的手指着叶哲泰，“你，是想说有上帝?！”

“我不知道。”

“你说什么！”

“我是说不知道，如果上帝是指宇宙之外的超意识的话，我不知道它是不是存在；正反两方面，科学都没给出确实的证据。”其实，在这噩梦般的时刻，叶哲泰已倾向于相信它不存在了。

这句大逆不道的话在整个会场引起了骚动，在台上一名红卫兵的带领下，又爆发了一波波的口号声：

“打倒反动学术权威叶哲泰！！”

“打倒一切反动学术权威！！”

“打倒一切反动学说！！”

……

“上帝是不存在的，一切宗教，都是统治阶级编造出来的麻痹人民的精神工具！”口号平息后，那个小女孩儿大声说。

“这种看法是片面的。”叶哲泰平静地说。

恼羞成怒的小红卫兵立刻做出了判断，对于眼前这个危险的敌人，一切语言都无意义了。她抡起皮带冲上去，她的三个小同志立刻跟上，叶哲泰的个子很高，这四个十四岁的女孩儿只能朝上抡皮带才能打到他那不肯低下的头，在开始的几下打击后，他头上能起一定保护作用的铁高帽被打掉了，接下来带铜扣的宽皮带如雨点般打在他的头上和身上——他终于倒下了，这鼓舞了小红卫兵们，她们更加投入地继续着这“崇高”的战斗，她们在为信念而战，为理想而战，她们为历史给予自己的光辉使命所陶醉，为自己的英勇而自豪……

“最高指示：要文斗不要武斗！”叶哲泰的两名学生终于下定了决心，喊出了这句话，两人同时冲过去，拉开了已处于半疯狂状态的四个小女孩儿。

但已经晚了，物理学家静静地躺在地上，半睁的双眼看着从他的头颅上流出的鲜血，疯狂的会场瞬间陷入了一片死寂，那条血迹是唯一在动的东西，它像一条红蛇缓慢地蜿蜒爬行着，到达台沿后一滴滴地滴在下面一个空箱子上，发出有节奏的“嗒嗒”声，像渐行渐远的脚步。

一阵怪笑声打破了寂静，这声音是精神已彻底崩溃的绍琳发出的，听起来十分恐怖。人们开始离去，最后发展成一场大溃逃，每个人都想尽快逃离这个地方。会场很快空了下来，只剩下一个姑娘站在台下。

她是叶哲泰的女儿叶文洁。

当那四个女孩儿施暴夺去父亲生命时，她曾想冲上台去，但身边的两名老校工死死抓住她，并在耳边低声告诉她别连自己的命也不要了，当时会场已经处于彻底的癫狂，她的出现只会引出更多的暴徒。她曾声嘶力竭地哭叫，但声音淹没在会场上疯狂的口号和助威声中，当一切寂静下来时，她自己也发不出任何声音了，只是凝视着台上父亲那已没有生命的躯体，那没有哭出和喊出的东西在她的血液中弥漫、溶解，将伴她一生。

人群散去后，她站在那里，躯干和四肢仍保持着老校工抓着她时的姿态，一动不动，像石化了一般。过了好久，她才将悬空的手臂放下来，缓缓起身走上台，坐在父亲的遗体边，握起他的一只已凉下来的手，两眼失神地看着远方。当遗体要被抬走时，叶文洁从衣袋中拿出一样东西放到父亲的那只手中，那是父亲的烟斗。

文洁默默地离开了已经空无一人一片狼藉的操场，走上回家的路。当她走到教工宿舍楼下时，听到了从二楼自家窗口传出的一阵阵痴笑声，这声音是那个她曾叫作妈妈的女人发出的。文洁默默地转身走去，任双脚将她带向别处。

8

寂静的春天

两年以后，大兴安岭。

“顺山倒咧——”

随着这声嘹亮的号子，一棵如巴特农神庙的巨柱般高大的落叶松轰然倒下，叶文洁感到大地抖动了一下。她拿起斧头和短锯，开始去除巨大树身上的枝丫。每到这时，她总觉得自己是在为一个巨人整理遗体。她甚至常常有这样的想象：这巨人就是自己的父亲。两年前那个凄惨的夜晚，她在太平间为父亲整理遗容时的感觉就在这时重现。巨松上那绽开的树皮，似乎就是父亲躯体上累累的伤痕。

内蒙古生产建设兵团的六个师四十一个团十多万人就分布在这辽阔的森林和草原之间。刚从城市来到这陌生的世界时，很多兵团知青都怀着一个浪漫的期望：当苏修帝国主义的坦克集群越过中蒙边境时，他们将飞快地武装起来，用自己的血肉构成共和国的第一道屏障。事实上，这也确实是兵团组建时的战略考虑之一。但他们渴望的战争就像草原天边那跑死马的远山，清晰可见，但到不了眼前，于是他们只有垦荒、放牧和砍伐。这些曾在大串联中燃烧青春的年轻人很快发现，与这广阔天地相比，内地最大的城市不过是个羊圈；在这寒冷无际的草原和森林间，燃烧是无意义的，一腔热血喷出来，比一堆牛粪凉得更快，还不如后者有使用价值。但燃烧是他们的命运，他们是燃烧的一代。于是，在他们的油锯和电锯下，大片的林海化为荒山秃岭；在他们的拖拉机和康拜因（联合收割机）下，大片的草原被犁成粮田，然后变成沙漠。

叶文洁看到的砍伐只能用疯狂来形容，高大挺拔的兴安岭落叶松、四季常青的樟子松、亭亭玉立的白桦、耸入云天的山杨、西伯利亚冷杉，以及黑桦、柞树、山榆、水曲柳、钻天柳、蒙古栎，见什么伐什么，几百把油锯如同一群钢铁蝗虫，她的连队所过之处，只剩下一片树桩。

整理好的落叶松就要被履带拖拉机拖走了，在树干另一头，叶文洁轻轻抚摸了一下那崭新的锯断面，她常常下意识地这么做，总觉得那是一处巨大的伤口，似乎能感到大树的剧痛。她突然看到，在不远处树桩的锯断面上，也有一只在轻轻抚摸的手，那手传达出的心灵的颤抖，与她产生了共振。那手虽然很白皙，但能够看出是属于男性的。叶文洁抬头，看到抚摸树桩的人是白沐霖，一个戴眼镜的瘦弱青年，他是兵团《大生产报》的记者，前天刚到连队来采访。叶文洁看过他写的文章，文笔很好，其中有一种与这个粗放环境很不协调的纤细和敏感，令她很难忘。

"马钢，你过来。" 白沐霖对不远处一个小伙子喊道，那人壮得像这棵刚被他伐倒的落叶松。他走过来，白记者问道："你知道这棵树多大年纪了？"

“数数呗。”马钢指指树桩上的年轮说。

“我数了，三百三十多岁呢。你锯倒它用了多长时间？”

“不到十分钟吧，告诉你，我是连里最快的油锯手，我到哪个班，流动红旗就跟我到那儿。”马钢看上去很兴奋，让白记者注意到的人都这样，能在《大生产报》的通讯报道上露一下脸也是很光荣的事。

“三百多年，十几代人啊，它发芽时还是明朝呢，这漫长的岁月里，它经历过多少风雨，见过多少事。可你几分钟就把它锯倒了，你真没感觉到什么？”

“你想让我感觉到什么呢？”马钢愣了一下，“不就一棵树嘛，这里最不缺的就是树，比它岁数长的老松多的是。”

“忙你的去吧。”白沐霖摇摇头，坐在树桩子上轻轻叹息了一声。

马钢也摇摇头，记者没有报道他的兴趣，令他很失望。“知识分子毛病就是多。”他说的时候还瞟了一眼不远处的叶文洁，他的话显然也包括了她。

大树被拖走了，地面上的石块和树桩划开了树皮，使它巨大的身躯皮开肉绽。它原来所在的位置上，厚厚的落叶构成的腐殖层被压出了一条长沟，沟里很快渗出了水，陈年落叶使水呈暗红色，像血。

“小叶，过来歇歇吧。”白沐霖指指大树桩空着的另一边对叶文洁说。文洁确实累了，放下工具，走过来和记者背靠背地坐着。

沉默了好一会儿，白沐霖突然说：“我看得出来你的感觉，在这里也就我们俩有这种感觉。”

文洁仍然沉默着，白沐霖预料她不会回答。叶文洁平时沉默寡言，很少与人交流，有些刚来的人甚至误认为她是哑巴。

白沐霖自顾自地说下去："一年前打前站时我就到过这个林区，记得刚到时是晌午，接待我们的人说要吃鱼，我在那间小树皮屋里四下看看，就烧着一锅水，哪有鱼啊；水开后，见做饭的人拎着擀面杖出去，到屋前的那条小河中'乒乓'几棒子，就打上几条大鱼来……多富饶的地方，可现在看看那条河，一条什么都没有的浑水沟。我真不知道，现在整个兵团的开发方针是搞生产还是搞破坏？"

"你这种想法是从哪儿来呢？"叶文洁轻声问，并没有透露出她对这想法是赞同还是反对，但她能说话，已经让白沐霖很感激了。

"我刚看了一本书，感触很深……你能读英文吧？"看到文洁点点头，白沐霖从包中掏出一本蓝色封面的书，在递给文洁时，他有意无意地四下看了看，"这本书是1962年出的，在西方影响很大。"

文洁转身接过书，看到书名是*SILENT SPRING*（《寂静的春天》），作者是Rachel Carson（蕾切尔·卡逊）。"哪儿来的？"她轻声问。

"这本书引起了上级的重视，要搞内参，我负责翻译与森林有关的那部分。"

文洁翻开书，很快被吸引住了，在短短的序章中，作者描述了一个在杀虫剂的毒害下正在死去的寂静的村庄，平实的语言背后显现着一颗忧虑的心。

"我想给中央写信，反映建设兵团这种不负责任的行径。"白沐霖说。

叶文洁从书上抬起头来，好半天才明白他的意思，没说什么又低头看书。

"你要想看就先拿着，不过最好别让其他人看见，这东西，你知道……”白沐霖说着，又四下看了看，起身离去。

三十八年后，在叶文洁的最后时刻，她回忆起《寂静的春天》对自己一生的影响。在这之前，人类恶的一面已经在她年轻的心灵上刻下不可愈合的巨创，但这本书使她对人类之恶第一次进行了理性的思考。这本来应该是一本很普通的书，主题并不广阔，只是描述杀虫剂的滥用对环境造成的危害，但作者的视角对叶文洁产生了巨大的震撼：蕾切尔·卡逊所描写的人类行为——使用杀虫剂，在文洁看来只是一种正当和正常的、至少是中性的行为；而本书让她看到，从整个大自然的视角看，这个行为与“文化大革命”是没有区别的，对我们的世界产生的损害同样严重。那么，还有多少在自己看来是正常甚至正义的人类行为是邪恶的呢？

再想下去，一个推论令她不寒而栗，陷入恐惧的深渊：也许，人类和邪恶的关系，就是大洋与漂浮于其上的冰山的关系，它们其实是同一种物质组成的巨大水体，冰山之所以被醒目地认出来，只是由于其形态不同而已，而它实质上只不过是这整个巨大水体中极小的一部分……人类真正的道德自觉是不可能的，就像他们不可能拔着自己的头发离开大地。要做到这一点，只有借助于人类之外的力量。

这个想法最终决定了叶文洁的一生。

四天之后，叶文洁去还书。白沐霖住在连队唯一的一间招待房里，文洁推开门，他正疲惫地躺在床上，一身泥水和木屑，见到文洁，他赶紧起身。

“今天干活儿了？”文洁问。

“下连队这么长时间了，不能总是甩手到处转，劳动得参加，三结合嘛。哦，我们在雷达峰干，那里林木真密，地下的腐叶齐膝深，我真怕中了瘴气。”白沐霖说。

“雷达峰?！”文洁听到这个名字很吃惊。

“是啊，团里下的紧急任务，要围着它伐出一圈警戒带。”

雷达峰是一个神秘的地方，那座陡峭的奇峰本没有名字，只是因为它的峰顶有一面巨大的抛物面天线才得此名。其实，稍有常识的人都知道那不是雷达天线，虽然它的方向每天都会变化，但从未连续转动过。那天线在风中发出低沉的嗡嗡声，很远都能听到。连队的人只知道那是一个军事基地，听当地人说，三年前建设那个基地时，曾动用巨大的人力，向峰顶架设了一条高压线，开辟了一条通向峰顶的公路，有大量的物资沿公路运上去。但基地建成后，竟把这条公路拆毁了，只留下一条勉强能通行的林间小路，常有直升机在峰顶起降。

那座天线并不总是出现，风太大时它会被放倒，而当它立起来时，就会发生许多诡异的事情：林间的动物变得焦躁不安，林鸟被大群地惊起，人也会出现头晕恶心等许多不明症状。在雷达峰附近的人还特别容易掉头发，据当地人说，这也是天线出现后才有的事。

雷达峰有许多神秘的传说：一次下大雪，那个天线立起来，这方圆几里的雪立刻就变成了雨！严寒中，雨水在树上冻成冰，每棵树都挂起了大冰挂子，森林成了水晶宫，其间不断地响着树枝被压断的“咔嚓”声和冰挂子坠地的“轰轰”声。有时，在天线立起时，晴空会出现雷电，夜间天空中能看到奇异的光晕……雷达峰警戒森严，建设兵团的连队驻扎后，连长第一件事就是让所有人注意不要擅自靠近雷达峰，否则基地的岗哨可以不经警告就开枪。上星期，连队里两个打猎的兵团战士追一只狍子，不知不觉追到了雷达峰下，立刻招来了来自半山腰上岗亭的急促射击，幸亏林子密，两人没伤着跑了回来，其中一个吓得尿了一裤子。第二天连里开会，每人挨了一个警告处分。可能正是因为这事，基地才决定在周围的森林中开伐一圈警戒带，而兵团的人力可以随他们调用，也可见其行政级别很高。

白沐霖接过书，小心地放到枕头下面，同时从那里拿出了几页写得密密麻麻的稿纸，递给文洁，“这是那封信的草稿，你看看行吗？”

“信？”

“我跟你说过的，要给中央写信。”

纸上的字迹很潦草，叶文洁很吃力地看完了。这封信立论严谨，内容丰富：从太行山因植被破坏，由历史上的富庶之山变成今天贫瘠的秃岭，到现代黄河泥沙含量的急剧增加，得出了内蒙古建设兵团的大垦荒将带来严重后果的结论。文洁这才注意到，他的文笔真的与《寂静的春天》很相似，平实精确而蕴含诗意，令理科出身的她感到很舒适。

“写得很好。”她由衷地赞叹道。

白沐霖点点头，“那我寄出去了。”说着拿出了一本新稿纸要誊抄，但手抖得厉害，一个字都写不出来。第一次使油锯的人都是这样，手抖得可能连饭碗都端不住，更别说写字了。

“我替你抄吧。”叶文洁说，接过白沐霖递来的笔抄了起来。

“你字写得真好。”白沐霖看着稿纸上抄出的第一行字说，他给文洁倒了一杯水，手仍然抖得厉害，水洒出来不少，文洁忙把信纸移开些。

“你是学物理的？”白沐霖问。

“天体物理，现在没什么用处了。”文洁回答，没有抬头。

“那就是研究恒星吧，怎么会没用处呢？现在大学都已复课，但研究生不再招了，你这样的高级人才窝到这种地方，唉……”

文洁没有回答，只是埋头抄写，她不想告诉白沐霖，自己能进入建设兵团已经很幸运了。对于现实，她什么都不想说，也没什么可说的了。

屋里安静下来，只有钢笔尖在纸上划动的沙沙声。文洁能闻到身边记者身上松木锯末的味道，自父亲惨死后，她第一次有一种温暖的感觉，第一次全身心松弛下来，暂时放松了对周围世界的戒心。

一个多小时后，信抄完了，又按白沐霖说的地址和收信人写好了信封，文洁起身告辞，走到门口时，她回头说：“把你的外衣拿来，我帮你洗洗吧。”说完后，她对自己的这一举动很吃惊。

“不，那哪儿行！”白沐霖连连摆手说，“你们建设兵团的女战士，白天干的都是男同志的活儿，快回去休息吧，明天六点就要上山呢。哦，文洁，我后天就要回师部了，我会把你的情况向上级反映一下，也许能帮上忙呢。”

“谢谢，不过我觉得这里很好，挺安静的。”文洁看着月光下大兴安岭朦胧的林海说。

“你是不是在逃避什么？”

“我走了。”叶文洁轻声说，转身离去。

白沐霖看着她那纤细的身影在月光下消失，然后，他抬头遥望文洁刚才看过的林海，看到远方的雷达峰上，巨大的天线又缓缓立起，闪着金属的冷光。

三个星期后的一天中午，叶文洁被从伐木场紧急召回连部。一走进办公室，她就发现气氛不对，连长和指导员都在，还有一个表情冷峻的陌生人，他面前的办公桌上放着一个黑色的公文包，旁边两件东西显然是从公文包中拿出来的，那是一个信封和一本书，信封是拆开的，书就是那本她看过的《寂静的春天》。

这个年代的人对自己的政治处境都有一种特殊的敏感，而这种敏感在叶文洁身上更强烈一些，她顿时感到周围的世界像一个口袋般收紧，一切都向她挤压过来。

“叶文洁，这是师政治部来调查的张主任，”指导员指指陌生人说，“希望你配合，要讲实话。”

“这封信是你写的吗？”张主任问，同时从信封中抽出信来。叶文洁伸手去拿，但张主任没给她，仍把信拿在自己手中，一页一页翻给她看，终于翻到了她想看的最后一页，落款上没有姓名，只写着“革命群众”四个字。

“不，不是我写的。”文洁惊恐地摇摇头。

“可这是你的笔迹。”

“是，可我是帮别人抄的。”

“帮谁？”

平时在连队遇到什么事，叶文洁很少为自己申辩，所有的亏都默默地吃了，所有的委屈都默默地承受，更不用说牵连别人了。但这次不同，她很清楚这意味着什么。

“是帮那位上星期到连队来采访的《大生产报》记者抄的，他叫……”

“叶文洁！”张主任的眼睛像两个黑洞洞的枪口对着她，“我警告你，诬陷别人会使你的问题更加严重。我们已经从白沐霖同志那里调查清楚了，他只是受你之托把信带到呼和浩特发出去，并不知道信的内容。”

“他……是这么说的？！”文洁眼前一黑。

张主任没有回答她的话，而是拿起了那本书，“你写这封信，一定是受到了它的启发。”他把书对着连长和指导员展示了一下，“这本书叫《寂静的春天》，1962年在美国出版，在资本主义世界影响很大。”他接着从公文包中拿出了另一本书，封面是白皮黑字，“这是这本书的中译本，是有关部门以内参形式下发的，供批判用。现在，上级对这本书已经做出了明确的定性：这是一部反动的大毒草。该书从唯心史观出发，宣扬末世论，借环境问题之名，为资本主义世界最后的腐朽没落寻找托词，其实质是十分反动的。”

“可这本书……也不是我的。”文洁无力地说。

“白沐霖同志是上级指定的本书译者之一，他携带这本书是完全合法的，当然，他也负有保管责任，不该让你趁他在劳动中不备时偷拿去看——现在，你从这本书中找到了向社会主义进攻的思想武器。”

叶文洁沉默了，她知道自己已经掉到陷阱的底部，任何挣扎都是徒劳的。

与后来人们熟知的一些历史记载相反，白沐霖当初并非有意陷害叶文洁，他写给中央的那封信也可能是出于真诚的责任心。那时怀着各种目的直接给中央写信的人很多，大多数信件石沉大海，也有少数人因此一夜之间飞黄腾达或面临灭顶之灾。当时的政治神经是极其错综复杂的，作为记者，白沐霖自以为了解这神经系统的走向和敏感之处，但他过分自信了，他这封信触动了他以前不知道的雷区。得知消息后，恐惧压倒了一切，他决定牺牲叶文洁，保护自己。

半个世纪后，历史学家们一致认为，1969年的这一事件是以后人类历史的一个转折点。

白沐霖无意之中成为一个标志性的关键历史人物，但他自己没有机会知道这点，历史学家们失望地记载了他平淡的余生。白沐霖在《大生产报》一直工作到1975年，那时内蒙古建设兵团撤销，他调到一个东北城市的科协工作至20世纪80年代初，然后出国到加拿大，在渥太华一所华语学校任教师至1991年，患肺癌去世。余生中他没对任何人提起过叶文洁的事，是否感到过自责和忏悔也不得而知。

“小叶啊，连里对你可是仁至义尽了。”连长喷出一口辣烈的莫合烟，看着地面说，“你出身和家庭背景都不好，可我们没把你当外人。针对你脱离群众、不积极要求进步的倾向，我和指导员都多次找你谈过，想帮助你。谁想到，你竟犯了这么严重的错误！”

“我早就看出来，她对‘文化大革命’的抵触情绪是根深蒂固的。”指导员接着说。

“下午，派两个人，把她和这些罪证一起送到师部去。”张主任面无表情地说。

同室的三名女犯相继被提走，监室里只剩叶文洁一个人了。墙角的那一小堆煤用完了也没人来加，炉子很快灭了，监室里冷了下来，叶文洁不得不将被子裹在身上。

天黑前来了两个人，其中一名是年长些的女干部，随行的那人介绍说她是中级法院军管会的军代表。

“程丽华。”女干部自我介绍说，她四十多岁，身穿军大衣，戴着一副宽边眼镜，面部线条柔和，看得出年轻时一定很漂亮，说话时面带微笑，让人感到平易近人。叶文洁清楚，这样级别的人来到监室见一个待审的犯人，很不寻常。她谨慎地对程丽华点点头，起身在狭窄的床铺上给她让出坐的地方。

“这么冷，炉子呢？”程丽华不满地看了站在门口的看守所所长一眼，又转向文洁，“嗯，年轻，你比我想的还年轻。”说完坐在床上，离文洁很近，低头翻起公文包来，嘴里还像老大妈似的嘟囔着，“小叶你糊涂啊，年轻人都这样，书越读得多越糊涂了，你呀你呀……”她找到了要找的东西，把那一小打文件抱在胸前，抬头看着叶文洁，目光中充满了慈爱，“不过，年轻人嘛，谁没犯过错误？我就犯过，那时我在四野的文工团，苏联歌曲唱得好，一次政治学习会上，我说我们应该并入苏联，成为苏维埃社会主义联盟的一个新共和国，这样国际共产主义的力量就更强大了……幼稚啊，可谁没幼稚过呢？还是那句话，不要有思想负担，有错就认识就改，然后继续革命嘛。”

程丽华的一席话拉近了叶文洁与她的距离，但叶文洁在灾难中学会了谨慎，她不敢贸然接受这份奢侈的善意。

程丽华把那叠文件放到叶文洁面前的床面上，递给她一支笔，“来，先签了字，咱们再好好谈谈，解开你的思想疙瘩。”她的语气，仿佛在哄一个小孩儿吃奶。

叶文洁默默地看着那份文件，一动不动，没有去接笔。

程丽华宽容地笑笑，“你是可以相信我的，我以人格保证，这文件内容与你的案子无关，签字吧。”

站在一边的那名随行者说：“叶文洁，程代表是想帮你的，她这几天为你的事可没少操心。”

程丽华挥手制止他说下去。“能理解的，这孩子，唉，给吓坏了。现在一些人的政策水平实在太低，建设兵团的，还有你们法院的，方法简单，作风粗暴，像什么样子！好吧，小叶，来，看看文件，仔细看看吧。”

叶文洁拿起文件，在监室昏黄的灯光下翻看着。程代表没骗她，这份材料确实与她的案子无关，是关于她那已死去的父亲的。其中记载了父亲与一些人的交往情况和谈话内容，文件的提供者是叶文洁的妹妹叶文雪。作为一名最激进的红卫兵，叶文雪积极主动地揭发父亲，写过大量的检举材料，其中的一些直接导致了父亲的惨死。但这一份材料文洁一眼就看出不是妹妹写的，文雪揭发父亲的材料文笔激烈，读那一行行字就像听着一挂挂炸响的鞭炮，但这份材料写得很冷静、很老到，内容翔实精确，谁谁谁哪年哪月哪日在哪里见了谁谁谁又谈了什么，外行人看去像一本平淡的流水账，但其中暗藏的杀机，绝非叶文雪那套小孩子把戏所能相比的。

材料的内容她看不太懂，但隐约感觉到与一个重大国防工程有关。作为物理学家的女儿，叶文洁猜出了那就是从1964年开始震惊世界的中国两弹工程。在这个年代，要搞倒一个位置很高的人，就要在其分管的各个领域得到他的黑材料，但两弹工程对阴谋家们来说是个棘手的领域，这个工程处于中央的重点保护之下，得以避开“文革”的风雨，他们很难插手进去。

由于出身问题没通过政审，父亲并没有直接参加两弹研制，只是做了一些外围的理论工作，但要利用他，比利用两弹工程的那些核心人物更容易些。叶文洁不知道材料上那些内容是真是假，但可以肯定，上面的每一个标点符号都具有致命的政治杀伤力。除了最终的打击目标外，还会有无数人的命运要因这份材料坠入悲惨的深渊。材料的末尾是妹妹那大大的签名，而叶文洁是要作为附加证人签名的，她注意到，那个位置已经有三个人签了名。

“我不知道父亲和这些人说的这些话。”叶文洁把材料放回原位，低声说。

“怎么会不知道呢？这其中许多的谈话都是在你家里进行的，你妹妹都知道你就不知道？”

“我真的不知道。”

“但这些谈话内容是真实的，你要相信组织。”

“我没说不是真的，可我真的不知道，所以不能签。”

“叶文洁。”那名随行人员上前一步说，但又被程代表制止了。她朝文洁坐得更近些，拉起她一只冰凉的手，说：

“小叶啊，我跟你交个底吧。你这个案子，弹性很大的，往低的说，知识青年受反动书籍蒙蔽，没什么大事，都不用走司法程序，参加一次学习班好好写几份检查，你就可以回兵团了；往高说嘛，小叶啊，你心里也清楚，判现行反革命是完全可以的。对于你这种政治案件，现在公检法系统都是宁左勿右，左是方法问题，右是路线问题，最终大方向还是要军管会定。当然，这话只能咱们私下说说。”

随行人员说：“程代表是真的为你好，你自己看到了，已经有三个证人签字了，你签不签又有多大意义？叶文洁，你别一时糊涂啊。”

“是啊，小叶，看着你这个有知识的孩子就这么毁了，心疼啊！我真的想救你，你千万要配合。看看我，我难道会害你吗？”

叶文洁没有看军代表，她看到了父亲的血。“程代表，我不知道上面写的事，我不会签的。”

程丽华沉默了，她盯着文洁看了好一会儿，冰冷的空气仿佛凝固了一般。然后她慢慢地将文件放回公文包，站起身，她脸上慈祥的表情仍然没有褪去，只是凝固了，仿佛戴着一张石膏面具。她就这样慈祥地走到墙角，那里放着一桶盥洗用的水，她提起桶，把里面的水一半泼到叶文洁的身上，一半倒在被褥上，动作中有一种有条不紊的沉稳，然后扔下桶转身走出门，扔下了一句怒骂："顽固的小杂种！"

看守所所长最后一个走，他冷冷地看了浑身湿透的文洁一眼，"咣"的一声关了门锁上了。

在这内蒙古的严冬，寒冷通过湿透的衣服，像一个巨掌将叶文洁攥在其中，她听到自己牙齿打战的"咯咯"声，后来这声音也消失了。深入骨髓的寒冷使她眼中的现实世界变成一片乳白色，她感到整个宇宙就是一块大冰，自己是这块冰中唯一的生命体。她这个将被冻死的小女孩儿手中连火柴都没有，只有幻觉了……

她置身于其中的冰块渐渐变得透明了，眼前出现了一座大楼，楼上有一个女孩儿在挥动着一面大旗，她的纤小与那面旗的阔大形成鲜明对比，那是文洁的妹妹叶文雪。自从与自己的反动学术权威家庭决裂后，叶文洁再也没有听到过她的消息，直到不久前才知道妹妹已于两年前惨死于武斗。恍惚中，挥旗的人变成了白沐霖，他的眼镜反射着楼下的火光；接着那人又变成了程代表，变成了母亲绍琳，甚至变成父亲。旗手在不断变换，旗帜在不间断地被挥舞着，像一只永恒的钟摆，倒数着她那所剩无几的生命。

渐渐地旗帜模糊了，一切都模糊了，那块充满宇宙的冰块又将她封在中心，这次冰块是黑色的。

9

红岸之一

不知过了多长时间，叶文洁听到了沉重的轰鸣声。这声音来自所有的方向，在她那模糊的意识中，似乎有某种巨大的机械在钻开或锯开她置身于其中的大冰块。世界仍是一片黑暗，但轰鸣声却变得越来越真实，她终于能够确定这声音的来源既不是天堂也不是地狱。她意识到自己仍闭着眼睛，便努力地睁开沉重的眼皮——首先看到了一盏灯，灯深嵌在天花板内部，被罩在一层似乎是用于防撞击的铁丝网后面，发出昏暗的光，天花板似乎是金属的。

她听到有个男声在轻轻叫自己的名字。

“你在发高烧。”那人说。

“这是哪儿？”叶文洁无力地问，感觉声音不是自己发出的。

“在飞机上。”

叶文洁感到一阵虚弱，又昏睡过去，朦胧中轰鸣声一直伴随着她。

时间不长，她再次清醒过来，这时麻木消失，痛苦的感觉出现了：头和四肢的关节都很痛，嘴里呼出的气是发烫的，喉咙也痛，咽下一口唾沫感觉像咽下一块火炭。

叶文洁转过头，看到旁边有两个穿着和程代表一样军大衣的人，不同的是他们戴着有红五星的军棉帽，敞开的大衣露出了里面军服上的红领章，其中一名军人戴着眼镜。叶文洁发现自己也盖着一件军大衣，身上的衣服是干的，很暖和。

她吃力地想支起身，居然成功了。她看到了另一边的舷窗，窗外是缓缓移去的滚滚云海，被阳光照得很刺眼；她赶紧收回目光，看到狭窄的机舱中堆满了军绿色的铁箱子，从另一个舷窗中可以看到上方旋翼的影子。她猜自己可能是在一架直升机上。

“还是躺下吧。”戴眼镜的军人说，扶她重新躺下，把大衣盖好。

“叶文洁，这篇论文是你写的吗？”另一名军人把一本翻开的英文杂志伸到她眼前，她看到那文章的题目是“太阳辐射层内可能存在的能量界面和其反射特性”，他把杂志的封面让她看，那是1966年的一期《天体物理学》。

“肯定是的，这还用证实吗？”戴眼镜的军人拿走了杂志，然后介绍说，“这位是红岸基地的雷志成政委。我是杨卫宁，基地的总工程师。离降落还有一会儿，你休息吧。”

你是杨卫宁？叶文洁没有说出口，只是吃惊地看着他，发现他的表情很平静，显然不想让旁人知道他们认识。杨卫宁曾是叶哲泰的一名研究生，他毕业时叶文洁刚上大一。叶文洁现在还清楚地记得杨卫宁第一次到家里来的情形，那时他刚考上研究生，与导师谈课题方向。杨卫宁说他想搞倾向于实验和应用的课题，尽可能离基础理论远些。叶文洁记得父亲当时是这样说：我不反对，但我们毕竟是理论物理专业，你这样要求的理由呢？杨卫宁回答：我想投身于时代，做一些实际的贡献。父亲说：理论是应用的基础，发现自然规律，难道不是对时代最大的贡献？杨卫宁犹豫了一下，终于说出了真话：搞理论研究，容易在思想上犯错误。这话让父亲沉默了。

杨卫宁是个很有才华的人，数学功底扎实，思维敏捷，但在不长的研究生生涯中，他与导师的关系若即若离，他们相互之间保持着敬而远之的距离。那时叶文洁与杨卫宁经常见面，也许是受父亲影响，叶文洁没有过多地注意他，至于他是否注意过自己，叶文洁就不知道了。后来杨卫宁顺利毕业，不久就与导师中断了联系。

叶文洁再次虚弱地闭上眼睛后，两名军人离开了她，到一排箱子后面低声交谈。机舱很狭窄，叶文洁在引擎的轰鸣声中还是听到了他们的话——

“我还是觉得这事儿不太稳妥。”这是雷志成的声音。

杨卫宁反问：“那你能从正常渠道给我需要的人吗？”

“唉，我也费了很大劲儿。这种专业从军内找不到，从地方上找，问题就更多了，你知道这项目的保密级别，首先得参军，更大的问题还是保密条例要求的在基地的隔离工作周期。那么长时间，家属随军怎么办？也得到基地里，这谁都不愿意。找到的两个合适的候选人宁肯待在五七干校也不来。当然可以硬调，但这种工作的性质，要是不安心是什么都干不出来的。”

“所以只能这么办。”

“可这也太违反常规了。”

“这个项目本来就违反常规，出了事儿我负责就是了。”

“我的杨总啊，这责你负得了吗？你一头钻在技术里，‘红岸’可是与其他国防重点项目不同，它的复杂，是复杂在技术之外的。”

“你这倒是实话。”

降落时已是傍晚，叶文洁谢绝了杨卫宁和雷志成的搀扶，自己艰难地走下飞机，一阵强风差点把她吹倒，风吹在仍转动的旋翼上，发出尖厉的啸声。风中的森林气息文洁很熟悉，她认识这风，这风也认识她，这是大兴安岭的风。

她很快听到了另一种声音，一个低沉浑厚的嗡嗡声，浑厚而有力，似乎构成了整个世界的背景，这是不远处抛物面天线在风中的声音，只有到了跟前，才能真正感受到这张天网的巨大。叶文洁的人生在这一个月里转了一个大圈又回来了——她现在是在雷达峰上。

叶文洁不由得转头朝她的建设兵团连队所在的方向望去，只看到暮色中一片迷蒙的林海。

直升机显然不是专为接她的，几名士兵走过来，从机舱里卸下那些军绿色的货箱，他们从她身边走过，没人看她一眼。她和雷志成、杨卫宁一行三人继续向前走去，叶文洁发现雷达峰的峰顶是这样的宽阔，在天线的下面有一小群白色建筑物，与天线相比，它们像几块精致的积木。他们正朝有两名哨兵站岗的基地大门走去，走到门前，他们停了下来。

雷志成转向叶文洁，郑重地说：“叶文洁，你的反革命罪行证据确凿，将要面临的审判也是罪有应得；现在，你面前有一个立功赎罪的机会，你可以接受，也可以拒绝。”他向天线方向指了指，“这是一个国防科研基地，其中正在进行的研究项目需要你掌握的专业知识，更具体的，请杨总工程师为你介绍，你要慎重考虑。”说完他对杨卫宁点了点头，尾随搬运物资的士兵一起走进了基地。

杨卫宁等别人走远了，向叶文洁示意了一下，带她走远些，显然是怕哨兵听到下面的谈话。这时，他不再隐藏自己与她的相识，“叶文洁，我可向你说清楚，这不是什么机会。我向法院军管会了解过，虽然程丽华力主重判，但具体到你的情节，刑期最多也就是十年，考虑到可能的减刑，也就是六七年的样子。而这里——”他向基地方向偏了一下头，“是最高密级的研究项目，以你的身份，走进这道门，可能……”他停了好一会儿，似乎想让天线在风中的轰鸣声加重自己的语气，“一辈子都出不来了。”

“我进去。”叶文洁轻声说。

杨卫宁对她这么快的回答很吃惊，“你不必这么匆忙做决定，可以先回到飞机上去，它三小时后才起飞，你要是拒绝，我送你回去。”

“我不回去，我们进去吧。”叶文洁的声音仍很轻，但其中有一种斩钉截铁的坚定。现在除了死后不知是否存在的另一个世界，她最想去的地方就是这样与世隔绝的峰顶了，在这里，她有一种久违的安全感。

“还是慎重些吧，你想清楚这意味着什么。”

“我可以在这里待一辈子。”

杨卫宁低头沉默了，他看着远方，似乎强行给叶文洁一些思考权衡的时间，叶文洁也沉默着，在风中裹紧军大衣看着远方，那里，大兴安岭已消失在浓浓的夜色中。在严寒下不可能有很多时间，杨卫宁下决心起步走向大门，走得很快，像要把叶文洁甩掉似的，但叶文洁紧跟着他，走进了红岸基地的大门。两名哨兵在他们通过后关上了两扇沉重的铁门。

走了一段后，杨卫宁站住，指着天线对文洁说：“这是一个大型武器研究项目，如果成功，其意义可能比原子弹和氢弹都大。”

在路过基地内最大的一幢建筑时，杨卫宁径直过去推开了门，叶文洁在门口看到了“发射主控室”的字样，迈进门，一股带着机油味的热气迎面扑来，她看到宽敞的大厅中，密集地摆放着各类仪器设备，信号灯和示波仪上的发光图形闪成一片，十多名穿军装的操作人员坐在几乎将他们埋没的一排排仪器前，仿佛是蹲守在深深的战壕中。操作口令此起彼伏，显得紧张而混乱。“这里暖和些，你先等一会儿，我去安排好你的住处就来。”杨卫宁对叶文洁说，并指指门旁边一张桌子旁的椅子让她坐。叶文洁看到，那张桌前已经坐了一个人，那是一位带手枪的卫兵。

“我还是在外面等吧。”叶文洁停住脚步说。

杨卫宁和善地笑笑，“你以后就是基地的工作人员了，除了少数地方，你哪里都可以去。”说完，他脸上有一种不安的表情，显然意识到了这话另一层的意思：你再也不能离开这里了。

“我还是去外面吧。”叶文洁坚持说。

“那……好吧。”杨卫宁看看那位并没有注意他们的卫兵，似乎理解了叶文洁，带她走出主控室，“你到这个避风的地方，我几分钟就回来，主要是找人给那个房间生上火，基地的条件现在还不太好，没有暖气。”说完快步走去。

叶文洁站在主控室的门边，巨大的天线就竖立在她身后，整整占据了半个夜空。在这里，她能够清楚地听到里面传出的声音。突然，那纷乱的操作口令声消失了，主控室里一片寂静，只能隐约听到仪器设备偶尔发出的蜂鸣声，接着出现了一个压倒一切的男音：

“中国人民解放军第二炮兵，红岸工程第147次常规发射，授权确认完毕，30秒倒数！”

“目标类别：甲三；坐标序号：BN20197F；定位校核完毕，25秒倒数！”

“发射文档号：22；附加：无；续传：无；文档最后校核完毕，20秒倒数！”

“能源单元报告：正常！”

“编码单元报告：正常！”

“功放单元报告：正常！”

“干扰监测报告：在许可范围！”

“程序不可逆，15秒倒数！”

一切又安静下来，十几秒钟后，随着一个警铃声响起，天线上的一盏红灯急剧闪烁起来。

“发射启动！各单元注意监测！”

叶文洁感到脸上有轻微的瘙痒感，她知道一个巨大的电场出现了。她仰头顺着天线所指的方向望去，看到夜空中的一缕薄云发出幽幽蓝光，那光很微弱，最初她以为是自己的幻觉，但当那缕云飘离那片空域后，云的微光就消失了，另外一缕飘入的云也同样发出光来。在主控室中，口令声又响成一片，她只能隐约听出其中的几句：

“功放单元故障，3号磁控电子管烧毁！”

“冗余单元投入正常！”

“断点1，续传正常！”

……

叶文洁听到另外一种“呼啦啦”的声音，朦胧中，看到一片片黑影从山下的密林中出现，盘旋着升上夜空，她没想到严冬的森林中还有这么多的鸟儿被惊起。接着她目睹了恐怖的一幕：一个鸟群飞进了天线指向的范围，以发出幽光的那缕云为背景，她清楚地看到了群鸟纷纷从空中坠落。

这一过程大约持续了十五分钟，天线上的红灯熄灭了，叶文洁皮肤上的瘙痒感也消失了，主控室中，纷乱的口令声依旧，即使在那个洪亮的男音响起后也没有停止。

“红岸工程第147次发射进行完毕，发射系统关闭，红岸进入监测状态，请监测部接过系统控制权，并上传断点数据。”

“请各单元组认真填写发射日志，各组长到会议室参加发射例会，完毕。”

一切都沉寂下来，只有天线在风中发出的混响依旧。叶文洁看着夜空中的鸟群纷纷落回森林中。她再次仰望天线，感觉它像一只向苍穹张开的巨大手掌，拥有一种超凡脱俗的力量。她向“手掌”对着的夜空看去，并没有看到已被它打击的BN20197F号目标，在稀疏的云缕后面，只有1969年寒冷的星空。

10

宇宙闪烁之二

沙瑞山告诉汪淼，叶文洁90年代初才又回到了这座城市，在父亲曾工作过的大学讲授天体物理学直到退休。

“最近才知道，她那二十多年，是在红岸基地度过的。”

汪淼被沙瑞山的讲述震撼了，好半天才对他最后一句话有了反应，“难道那些传说……”

“大部分是真的。红岸自译解系统的一名研制者移民到欧洲，去年写了一本书，你所说的传说大多来自那本书，据我了解是真的。红岸工程的参与者大都还健在。”

“这可真是……传奇啊！”

“尤其是发生在那个年代，更是传奇中的传奇。”

……

照向射电天线阵列的聚光灯已经熄灭，天线在夜空下变成了简明的黑色二维图案，仿佛是一排抽象的符号，以同一个仰角齐齐地仰望着宇宙，似乎在等待着什么。这景象令汪淼不寒而栗，他想起了《三体》中的那些巨摆。

回到实验室时正好是凌晨一点，当他们将目光投向终端屏幕时，波动刚刚出现，直线变成了曲线，出现了间隔不一的尖尖的波峰，颜色也变红了，如同一条冬眠后的蛇开始充血蠕动了。

“肯定是COBE卫星的故障！”沙瑞山惊恐地盯着曲线说。

“不是故障。”汪淼平静地说，在这样的事情面前，他已经初步学会了控制自己。

“我们马上就能知道！”沙瑞山说着，在另外两台终端上快速操作起来。很快，他调出了另外两颗卫星WMAP和Planck的宇宙背景辐射实时数据，并将其变化显示为曲线——

三条曲线在同步波动，一模一样。

沙瑞山又搬出一台笔记本电脑，手忙脚乱地启动系统，插上宽带网线，然后打电话——汪淼听出他在联系乌鲁木齐射电观测基地——然后等待着。他没有对汪淼解释什么，两眼死盯着屏幕上的浏览器，汪淼能听到他急促的呼吸声。几分钟后，浏览器上出现了一个坐标窗口，一条红色曲线在窗口上出现，与另外三条进行着精确同步的波动。

这样，三颗卫星和一套地面观测设备同时证实了一件事：宇宙在闪烁！

“能将前面的曲线打印出来吗？”汪淼问。

沙瑞山抹了一把头上的冷汗，点点头，移动鼠标启动了打印程序。汪淼迫不及待地抓过激光打印机吐出的第一张纸，用一支铅笔划过曲线，将波峰间的距离与他刚拿出来的那张莫尔斯电码表对照起来。

短长长长长、短长长长长、短短短短短、长长长短短、长长短短长长、短短长长长、短短短短长、长长短短长长、短短短长长、长长短短短，这是1108:21:37。

短长长长长、短长长长长、短短短短短、长长长短短、长长短短长长、短短长长长、短短短短长、长长短短长长、短短短长长、长短短短短，这是1108:21:36。

短长长长长、短长长长长、短短短短短、长长长短短、长长短短长长、短短长长长、短短短短长、长长短短长长、短短短长长、短短短短短，这是1108:21:35。

……

倒计时在宇宙尺度上继续，还剩1108小时？

沙瑞山焦躁地来回踱步，不时在汪淼身后停下来看看他正在写出的那一串数字。“你真的不能把实情告诉我吗?！”他耐不住大声问。

“沙博士，相信我，一时说不清的。”汪淼推开那一堆印着波动曲线的纸，盯着那行倒计时数字，“也许，三颗卫星和一个地面观测点都出现了故障。”

“你知道这不可能！”

“如果有人故意破坏呢？”

“也不可能！同时改变三颗卫星和一个地面观测站的数据？那这破坏也有些超自然了。”

汪淼点点头，比起宇宙闪烁来，他宁愿接受这个超自然。但沙瑞山立刻抽走了他怀中这唯一的一根救命稻草。

“要想最终证实这一切，其实很简单。宇宙背景辐射这样幅度的波动，已经大到我们能用肉眼觉察的程度。”

“你胡说什么？现在是你在违反常识了：背景辐射的波长是7厘米，比可见光大了七八个数量级，怎么能看到？”

“用3K眼镜。”

“3K眼镜？”

“是我们为首都天文馆做的一个科普小玩意儿。现在的技术，已经能将彭齐阿斯和威尔逊在四十多年前用于发现3K背景辐射的二十英尺①的喇叭形天线做成眼镜大小，并且在这个眼镜中设置一个转换系统，将接收到的背景辐射的波长压缩七个数量级，将七厘米波转换成红光。这样，观众在夜里戴上这种眼镜，就能亲眼看到宇宙的3K背景辐射，现在，也能看到宇宙闪烁。”

“这东西现在哪儿？”

“在天文馆，有二十副呢。”

“我必须在五点以前拿到它。”

沙瑞山拿起电话拨了个号码，对方很长时间才接起电话，沙瑞山费了不少口舌才说服那个半夜被叫醒的人一小时后在天文馆等汪淼。

临别时沙瑞山说：“我就不同您去了，刚才看到的已经足够，我不需要这样的证明。我还是希望您能在适当的时候把实情告诉我，如果这种现象引出什么研究成果的话，我不会忘记您的。”

“闪烁在凌晨五点就会停止，以后别去深究它吧，相信我，不会有什么成果的。”汪淼扶着车门说。

① 1英尺＝0.3048米。

沙瑞山对着汪淼注视良久，点点头："明白了，现在科学界出了一些事……"

"是的。"汪淼说着，钻进车里，他不想把这个话题继续下去了。

"轮到我们了吗？"

"至少轮到我了。"汪淼说着发动了车子。

汪淼一小时后到达市内，他在新天文馆前下了车。城市午夜的灯光透过这栋巨大玻璃建筑的透明幕墙，将内部的结构隐隐约约显现出来。汪淼现在体会到，如果新天文馆的建筑师想表达对宇宙的感觉，那他成功了——越透明的东西越神秘，宇宙本身就是透明的，只要目力能及，你想看多远就看多远，但越看越神秘。

那名睡眼惺忪的天文馆工作人员已经在门口等汪淼了，他把一个手提箱递给汪淼，"这里面有五副3K眼镜，都是充好电的，左边的按钮是开关，右边是光度调节。上面还有十几副，你想怎么看就怎么看吧，我先去睡会儿，就在靠门口那个房间。这个沙博士，真是个神经病。"说完转身走进昏暗的馆内。

汪淼将箱子放到车座上打开，拿出一副3K眼镜，这东西很像他刚用过的V装具中的头盔显示器。他拿起一副走到车外戴上，透过镜片看到的城市夜景没有变化，只是暗了些，这时他才想起要将开关打开，立刻，城市化作一团团朦胧的光晕，大部分亮度固定，还有一些闪烁或移动着。他知道，这都是被转化为可见光的厘米微波，每团光晕的中心就是一个发射源，由于波长的原因，不可能看清形状。

他抬起头，看到了一个发着暗红色微光的天空，就这样，他看到了宇宙背景辐射，这红光来自一百多亿年前，是大爆炸的延续，是创世纪的余温。看不到星星，本来，由于可见光波段已被推至不可见，星星应该是一个个黑点，但厘米波的衍射淹没了一切形状和细节。

当汪淼的眼睛适应了这一切后，他看到了天空的红光背景在微微闪动，整个太空成一个整体在同步闪烁，仿佛整个宇宙只是一盏风中的孤灯。

站在这闪烁的苍穹下，汪淼突然感到宇宙是这么小，小得仅将他一人禁锢于其中。宇宙是一个狭小的心脏或子宫，这弥漫的红光是充满于其中的半透明的血液，他悬浮于血液中，红光的闪烁周期是不规则的，像是这心脏或子宫不规则地脉动，他从中感受到了一个以人类的智慧永远无法理解的怪异、变态的巨大存在。

汪淼摘下3K眼镜，虚弱地靠着车轮坐在地上。在他的眼中，午夜的城市重新恢复了可见光波段所描绘的现实图景，但他的目光游移，在捕捉另外一些东西：对面动物园大门旁的一排霓虹灯中有一根灯管坏了，不规则地闪烁着；近处的一棵小树上的树叶在夜风中摇动，反射着街灯的光，不规则地闪烁着；远处北京展览馆俄式尖顶上的五角星也在反射着下面不同街道上车灯的光，不规则地闪烁着……

汪淼按莫尔斯电码努力破译着这些闪烁。他甚至觉得，旁边几幅彩旗在微风中飘出的皱褶、路旁一洼积水表面的涟漪，都向他传递着莫尔斯电码……他努力地破译着，感受着幽灵倒计时的流逝。

不知过了多久，那个天文馆的工作人员出来了，问汪淼看完了没有。当看到他时，他的样子使那人双眼中的睡意一下子消失了。收拾好了3K眼镜的箱子，那人又盯着汪淼看了几秒钟，提着箱子快步走了回去。

汪淼拿出手机，拨通了申玉菲的电话，她很快就接了，也许她也度过一个不眠之夜。

“倒计时的尽头是什么？”汪淼无力地问。

“不知道。”说了这简短的三个字后，电话挂断了。

是什么？也许是自己的死亡，像杨冬那样；也许是一场像前几年印度洋海啸那样的大灾难，谁也不会将其与自己的纳米研究项目相联系（由此联想到，以前的每一次大灾难，包括两次世界大战，是否都是一次次幽灵倒计时的尽头？都有一个谁都想不到的像自己这样的人要负的最终责任）；也许是全世界的彻底毁灭，在这个变态的宇宙中，那倒对谁都是一种解脱……有一点可以肯定，不管幽灵倒计时的尽头是什么，在这剩下的千余个小时中，对尽头的猜测将像恶魔那样残酷地折磨他，最后在精神上彻底摧毁他。

汪淼钻进车子，离开了天文馆，在城市里漫无目的地开着。黎明前，路上很空，但他不敢开快，仿佛车开得快，倒计时走得也快。当东方出现一线晨光时，他将车停在路边，下车走了起来，同样漫无目的。他的意识中一片空白，只有倒计时在那暗红的背景辐射上显现着，跳动着，他自己仿佛变成了一个单纯的计时器，一口不知道为谁而鸣的丧钟。天亮了起来，他走累了，在一条长椅上坐下来。当他抬头看看自己下意识走到的目的地时，不由打了个寒战。

他正坐在王府井天主教堂前。在黎明惨白的天空下，教堂的罗马式尖顶像三根黑色的巨指，似乎在为他指出冥冥太空中的什么东西。

汪淼起身要走，一阵从教堂传出的圣乐留住了他。今天不是礼拜日，这可能是唱诗班为复活节进行的排练，唱的是这个节日弥撒中常唱的《圣灵光照》。在圣乐的庄严深远中，汪淼再次感到宇宙变小了，变成了一座空旷的教堂，穹顶隐没于背景辐射闪烁的红光中，而他则是这宏伟教堂地板砖缝中的一只小蚂蚁。他感觉到自己那颗颤抖的心灵被一只无形的巨手抚摸着，一时间又回到了脆弱无助的孩童时代，意识深处硬撑着的某种东西像蜡一样变软了，崩溃了。他双手捂着脸哭了起来。

“哈哈哈，又放倒了一个！”

汪淼的哭泣被身后的一阵笑声打断，他扭头一看，大史站在那里，嘴里吐出一口白烟。

11

大　史

大史在汪淼身边坐了下来，将一把车钥匙递给他，“东单口儿上就随便停车，我晚一步就让交警拖走了。”

大史啊，要知道你一直跟在我后面，我至少会有些安慰的。汪淼心里说，但自尊使他没将这话说出口。他接过大史递来的一支烟，点上后，抽了戒烟几年后的第一口。

“怎么样，老弟，扛不住了吧？我说你不成吧，你还硬充六根脚指头。”

“你不会明白的。”汪淼猛抽几口烟说。

“你是太明白了……那好，去吃饭吧。”

“我不想吃。”

“那去喝酒，我请你！”

汪淼于是上了大史的车，开到附近一家小饭店，天还早，店里没什么人。

“两斤爆肚，一瓶二锅头！”大史喊道，头也不抬，显然对这儿很熟了。

看到端上来的两大盘黑乎乎的东西，汪淼空空的胃翻腾起来，差点吐出来。大史又给他要了豆浆和油饼，汪淼强迫自己吃了点儿，然后和大史一杯接一杯地喝了起来。他感觉自己轻飘飘的，话也多了起来，将这三天的事情全部向大史说了，虽然他清楚，大史可能都知道，甚至知道得比他还多。

“你是说，宇宙在冲你眨巴眼儿？”大史像吃面条似的吞下半盘爆肚，抬头问。

“这比喻很到位。”

“扯淡。”

“你的无畏来源于无知。”

“还是扯淡，来，干！”

汪淼干了这杯后，感觉世界围绕着自己旋转，只有对面吃爆肚的大史很稳定，他说：“大史啊，你——考虑过一些终极的哲学问题吗？哦，比如说，人类从哪里来，要到哪里去；宇宙从哪里来，要到哪里去之类的。”

“没有。”

“从来没有？”

“从来没有。”

“你总看到过星空吧，难道没有产生过一点敬畏和好奇？”

“我夜里从不看天。”

“怎么可能呢？你们不是常上夜班吗？”

“老弟，我夜里蹲点时要是仰头看天，那监视对象溜了怎么办？”

“我们真没得谈，干！”

“其实啊，我就是看天上的星星也不会去想你那些终极哲学，我要操心的事儿多着呢，要供房子，孩子还要上大学，更不要提那没完没了的案子……我是个一眼能从嘴巴看到屁眼儿的直肠子，自然讨不得领导欢心，退伍后混了多少年还是这么个熊样儿；要不是能干活，早让人踹出去了……这些都够我想的了，我哪儿还有心思看星星想哲学？”

“那倒也是，来，干！”

“不过啊，我倒还真发明了一条终极定理。”

“说说。”

“邪乎到家必有鬼。”

“你这是……什么狗屁定理！”

“我说的‘有鬼’是指没有鬼，是有人在捣鬼。”

“如果你有些起码的科学常识，就无法想象是怎样的力量才能做成这两件事，特别是后一件，在整个宇宙尺度上，不但用人类现有的科学无法解释，甚至在科学之外我都无法想象。这连超自然都不是，我都不知道是超什么了……”

“还是那句话：扯淡！邪乎事儿我见多了。”

“那你给个建议，下一步我该怎么办？”

“继续喝，喝完了睡觉。”

……

汪淼不知道自己是怎么回到自己的车上，躺在后座上陷入了无梦的沉睡，感觉时间并不长，但睁开眼睛后，看到太阳已在城市的西边快要落下去了。他走下车，虽然早上喝的酒仍然让他浑身发软，但感觉好多了。他看到，自己正在紫禁城的一角，夕阳照在古老的皇宫上，在护城河中泛起碎金，在他眼中，世界又恢复了古典和稳定。汪淼就这样享受着久违的宁静，直到天色暗下来，那辆他熟悉的黑色桑塔纳从街道上的车流中钻出来，径直开过来刹住，大史走了下来。

“睡好了？”大史瓮声瓮气地问。

“是，下一步该怎么办？”

“谁，你吗？去吃晚饭，再喝点儿，喝完接着睡。”

“然后呢？”

“然后？明天你总得去上班吧。”

“倒计时已减到……1091小时了。”

“去他妈的倒计时，你现在首先要保证站直了别趴下，然后才能说别的。”

“大史，你就不能告诉我一些真相吗？就算我求你了。”

大史盯着汪淼看了一会儿，然后仰天一笑，“这话我也对常伟思说过几次，咱俩是难兄难弟。实话告诉你，我他妈的什么也不知道，级别低，他们不告诉我，有时真像在做噩梦。”

“可你知道的总比我多。”

“那好，我现在就把多出来的都告诉你。”大史指了指护城河的河沿，两人在那里找了个地方坐下来。天已经黑了下来，身后是车灯的河流，他们看着自己的影子在河面上长长短短地变幻着。

“干我们这行的，其实就是把好多看上去不相关的事串联起来，串对了，真相就出来了。前一阵发生过好多事儿，针对科研机构和学术界的犯罪急剧增多，这是从未有过的事儿。你当然知道良湘加速器工地的那起爆炸案，还有那名获诺贝尔奖的学者被杀的案子……罪犯的动机都很怪，不为钱，不是报复，也没什么政治背景，单纯地搞破坏。还有其他一些犯罪之外的事，比如'科学边界'和那些学者的自杀等等。环保分子最近的活动也过分活跃，一会儿在工地集会阻止水库和核电站的建设，一会儿又搞什么回归自然的实验社会……还有其他一些看上去是鸡毛蒜皮的事儿——你最近看电影吗？"

"基本不看。"

"最近的几部大片，全土得掉渣，上面青山绿水的，不知哪个年代的帅哥靓妹在里面男耕女织过得挺舒服，用导演的话说，是表现被科技强奸之前的美好生活。比如那部《桃花源》，明摆着拍出来没人看，可就有人硬把几个亿砸进去。还有一个科幻小说征文大赛，最高奖五百万，谁把未来写得最恶心谁就能得奖，然后又砸进去几个亿把那几篇小说拍成电影……奇奇怪怪的邪教也都冒出来，每一个教主都财大气粗……"

"这些与你前面说的有什么关系？"

"得把它们串起来看，当然我以前用不着操这份闲心，但从重案组调到作战中心后，这就是我分内的事儿了。我能把它们串起来，这就是我的天分，连常伟思也不得不服。"

"得出的结论呢？"

"所有这一切，都有且只有一个后台，它想把科学研究彻底搞垮。"

"谁？"

"不知道，真的不知道，但能感觉到它的计划，很气派很全面的一个计划：破坏科研设施，杀害科学家；或让你们自杀，让你们发疯……但主要还是让你们往歪处想，这样你们就变得比一般人还蠢。”

“您最后这句真精辟！”

“同时，还要在社会上把科学搞臭，当然以前也一直有人干这个，但这次绝对是有组织的。”

“我相信你说的。”

“哼，也就是现在吧。你们这些科学精英都看不出来的事，居然被我这个专科毕业的大老粗看出来了？我说出这个想法后，没少被领导和学者们笑话。”

“就是当时你对我说这些，我也肯定不会笑话你。你知道一些伪科学的事吧，知道那些搞伪科学的最怕什么人吗？”

“科学家呗。”

“错了，世界上有许多一流学者被伪科学骗得团团转，最后还为之摇旗呐喊。但伪科学最怕另一种人，他们很难被骗：魔术师。事实上，大量的伪科学骗局，都是被魔术师揭穿的。比起科学界的书呆子来，你多年的警务和社会经验显然更有能力觉察这种大规模犯罪。”

“其实比我聪明的人还是有的，这种事早就被上面觉察了，我开始时还被笑话是没找对地方，再后来就被老连长招到了这儿，不过也只是干些跑腿的事儿……好了，这就是我比你多知道的那点儿。”

“有个疑问：这些与军方有什么关系呢？”

“我也纳闷，问他们，他们就说战争爆发了，战争当然是军队的事儿。我和你一样，开始以为他们是在说梦话，可他们真没开玩笑，现在部队确实处于临战状态。我们这样的作战中心，在全球有二十多个，上面还有一级，但谁都不知道是什么。”

“敌人是谁？”

“不知道。北约军官进驻总参的作战室了，五角大楼里也有一大帮子解放军，谁他妈知道谁是敌人？”

“这也太离奇了，你说的这都是真的?！”

“我在部队的好几个老战友现在都混成将军了，所以知道一些。”

“这么大的事，新闻媒体居然没有一点儿反应？”

“这又是一个了不得的现象：所有国家同时保密，而且做得这么严实。我现在可以肯定一点：敌人是个狠角色，上面害怕了！我太熟悉常伟思了，从他那里就能看出来，他是天塌下来都不怕的人，但现在塌下来的可能不只是天了。他们被吓得够呛，他们根本没有信心战胜那个敌人。”

“要这样，那太可怕了。”

“不过谁都有怕的东西，那个狠角色也有；越厉害的角色，它怕的东西对它就越致命。”

“那它怕什么？”

“怕你们，怕科学家。而且奇怪的是，你们研究的东西越是没有实际用处，越是天马行空不着边际，像杨冬那号的，它就越怕，比你怕宇宙眨眼更怕，所以才出手这么狠。要是杀你们有用，它早就把你们杀光了，但最有效的办法还是扰乱你们的思想，人死了还会有别人，但思想乱了，科学就完了。”

“你是说它怕基础科学？”

“是，基础科学。”

“我和杨冬的研究差别很大，纳米材料不是基础科学，只是一种高强度材料，能威胁到哪种力量?!”

“你还真是个特例，像你这种搞应用研究的，它现在一般还不打扰，也许你那材料中真有让它怕的东西。”

“那我该怎么办？”

“去上班，研究下去，这就是对它最大的打击，别管什么鸡巴倒计时。如果下了班想放松，也可以再玩玩那个游戏，能打通它最好。”

“游戏？《三体》？难道它与这些也有关系?!”

“有关系，我看作战中心的好几个专家也在玩儿，那玩意儿不是一般的游戏，我这样无知无畏的人玩不了，还真得你这样有知识的才行。”

“哦，没别的了？”

“没了，有的时候我再告诉你，手机要一直开着。老弟，可得站直啰！害怕的时候就想想我那条终极定理。”

汪淼连谢谢都没来得及说，大史就上车走了。

12

三体、墨子、烈焰

汪淼回到家里，之前没有忘记在游戏店买了一套V装具。妻子告诉他，单位的人一天都在找他。汪淼打开已关了一天的手机回了几个纳米中心来的电话，许诺明天去上班。吃饭的时候，他真的照大史说的又喝了不少酒，但毫无睡意。当妻儿睡熟后，他坐在电脑前戴上新买回的V装具，再次登录《三体》。

黎明的荒原，汪淼站在纣王的金字塔前，覆盖它的积雪早已消失，构筑金字塔的大石块表面被风化得坑坑洼洼，大地已是另一种颜色。远处有几幢巨大的建筑物，汪淼猜那都是干仓，但形状与上次所见已完全不同，一切都表明，漫长的岁月已经流逝。

借着天边的晨曦，汪淼寻找着金字塔的入口，在那个位置，他看到入口已经被石块封死了，但同时看到旁边新修了一条长长的石阶，直通金字塔的顶部。他仰望高高的塔顶，看到原来那直指苍穹的塔顶已被削平了，成为一个平台，这座金字塔也由埃及式变为阿兹特克式。

沿着石阶，汪淼攀上了金字塔的顶部，看到了一处类似于古观星台的地方。平台的一角有一架数米高的天文望远镜，旁边还有几架较小型的。另一边是几台奇形怪状的仪器，很像古中国的浑天仪。最引人注目的是平台中央的一个大铜球，直径两米左右，放置在一台复杂的机器上，由许多大小不同的齿轮托举着，缓缓转动。汪淼注意到，它的转动方向和速度在不停地变化。在机器下方有一个方坑，在里面昏暗的火光中，汪淼看到几个奴隶模样的人在推动着一个转盘，为上面的机器提供动力。

有一个人朝汪淼走来，与上次首遇周文王时一样，这人背对着地平线的曙光，只能看到黑暗中一双闪亮的眼睛。他身材瘦高，身着飘逸的黑色长袍，长发在头顶上不经意地绾了个结，剩下的在风中飞扬。

"你好，我是墨子。"他自我介绍道。

"我是海人，你好。"

"啊，我知道你！"墨子兴奋地说，"在137号文明中，你追随过周文王。"

"我是同他一起到过这里，但从不相信他的理论。"

"你是对的。"墨子对汪淼郑重地点点头，然后凑近他说，"知道吗，在你离开的三十六万两千年里，文明又重新启动了四次，在乱纪元和恒纪元的无规律交替中艰难地成长，最短的一次只走完了石器时代的一半，但139号文明创造了纪录，居然走到了蒸汽时代！"

"这么说，在那个文明中有人找到了太阳运行的规律？"

墨子大笑着摇头："没有没有，侥幸而已。"

"但人们一直在努力吧？"

"当然，来，我让你看看上次文明的努力。"墨子领着汪淼走到观星台一角，大地在他们下面伸展开来，像一块沧桑的旧皮革，墨子将一架小望远镜对准下面大地上的一个目标，然后让汪淼看。汪淼将眼睛凑到目镜上，看到一个奇异的东西，那是一具骷髅，在晨光中呈雪白色，看上去结构很精致。最令人惊奇的是这骷髅站立着，那姿势很是优雅高贵，一只手抬到领下，似乎在抚摸着那已不存在的胡须，它的头微仰，仿佛在向天地发问。

"那是孔子。"墨子指着那个方向说，"他认为，一切都要合乎礼，宇宙万物都不例外。他于是创造了一套宇宙的礼法系统，企图据此预测太阳的运行。"

"结果可想而知。"

"是的，他计算出太阳该循礼之时，就预测了一次长达五年的恒纪元，你别说，那一次还真持续了一个月之久。"

"然后，有一天太阳再也没有出来？"

"不，那天太阳出来了，升到了正空，但突然熄灭了。"

"什么？熄灭？！"

"是的，开始是慢慢暗下去、小下去，然后突然熄灭了！夜幕降临，那个冷啊，孔子就那么站着冻成了冰柱，一直站到现在。"

"什么都没有了吗？我是说熄灭后的太阳？"

"在那个位置，出现了一颗飞星，像是太阳死后的灵魂。"

"哦，你肯定太阳是突然熄灭，飞星是突然出现的吗？"

“是，突然熄灭，飞星就出现了。你可以去查日志数据库，这记载没错。”

“哦——”汪淼沉吟良久，本来，对于三体世界的奥秘，他心中已经有了一个模糊的理论，但墨子说的这件事将他所想的全推翻了，“怎么会是……突然的呢？”他懊恼地说。

“现在是汉朝，西汉还是东汉我也不清楚。”

“你也是一直活到现在？”

“我有使命，要准确观测太阳的运行。那些巫师、玄学家和道学家们都是些无用的东西，他们四体不勤、五谷不分，动手能力极差，只是沉浸于自己的玄想中。但我不同，我能做出实际的东西来！”他指指平台上的众多仪器说。

“凭着这些就能达到你的目的吗？”汪淼指了指仪器，特别是那个神秘的大铜球说。

“我也有理论，但不是玄学，是通过大量观测总结出来的。首先，你知道宇宙是什么吗？是一部机器。”

“这等于没说。”

“说得具体些，宇宙是一个悬浮于火海中的大空心球，球上有许多小洞和一个大洞，火海的光芒从这些洞中透进来，小洞是星星，大洞是太阳。”

“很有意思的一个模型，”汪淼看看大铜球说，现在他大概能猜出那是什么了，“但其中有一个大漏洞：太阳升起和落下时，我们看到它与群星是相对运动的，而大球球壳上的所有洞孔的相对位置应该是固定的。”

“很对，所以我推出了经过修正的模型，宇宙之球是由两层球壳构成的，我们看到的天空是内层壳，外层球壳上有一个大洞，内层球壳上有大量小洞，那个外壳上的大洞透进的光在两层球壳之间的夹层反射和散射，使夹层间充满了亮光，这亮光从小洞中透进来，我们就看到了星星。”

“那太阳呢？”

“太阳是外层壳上的大洞投射到内层壳上的巨大光斑，它的亮度如此之高，像照穿鸡蛋壳一般照穿了内壳，我们就看到了太阳。光斑周围的散射光较强，也照穿了内壳，这就是我们白天看到的晴空。”

“是什么力量驱动着两层球壳进行不规则转动呢？”

“是宇宙之外火海的力量。”

“可不同时期的太阳大小和亮度是不一样的。在你的双壳模型中，太阳的大小和亮度应该是恒定的，如果外界火海不均匀，至少大小应该是恒定的。”

“你把这个模型想得太简单了，随着外界火海的变化，宇宙的外层壳的大小也会膨胀或收缩，这就导致了太阳大小和光度的变化。”

“那飞星呢？”

“飞星？你怎么总是提飞星？它们是些不重要的东西，是宇宙球内乱飞的灰尘。”

“不，我认为飞星很重要。另外，你的模型如何解释孔子时代太阳当空熄灭呢？”

“那是个罕见的例外，可能是宇宙外面的火海中的一个暗斑或黑云正好飘过外层壳上的大洞。”

汪淼指指大铜球问：“这一定就是你的宇宙模型吧？”

“是的，我造出了宇宙机器。使球转动的那一组复杂的齿轮，模拟着外界火海对球的作用。这种作用的规律，也就是外界火海中火焰的分布和流动规律，是我经过几百年的观测总结出来的。”

“这球可以膨胀收缩吗？”

“当然可以，现在它就在缓慢收缩。”

汪淼找了平台边的栏杆作为固定参照物细看，发现墨子说的是事实。

“这球有内层壳吗？”

“当然有，内外壳之间通过复杂的机构传动。”

“真是精巧的机械！”汪淼由衷地赞叹道，“可从外壳上没有看到在内层壳投射光斑的大洞啊？”

“没有洞，我在外壳的内壁上安装了一个光源，作为大洞的模拟。那光源是用从几十万只萤火虫中提炼出来的荧光材料制成的，发出的是冷光，因为内壳的半透明石膏球层导热性不好，这样可以避免一般的热光源在球内聚集温度，让记录员可以在里面长期待下去。”

“球里面还有人？”

“当然，记录员站在一个底部有滑轮的架子上，位置保持在球体中心。将模拟宇宙设定到现实宇宙的某一状态后，它其后的运转将准确地模拟出未来的宇宙状态，当然也能模拟出太阳的运行状态，那名记录员将其记录下来，就形成了一本准确的万年历，这是过去上百个文明梦寐以求的东西啊。你来得正好，模拟宇宙刚刚显示，一个长达四年的恒纪元将开始，汉武帝已根据我的预测发布了浸泡诏书，让我们等着日出吧。”

墨子调出了游戏界面，将时间的流逝速度稍微调快了些。一轮红日升出地平线，大地上星罗棋布的湖泊开始解冻，这些湖泊原来封冻的冰面上落满了沙尘，与大地融为一体，现在渐渐变成一个个晶莹闪亮的镜面，仿佛大地睁开了无数只眼睛。在这高处，浸泡的具体细节看不清楚，只能看到湖边的人渐渐多了起来，像春天拥出洞穴的蚁群。世界再一次复活了。

“您不下去投身于这美妙的生活吗？刚刚复活的女性是最渴望爱情的。”墨子指着下面重现生机的大地对汪淼说，“你在这里再待下去没有意义了，游戏已经终结，我是最后的胜者。”

“你的模拟宇宙作为一台机器确实精妙绝伦，但对它做出的预测嘛……哦，我能否使用您那台望远镜观测天象呢？”

“当然可以，你请。”墨子对着大望远镜做了个手势。

汪淼走到望远镜前，立刻发现了问题：“要观测太阳，怎么办呢？”

墨子从一只木箱中拿出了一块黑色圆片，“加上这片烟熏的滤镜。”说着将它插到望远镜的目镜前。

汪淼将望远镜对准已升到半空的太阳，不由赞叹墨子的想象力：太阳看上去确实像一个通向无边火海的孔洞，是一个更大存在的一小部分。但进一步细看时，他发现，这个太阳与自己现实经验中的那个有些不同，它有一颗很小的核心，如果将太阳看成一只眸子，这个日核就像瞳孔。日核虽小，但明亮而致密，包裹它的外层则显得有些缺少实在感，飘忽不定，很像是气态的。而穿过那厚厚的外层能看到内部日核，也说明外层是处于透明或半透明状态的，它发出的光芒，更多的可能是日核光芒的散射。

太阳图像的真实和精致令汪淼震惊，他再次确定，游戏的作者在表面简洁的图像深处有意隐藏了海量的细节，等待着玩家去发掘。

汪淼直起身，细想着这个太阳的结构隐含的意义，立刻兴奋起来。由于游戏时间加速，太阳已移到了西天，汪淼调整望远镜再次对准它，一直跟踪到它落下地平线。夜幕降临，大地上点点篝火与夜空渐密的群星相映。汪淼将望远镜上的黑色滤镜取下，继续观测星空，他最感兴趣的是飞星，很快找到了两个。他只来得及对其中的一个进行大概的观察，天就又亮了，他于是装上滤镜接着观测太阳……汪淼就这样连续进行了十多天的天文观测，享受着发现的乐趣。其实，时间流逝速度的加快是有利于天文观测的，因为这使得天体的运行和变化更加明显。

恒纪元开始后的第十七天，日出时间已过了五个小时，大地仍笼罩在夜幕中。金字塔下面人山人海，无数火把在寒风中摇曳。

“太阳可能不会出来了，同137号文明的结局一样。”汪淼对正在编纂这个世界上第一份万年历的墨子说。

墨子抚着胡须，对汪淼露出自信的笑容，“放心，太阳就要升起，恒纪元将继续，我已经掌握了宇宙机器的运转原理，我的预测不会有错。”

似乎是印证墨子的话，天边真的出现了曙光，金字塔旁边的人群中爆发出一阵欢呼声。

那片银白色的曙光以超乎寻常的速度扩展变亮，仿佛即将升起的太阳要弥补失去的时间。很快，曙光已弥漫了半个天空，以至太阳还未升起，大地已同往日的白昼一样明亮。汪淼向曙光出现的远方看去，发现地平线发出刺眼的强光，并向上弯曲拱起，成一个横贯视野的完美弧形，他很快看出那不是地平线，是日轮的边缘，正在升起的是一颗硕大无比的太阳！眼睛适应了这强光后，地平线仍在原位显现出来，汪淼看到一缕缕黑色的东西在天边升起，在日轮明亮的背景上格外清晰，那是远方燃烧产生的烟雾。金字塔下面，一匹快马从日出方向飞驰而来，扬起的尘埃在大地上画出一道清晰的灰线，人群为其让开了一条路，汪淼听到马上的人在声嘶力竭地大喊：

“脱水！脱水！！”

跟着这匹马跑来的，是一大群牛马和其他动物，它们的身上都带着火焰，在大地上织成一张移动的火毯。

巨日已从地平线上升起了一半，占据了半个天空，大地似乎正顺着一堵光辉灿烂的大墙缓缓下沉。汪淼可以清晰地看到太阳表面的细节，火焰的海洋上布满涌浪和漩涡，黑子如幽灵般沿着无规则的路线漂浮，日冕像金色的长袖懒洋洋地舒展着。

大地上，已脱水和未脱水的人都燃烧起来，像无数扔进炉膛的柴火，其火焰的光芒比炉膛中燃烧的炭块都亮，但很快就熄灭了。

巨日迅速上升，很快升到了正空，遮盖了大部分天空。汪淼仰头看去，感觉突然间发生了奇妙的变化：这之前他是在向上看，现在似乎是在向下看了。巨日的表面构成了火焰的大地，他感觉自己正向这灿烂的地狱坠落！

大地上的湖泊开始蒸发，一团团雪白的水蒸气成蘑菇云状高高升起，接着弥散开来，遮盖了湖边人类的骨灰。

“恒纪元将继续，宇宙是一台机器，我造出了这台机器；恒纪元将继续，宇宙是……”

汪淼扭头一看，这声音是正在燃烧的墨子发出来的，他的身体包含在一根高高的橘黄色火柱之中，皮肤在发皱和炭化，但双眼仍发出与吞噬他的火焰完全不同的光芒。他那已成为燃烧的炭杆的双手捧着一团正在飞散的绢灰，那是第一份万年历。汪淼自己也在燃烧，他举起双手，看到了两根火炬。

巨日很快向西移去，让出被它遮住的苍穹，沉没于地平线下，下沉的过程很快，大地似乎又沿着那堵光墙升起。耀眼的晚霞转瞬即逝，夜幕像被一双巨手拉扯的大黑布般遮盖了已化为灰烬的世界。刚刚被烧灼过的大地在夜色下发着暗红色的光，像一块从炉中夹出来不久的炭块。汪淼在夜空中看到群星出现了一小会儿，很快，水汽和烟雾遮住了天空，也遮住了处于红炽状态的大地上的一切，世界陷入一片黑暗的混沌之中。一行红色的字出现：

第141号文明在烈焰中毁灭了，该文明进化至东汉层次。

文明的种子仍在，它将重新启动，再次开始在三体世界中命运莫测地进化，欢迎您再次登录。

汪淼摘下V装具，精神上的震撼稍稍平息后，又一次有了那种感觉：《三体》是故意伪装成虚假，但拥有巨大纵深的真实；而眼前的真实世界，倒像一幅看似繁复庞杂实则单薄表浅的《清明上河图》。

第二天汪淼去纳米中心上班，除了因他昨天没来导致的一些小小的混乱外，一切如常。他发现工作是一种有效的麻醉剂，投身于其中，就暂时躲开了那噩梦般的困扰。一整天他有意使自己保持忙碌状态，天黑后才离开实验室。

一走出纳米中心的大楼，汪淼又被那噩梦的感觉追上了，他觉得布满群星的夜空像一面覆盖一切的放大镜，他自己是镜下的一只赤裸的小虫，无处躲藏。他必须再为自己找些事情做，想到应该再去看看杨冬的母亲了，就驱车来到了叶文洁家。

杨母一个人在家，汪淼进去时她正坐在沙发上看书，他这才发现她的眼睛既老花又近视，看书和看远处时都要换戴眼镜。杨母见到汪淼很高兴，说他的气色看上去比上次好多了。

“都是因为您的人参。”汪淼笑笑说。

杨母摇摇头，“那东西成色不好，那时，在基地周围能采到很好的野山参，我采到过有这么长的……不知现在那里怎么样，听说已经没有人了。唉，老了，最近总是在想以前的事。”

“听说在‘文革’中，您吃过不少苦。”

“听小沙说的吧？”杨母轻轻摆摆手，像拂去面前的一根蛛丝，“过去了，都过去了……昨天小沙来电话，急匆匆的，说些什么我也听不明白，只听出来你好像遇到什么事。小汪啊，其实，你到了我这个年纪，就会发现当年以为天要塌下来的那些大事，其实没有什么的。”

“谢谢您。”汪淼说，他又感到了那种难得的温暖。现在，眼前这位历经沧桑变得平静淡泊的老人，和那位无知而无畏的大史，成了他摇摇欲坠的精神世界的两根支柱。

杨母接着说：“说起‘文革’，我还是很幸运的，在活不下去的时候，竟意外地到了一个能活下去的地方。”

“您是说红岸基地吗？”

杨母点点头。

“那真是件不可思议的事情，我最初还以为纯属传说呢。”

“不是传说，要是想知道，我给你讲讲自己经历过的那些事。”

杨母这一说令汪淼有些紧张。“叶老师，我只是好奇而已，要是不方便就算了。”

“哦，没什么的，就当我找人说说话吧，我这阵子也确实想找人说说话。”

“您可以到老年活动室什么的去坐坐，多走动走动总是不寂寞。”

“那些退休的老家伙好多都是我在大学的同事，但总是同他们融不到一块儿，大家都喜欢念念叨叨地回忆往事，但都希望别人听自己的，而对别人说的都厌烦。红岸那些事，也就你感兴趣了。”

“现在说总还是有些不方便吧？”

“那倒是，毕竟还属于机密。不过那本书出了以后，许多亲历过的人也都在说，都是公开的秘密了。写那本书的人很不负责任，把他的目的先放到一边，书中的许多内容也与事实有很大出入，纠正一下也是应该的。”

于是，杨母向汪淼讲述了那段还未尘封的往事。

13

红岸之二

刚进入红岸基地时，叶文洁没有被分配固定工作，只是在一名安全人员的监视下干一些技术上的杂事。

早在上大二时，叶文洁同后来的研究生导师就很熟悉。他对叶文洁说，研究天体物理学，如果不懂实验技术，没有观测能力，理论再好也没有用，至少在国内是这样。这与她父亲的观点倒是大相径庭，但叶文洁是倾向于同意这种看法的，她总感觉父亲太理论了。导师是国内射电天文学的开创者之一，在他的影响下，叶文洁也对射电天文产生了浓厚的兴趣，她因此自学了电子工程和计算机专业[①]，这是该学科实验和观测的技术基础。在读研究生的两年中，她同导师一起调试国内第一台小型射电望远镜，又积累了不少这方面的经验。没有想到，她的这些知识竟在红岸基地派上了用场。

① 当时在大部分院校，这两个专业是一体的。

叶文洁最初在发射部做设备维护和检修，很快成了发射部不可缺少的技术骨干，这让她有些不解。她是基地里唯一不穿军装的人，更由于她的身份，所有人都同她保持距离，这使得她只能全身心投入工作中以排遣孤寂。但这也不足以说明问题，这毕竟是国防重点工程，难道这里的技术人员就那么平庸，非要让她这个非工科出身也没有工作经验的人轻易代替吗？

她很快发现了一些原因。与表面看到的相反，基地配备的都是二炮部队最优秀的技术军官，这些卓越的电子和计算机工程师，她再学一辈子可能也赶不上。但基地地处偏僻，条件很差，而且红岸系统的主要研制工作已经结束，只是运行和维护，在技术上也没有什么做出成果的机会，大多数人都不安心工作，他们知道，在这种最高密级的项目里，一旦进入技术核心岗位，就很难调走。所以人们在工作中都故意将自己的能力降低很多，但还不能表现落后，于是领导指挥向东，他就卖力气地向西，故意装傻，指望领导产生这样的想法：这人也尽力了，但就这么点能力和水平，留他没什么用，反而碍手碍脚的。

许多人真的这样成功地调离了。在这种情况下，叶文洁不知不觉中成了基地的技术中坚。但走到这个位置的另一个原因却令她百思不得其解：红岸基地至少在她接触的部分，没有什么真正意义上的先进技术。

进入基地后，叶文洁主要在发射部工作，随着时间的推移，对她的限制渐渐放松，那名时刻陪着她的监视人员也取消了，她可以接触红岸系统的大部分结构，也可以阅读相应的技术资料。当然，禁止她接触的东西还是有的，比如计算机控制部分，就绝对禁止她走近。但叶文洁后来发现，那一部分对红岸系统的作用远没有她以前想象的那么大。比如发射部的计算机，是三台比DJS130还落后的设备，使用笨重的磁心存储器和纸带输入，最长的无故障小时数不超过十五小时。她还看到过红岸系统的瞄准部分，精度很低，可能还不如一门火炮的瞄准装具。

这天，雷政委又找叶文洁谈话。现在，在她的眼中，杨卫宁和雷志成换了个位置。在这个年代，作为最高技术领导的杨卫宁在政治上的地位并不高，离开技术就没有什么权威了，对部下也只能小心翼翼，连对哨兵说话都要客气些，否则就是知识分子对“三结合”和思想改造的态度问题。于是，遇到工作上不顺心的时候，叶文洁就成了他唯一的出气筒。但随着叶文洁在技术上变得越来越重要，雷政委渐渐改变了最初对她的粗暴和冷漠，变得和蔼起来。

“小叶啊，到了现在，对发射系统这块你已经很熟悉了，这也是红岸系统的攻击部分，是它的主体，说说你对这套系统的整体看法。”雷政委说，他们这时坐在雷达峰的那道悬崖前，这里是基地最僻静的所在。那笔直的绝壁似乎深不见底，最初令叶文洁胆战心惊，但现在她很喜欢一个人到这里来。

对雷政委的问话，叶文洁有些不知所措。她只负责设备的维护和维修，对红岸系统的整体情况，包括它的作用方式、攻击目标等，一概不知，也不允许她知道，每次常规发射她都不能在场。她想了想，欲言又止。

“大胆说吧，没关系。”雷政委扯下身边的一根草在手里摆弄着说。

“它……不过就是一台无线电发射机嘛。”

“不错，它就是一台无线电发射机。”雷政委满意地点点头，“你知道微波炉吗？”

叶文洁摇摇头。

“西方资产阶级的奢侈玩意儿，用微波被吸收后产生的热效应加热食物。我以前在的那个研究所，为了精密测试某种元件的高温老化，从国外进口了一台。我们下了班也用它热馒头、烤土豆，很有意思，里面先热，外头还是凉的。”雷政委说着站了起来，来回踱步，他走得如此贴近悬崖边缘，令叶文洁十分紧张，“红岸系统就是一台微波炉，加热的目标是敌人在太空中的航天器。只要达到0.1~1W/cm^{2}的微波能量辐射，就可直接使卫星通信、雷达、导航等系统的微波电子设备失效或烧毁。”

叶文洁恍然大悟。红岸系统虽然只是一台电波发射机，但并不等于它就是个寻常之物，最令她吃惊的是它的发射功率，竟然高达二十五兆瓦！这不仅远大于所有的通信发射功率，也大于所有的雷达发射功率。红岸系统由一组庞大的电容提供发射能量，由于功率巨大，它的发射电路也与常规的有很大不同。叶文洁现在明白了这种超大发射功率的用途，但她立刻想到了一个问题：

“系统发射的电波，好像是经过调制的？”

“是的，但这种调制与常规无线电通信完全不同，不是为了加载信息，而是用变化的频率和振幅突破敌人可能进行的屏蔽防护，当然，这些还都在试验中。”

叶文洁点点头，以前心中的许多其他疑问现在也都得到了解答。

“最近，从酒泉发射了两颗靶标卫星，红岸系统进行的攻击试验，完全成功，摧毁了目标，使卫星内部达到了近千度的高温，搭载的仪器和摄影设备全部被破坏。在未来的实战中，红岸系统可以有效打击敌人的通信和侦察卫星，像美帝目前的主力侦察卫星KH8，和即将发射的KH9，苏修那些轨道更低的侦察卫星就更不在话下了。必要的时候，还有能力摧毁苏修的礼炮号空间站和美帝计划于明年发射的天空实验室。”

“政委，你在对她说些什么？”有人在叶文洁身后说。她转身一看，是杨卫宁，他盯着雷政委，目光很严厉。

“我这是为了工作。”雷政委扔下一句话，转身走了。杨卫宁无言地看了叶文洁一眼，也跟着走去，只丢下叶文洁一人。

“是他把我带进基地的，可到现在他还是不信任我。”叶文洁悲哀地想，同时在为雷政委担心。在基地，雷志成的权力大于杨卫宁，各项重大事务政委有最终决定权。但刚才他匆匆离去的样子，显然是觉得在总工程师面前做错了什么事，这让叶文洁确信他将红岸的真实用途告诉自己，可能只是个人的决定。这对他将产生什么样的后果？看着雷政委那魁梧的背影，叶文洁心中涌上了一股感激之情，对于她，信任无疑是一种不敢奢望的奢侈品。与杨卫宁相比，雷志成是叶文洁心目中真正的军人，有着军人的坦诚和直率，而杨卫宁只是一个她见过很多的这个时代典型的知识分子，胆小谨慎，只求自保平安。虽然叶文洁理解他，但与他本来就很远的距离更拉远了。

第二天，叶文洁被调离了发射部，安排到监听部工作。她原以为这与昨天的事有关，是将她调离红岸的核心部门，但到监听部后，才发现这里更像红岸的核心。虽然两个部门在设备系统上有重叠之处，比如共用同一个天线，但监听部的技术水平比发射部要先进一个层次。

监听部有套十分先进的电波灵敏接收系统，从巨型天线接收到的信号通过红宝石行波微波激射器放大——为了抑制系统本身的干扰，竟将接收系统的核心部分浸泡于-269℃的液氦中，液氦由直升机定期运来以补充消耗。这使得系统具有极高的灵敏度，能够接收到很微弱的信号。叶文洁不禁想，如果用这套设备从事射电天文研究，那将是多么美妙的事情啊。

监听部的计算机系统也远比发射部庞大复杂，叶文洁第一次走进主机房时，看到一排阴极射线管显示屏，她惊奇地发现，屏幕上竟滚动着一排排程序代码，可以通过键盘随意进行编辑和调试。而她在大学里使用计算机时，代码都写在一张张打格的程序纸上，再通过打字机噼噼啪啪地打到纸带上。她听说过从键盘和屏幕输入这回事，现在竟然真的看到了。但更令她吃惊的是这里的软件技术，她知道了一种叫FORTRAN[①]的东西，竟能用接近自然语言的代码编写程序，能将数学公式直接写到代码里！它的编程效率比机器码汇编不知高了多少倍。还有一种叫数据库的东西，竟能那样随心所欲地操纵海量数据。

两天后，雷政委又找叶文洁谈话，这次是在监听部的主机房里，在那一排闪着绿光的计算机显示器前。杨卫宁坐在距他们不远处，既不想参加他们的谈话，又不能放心离开，这令叶文洁感到很不自在。

雷政委说："小叶，现在我向你说明监听部的工作内容，简单地说，就是对敌人的太空活动进行监视，包括监听敌人航天器与地面和航天器间的通信，与我航天测控部门配合，锁定敌航天器的轨道位置，为红岸系统的作战提供依据，可以说，是红岸的眼睛。"

杨卫宁插进来说："雷政委，我觉得你这样不好，真的没必要对她说这些。"

叶文洁看看不远处的杨卫宁，不安地说："政委，如果不适宜让我了

① 第一代计算机高级语言。

解，就……”

“不，不，小叶，”雷政委抬起一只手制止叶文洁说下去，转身对杨卫宁说，“杨总，还是那句话，为了工作，要进一步发挥小叶的作用，她该知道的还是得知道。”

杨卫宁站了起来，“我要向上级汇报！”

“这当然是你的权利。不过，杨总，请你放心，对这事，我负一切责任。”雷政委平静地说。

杨卫宁起身悻悻地离去。

“你别在意，杨总就这样，过分谨慎，有时工作放不开手脚。”雷政委笑着摇摇头，然后直视着文洁，语气郑重起来，“小叶，最初带你来基地，目的很单纯：红岸监听系统经常受到太阳耀斑和黑子活动产生的电磁辐射的干扰，我们意外地看到了你的那篇论文，发现你对太阳活动有比较深入的研究，在国内，你提出的预测模型是最准确的，所以就想让你协助解决这个问题。但你来了后，在技术上表现出了很强的工作能力，所以我们决定让你承担更多、更重要的工作。我是这么打算的：让你先到发射部，再到监听部，对红岸系统有一个整体的了解和熟悉，至于以后安排什么工作，我们再研究。当然，你也看到了，这有阻力，但我是信任你的。小叶，这里要说明，到目前为止，这种信任还只是我个人的，希望你能努力工作，最后赢得组织上的信任。”雷政委把一只手放到叶文洁的肩上，她感到了这只有力的手传递的温暖和力量，“小叶啊，告诉你我的一个真切的希望吧：希望有一天，能称呼你叶文洁同志。”

雷政委说完站起来，迈着军人的稳健步伐离去。叶文洁的双眼盈满了泪水，透过眼泪，屏幕上的代码变成了一团团跳动的火焰。自父亲死后，这是她第一次流泪。

叶文洁开始熟悉监听部的工作，她很快发现，自己在这里远不如在发射部顺利，她已有的计算机知识早已落后，大部分软件技术都得从头学起。虽然有雷政委的信任，但对她的限制还是很严的，她可以看程序源代码，但不许接触数据库。

在日常工作中，叶文洁更多的是接受杨卫宁的领导，他对她更加粗暴了，动不动就发火。雷政委多次劝他也没用，好像一见到叶文洁，他就充满了一种无名的焦虑。

渐渐地，叶文洁在工作中发现的许多不可理解的事，使她感觉到红岸工程远比她想象的复杂。

监听系统接收到一系列值得注意的信息，经过计算机译解，发现是几幅卫星照片，很模糊，送到总参测绘局判读，发现均为我境内重要目标，其中有青岛军港和几个大三线重点军工企业的照片。经过分析，确认这些照片来自美国的KH9侦察卫星。第一颗KH9刚刚完成试验发射，主要是以胶片舱回收方式传递情报，但也在进行更加先进的无线电数码传递试验，由于技术不成熟，传送频率较低，所以信息泄露较大，能被红岸系统接收到。由于是试验传送，加密级别较低，能够被破解，这无疑是最重要的监视对象，是了解美国太空侦察系统不可多得的机会。可是第三天，杨卫宁竟命令转移监听频率和方向，丢开了这个目标，叶文洁总觉得这不可理解。

另一件事则令她震惊：虽然身在监听部，但发射部有些事情还让她去做。一次，她无意中看到了未来几次发射计划的频率设置，发现在第304、318和325次发射中，确定的发射频率已低出了微波范围，不可能在目标上产生任何热效应。

这天，突然有人通知叶文洁到基地总部办公室去，从那名军官的语气和神色中，叶文洁感到了不祥。

走进办公室后，一个似曾相识的场景出现了：基地的主要领导都在场，还有两名不认识的军官，一看就是更高一级部门来的人，所有人冰冷的目光聚焦到她身上。但这么多年的风风雨雨形成的敏感告诉她，今天倒霉的人可能不是她，她最多是一个陪葬品。她看到雷志成政委坐在一角，神色黯然。他终于要为对我的信任付出代价了，这是叶文洁心中冒出的第一个念头，她在一瞬间暗下决心，为了不牵连到雷政委，一定要将事情往自己身上揽，甚至不惜说谎。但她没有想到第一个开口的竟然就是雷政委，他的话更是完全出乎自己的预料。

"叶文洁，首先声明，我是不同意这么做的，下面的决定是杨总工程师请示上级后做出的，他将对后果负完全责任。"说完他看了杨卫宁一眼，后者郑重地点点头，"为了更好地发挥你在红岸基地的作用，这些天来，经过杨总工程师反复向上级请示，兵种政治部派来的同志也了解了你的工作情况，"他指了指那两名陌生的军官，"经过上级同意，我们决定将红岸工程的真实情况告诉你。"

过了好半天，叶文洁才明白了雷政委这话的含意：他一直在欺骗她！

"希望你珍惜这次机会，努力工作，立功赎罪。今后，你在基地只许老老实实，不许乱说乱动，任何反动行为都将受到最严厉的惩罚。"雷政委盯着叶文洁厉声说道，与以前叶文洁眼中的他相比仿佛换了一个人，"听明白了吗？那好，请杨总工程师为你介绍红岸工程的情况吧。"

其他人纷纷离去，办公室中只剩下杨卫宁和叶文洁两人。

“如果你不同意，现在还来得及。”杨卫宁说。

叶文洁知道这话的分量，也理解了杨卫宁这些天见到她时的那种焦躁。为了在基地发挥她的才华，必须让她知道红岸工程的真实情况，但这又意味着叶文洁走出雷达峰的最后一线希望也将不复存在，红岸基地将是她一生最终的归宿。

“我同意。”叶文洁轻轻地，但坚定地说。

于是，在这个初夏的黄昏，在巨型天线风中的轰鸣声和远方大兴安岭的松涛声中，杨卫宁向叶文洁讲述了真实的红岸工程，这是一个比雷志成的谎言更加令人难以置信的时代神话。

14

红岸之三

红岸工程部分文件，这批文件的解密时间是叶文洁向汪淼讲述红岸内幕三年之后。

一、世界基础科学研究趋势中一个被忽略的重要问题（原载《内部参考》196□年□月□日）

【提要】从近代史和现代史上看，科学基础理论研究成果转化为实用技术有两种模式：渐进型和突变型。

渐进型：基础理论成果被逐步转化为应用技术，技术逐渐积累，最后产生突破。最近的例子有宇航技术的发展和突破。

突变型：基础理论成果被迅速转化为实用技术，产生技术突变。最近的例子是核武器的出现，直到40年代，还有一部分最优秀的物理学家认为释放原子能是永远不可能的事，但核武器在极短的时间内突然出现，基础科学向应用技术的转化跨度极大，时间极短，我们定义为技术突变。

目前，北约和华约集团基础研究空前活跃，投入巨大，所以一项或多项技术突变随时都可能发生，这将对我战略规划构成重大威胁。

文章认为，我们目前的目光主要集中在技术的渐进型发展上，而对可能发生的技术突变没有给予足够的重视。应当从战略高度，制定一套完整策略和原则，当技术突变发生时能够正确地应对。

文章列出最有可能发生技术突变的领域：

1. 物理学【略】

2. 生物学【略】

3. 计算机科学【略】

4. 寻找外星文明：这是所有技术突变的可能性中变数最大的领域，极有可能产生突然性的巨大突破，该领域的技术突变一旦发生，其影响力将超过以上三个领域技术突变的总和。

【全文】略

【批示】将该文印发下去，在适当的范围内组织讨论。文章的观点可能不合一些人的胃口，但不要扣帽子，关键要看作者的长远思考。一些同志现在是一叶障目，有大环境的原因，也有很多人是自以为是。这样不好，战略视野的盲区是危险的。我看文章中提到的四个可能产生技术突变的领域中，最后一个是我们考虑最少的，值得注意，应该系统深入地研究一下。

【签字】□□□

196□年□月□日

二、外星文明探索技术突变可能性研究报告

1. 目前国际研究动向【提要】

（1）美国和其他北约国家：外星文明探索的科学性和必要性已得到广泛认可，学术氛围浓厚；OZMA计划：1960年，美国西维吉尼亚绿堤国家射电天文台，使用26米直径的射电望远镜探索外星文明，单通道接收，频率1420兆赫，搜索的目标鲸鱼座 τ 星和波江座 ε 星，搜索时间约200小时；计划于1972年实施OZMA Ⅱ计划，扩大搜索目标、频率及范围；同年计划发射“先驱者10号”和“先驱者11号”探测器，各携带有一张带有地球文明信息的金属卡；计划于1977年发射的“旅行者1号”和“旅行者2号”探测器，将携带金属唱片；1963年，位于波多黎各的阿雷西博望远镜建成，对外星文明探索意义重大，其收集能量的总面积约为20英亩，大于世界上其他一切射电望远镜收集能量的面积总和，与计算机系统配合，可同时监视65000个频道，同时具备超大功率的发射功能。

（2）苏联：情报信息来源较少，但有迹象表明在该领域投入巨大，与北约国家相比，研究更具系统性和长远规划。从一些零星信息渠道了解到，目前计划建设全球尺度的基于甚长基线干涉技术的综合孔径射电望远镜系统，该系统一旦建成，将具有目前世界上最强的深空探测能力。

2. 运用唯物史观对外星文明社会形态的初步分析【略】

3. 外星文明对人类社会政治倾向的初步分析【略】

4. 与外星文明可能的接触对当前世界格局产生的影响的初步分析

（1）单向接触（仅接收外星文明已发出的信息）【略】

（2）双向接触（与外星文明发生交流和直接接触）【略】

5. 超级大国首先与外星文明接触并垄断接触的危险和后果

（1）美帝及北约集团首先与外星文明接触并垄断接触的后果分析【未解密】

（2）苏修及华约集团首先与外星文明接触并垄断接触的后果分析【未解密】

【批示】简报已阅。人家已经向地球外面喊话了，外星社会只听到一个声音是危险的，我们也应该发出自己的声音，这样它们听到的才是人类社会完整的声音，偏听则暗兼听则明嘛。这个事情要做，要快做。

【签字】□□□

196□年□月□日

三、红岸工程前期研究报告（196□年□月□日）

绝密，原件副本数：2；内容提要形成文件：中发□字□□□文，转发国防科工委、中国科学院相关部门，转发中计委国防司，并在□□□□□□□会议和□□□□□□□□□□□会议传达，在□□□□□□□□□□会议部分传达。

课题序号：3760；国防代号：红岸

1. 总纲【提要】

搜索可能存在的外星文明，并尝试建立联系和交流。

2. 红岸工程理论研究【提要】

（1）搜索监听

监听频率范围：1000兆赫至40000兆赫，监听频道数：15000；重点监测：氢原子频率1420兆赫、羟基分子辐射频率1667兆赫、水分子辐射频率 22000 兆赫。

监听目标范围：1000 光年半径，恒星数约 2000 万颗。目标清单见附件 1。

（2）信息发送

发送频率：2800 兆赫、12000 兆赫、22000 兆赫

发送功率：10 ～ 25 兆瓦

发送目标：200 光年半径，恒星数约 10 万颗。目标清单见附件 2。

（3）红岸自解译系统的研制

引导部分：以宇宙间通用的基本数学和物理原理，建立一个基本的语言元码系，能够被任何掌握了基本代数、基本欧氏几何和基本低速物理学定律的文明所理解。

以上述元码系为基础，辅以低分辨图形示例，逐步建立语言体系，语种：汉语、世界语。

系统整体信息量为 680kB，在 2800 兆赫、12000 兆赫、22000 兆赫波段上的发送时间分别为 1183 分钟、224 分钟和 132 分钟。

3. 红岸工程实施方案

（1）红岸搜索监听系统初步设计方案【未解密】

（2）红岸信息发送系统初步设计方案【未解密】

（3）红岸搜索监听基地和信息发送基地选址初步方案【略】

（4）组建第二炮兵红岸部队的初步构想【未解密】

4. 红岸信息发送内容【提要】

地球行星概况（3.1kB）、地球生命系统概况（4.4kB）、人类社会概况（4.6kB）、世界历史基本信息（5.4kB），全部信息量为 17.5kB。全部信息

在自译解系统之后发射，在2800兆赫、12000兆赫、22000兆赫波段上的发送时间分别为31分钟、7.5分钟和3.5分钟。

发送信息应通过多学科严格审查，确保不会包含任何太阳系在银河系中的坐标信息。在三个发射频率中，尽量减少12000兆赫、22000兆赫的高频段发射，以减小被定位的可能性。

四、对外星文明发送的信件

第一稿【全文】

收到以上信息的世界请注意，你们收到的信息，是地球上代表革命正义的国家发出的！这之前，你们可能已经收到了来自同样方向的信息，那是地球上的一个帝国主义超级大国发出的，这个国家与地球上的另一个超级大国争夺世界霸权，企图把人类历史拉向倒退。希望你们不要听信他们的谎言，站在正义的一方，站在革命的一方！

【批示】已阅，狗屁不通！大字报在地上贴就行了，不要发到天上去，"文革"领导组今后不要介入红岸。这样重要的信件应慎重起草，最好成立一个专门小组，并在政治局会议上讨论通过。

【签字】□□□

196□年□月□日

第二稿【略】

第三稿【略】

第四稿【全文】

向收到该信息的世界致以美好的祝愿。

通过以下信息，你们将对地球文明有一个基本的了解。人类经过漫长的劳动和创造，建立了灿烂的文明，涌现出丰富多彩的文化，并初步了解了自然界和人类社会运行发展的规律，我们珍视这一切。

但我们的世界仍有很大缺陷，存在着仇恨、偏见和战争，由于生产力和生产关系的矛盾，财富的分布严重不均，相当部分的人类成员生活在贫困和苦难之中。

人类社会正在努力解决自己面临的各种困难和问题，努力为地球文明创造一个美好的未来。发送该信息的国家所从事的事业就是这种努力的一部分。我们致力于建立一个理想的社会，使每个人类成员的劳动和价值都得到充分的尊重，使所有人的物质和精神需要都得到充分的满足，使地球文明成为一个更加完美的文明。

我们怀着美好的愿望，期待着与宇宙中其他文明社会建立联系，期待着与你们一起，在广阔的宇宙中创造更加美好的生活。

五、相关政策与战略

1. 接收到外星文明信息后的政策与战略研究【略】

2. 与外星文明建立联系后的政策与战略研究【略】

【批示】百忙之中下一步闲棋是很有必要的，这个工程让我们想到很多以前没空想的事，这些事只有站到一个新的高度上才能想得通，就这点而言，红岸已经具有很大的意义了。如果宇宙中真的还有其他的人和社会，那也很好嘛，旁观者清，千秋功罪，可真的有人评说了。

【签字】□□□

196□年□月□日

15

红岸之四

“叶老师，我有一个问题：在当时，探索外星文明只是定位于一个有些边缘化的基础研究，为什么红岸工程具有如此高的保密级别呢？”听完叶文洁的讲述，汪淼问。

“其实这个问题在红岸工程的最初阶段就有人提出，并一直延续到红岸的最后。现在，你应该有了答案，我们只能佩服红岸工程最高决策者思维的超前了。”

“是的，很超前。”汪淼深深地点点头说。

与外星文明的接触一旦建立，人类社会将受到什么样的和何种程度的影响，这作为一个严肃的课题被系统深入地研究，还只是近两年的事。但这项研究急剧升温，得出的结论令人震惊。以前天真的理想主义愿望破灭了，学者们发现，与大多数人美好的愿望相反，人类不可能作为一个整体与外星文明接触，这种接触对人类文化产生的效应不是融合而是割裂，对人类不同文明间的冲突不是消解而是加剧。总之，接触一旦发生，地球文明的内部差异将急剧拉大，后果可能是灾难性的。最惊人的结论是：这种效应与接触的程度和方式（单向或双向），以及所接触的外星文明的形态和进化程度，没有任何关系！

这就是兰德思想库社会学学者比尔·马修在《十万光年铁幕：SETI社会学》一书中提出的“接触符号”理论。他认为，与外星文明的接触，只是一个符号或开关，不管其内容如何，将产生相同的效应。假如发生一个仅仅证明外星文明的存在而没有任何实质内容的接触——马修称其为元接触——其效应也能通过人类群体的心理和文化透镜被放大，对文明的进程产生巨大的实质性的影响。这种接触一旦被某个国家或者政治力量所垄断，其经济和军事意义超乎想象。

“那红岸工程的结局呢？”汪淼问。

“你应该能想到的。”

汪淼又点点头，他当然知道，如果红岸成功了，世界就不是今天的世界了，但他还是说了一句安慰的话：“其实成功与否现在还不得而知，红岸发出的电波，到现在在宇宙中也没走多远呀。”

叶文洁摇摇头，“电波信号传得越远越微弱，太空中干扰太多，外星文明收到的可能性很小。研究发现：为了使宇宙中的外星文明接收到我们的电波信号，我们的发射功率应该与一颗中等恒星的辐射功率相当。苏联天体物理学家卡达谢夫曾建议，可以根据宇宙中不同文明用于通信的能量，来对它们分级。他将想象中的文明分为Ⅰ、Ⅱ、Ⅲ三种类型：Ⅰ型文明能够调集与地球整个输出功率相当的能量用于通信，当时他估计，地球的功率输出约为$10^{15} \sim 10^{16}$瓦。Ⅱ型文明能够把相当于一颗典型恒星的输出功率——10^{26}瓦用于通信。Ⅲ型文明用于通信的功率达10^{36}瓦，约等于整个星系的功率输出。目前的地球文明只能大致定为0.7型——连Ⅰ型都未达到，而红岸的发射功率又仅仅是地球能调集的输出功率的千万分之一，这一声呼唤，就像万里长空中的一只蚊子在嗡嗡叫，不会有谁听见的！”

“可如果那个苏联人所设想的Ⅱ型和Ⅲ型文明真的存在，我们应该能够听到他们的声音。”

“红岸运行的二十多年，我们什么都没有听到。”

“是，想到红岸和SETI，会不会这一切努力最后证明了一件事：宇宙中真的只在地球上有智慧生命？”

叶文洁轻轻叹息一声，“从理论上讲，这可能是一件永远没有结论的事，但从感觉上，我，还有每一个经历过红岸的人，都认同这点了。”

“红岸项目被撤销真的很可惜，既然建了，就应该运作下去，这是一项真正伟大的事业啊！”

“红岸是逐渐衰落的。20世纪80年代初，还进行过一次大规模改造，主要是升级了发射和监听部分的计算机系统，发射系统实现了自动化，监听系统引进了两台IBM中型计算机，数据处理能力提高了很多，能同时监听四万个频道。但后来，随着眼界的开阔，人们也清楚了外星文明探索的难度，上级对红岸工程渐渐失去了兴趣。最先看到的变化是基地的密级降低了，当时普遍认为红岸如此高的保密级别是小题大做，基地警卫兵力由一个连减少到一个班，再到后来，只剩下一个五人保卫组了。也是在那次改造以后，红岸的编制虽然仍在二炮，科研管理却移交到中科院天文所，于是承担了一些与外星文明搜索没有关系的研究项目。”

“您的很多成果就是在那时做出的。”

“红岸系统最初是承担了一些射电天文观测项目，那时它是国内最大的射电望远镜。后来，随着其他射电天文观测基地的建立，红岸的研究主要集中在对太阳电磁活动的观测和分析上，为此还加装了一台太阳望远镜，我们建立的太阳电磁活动数学模型当时在那个领域是领先的，也有了许多实际应用。有了后来的这些研究和成果，红岸的巨额投资总算是有了一点点回报。其实这一切有相当部分要归功于雷政委，当然他是有个人目的的。那时他发现，在技术部队搞政工前景不太好，他入伍前也是学天体物理学的，于是就想回到科研上来。红岸基地后来引进的外星文明探索之外的项目，都是他努力的结果。”

“回到专业上哪儿有那么容易？那时您还没有平反，我看他更多是将您的成果署上自己的名吧？”

叶文洁宽容地笑笑，“没有老雷，红岸基地早就完了。红岸被划到了军转民范围内后，军方就把它完全放弃了，中科院维持不起基地的运行费用，一切就都结束了。”

叶文洁没有多谈她在红岸基地的生活，汪淼也没有问。进入基地后的第四个年头，她与杨卫宁组成了家庭，一切都是自然而然发生的，很平淡。后来，在基地的一次事故中，杨卫宁和雷志成双双遇难，杨冬作为遗腹子生了下来。她们母女一直到20世纪80年代中红岸基地最后撤销时才离开雷达峰。叶文洁后来在母校教授天体物理，直到退休。这一切汪淼都是在密云射电天文基地听沙瑞山说的。

“外星文明探索是一个很特殊的学科，它对研究者的人生观影响很大。”叶文洁用一种悠长的声调说，像是在给孩子讲故事，“夜深人静的时候，从耳机中听着来自宇宙没有生命的噪声，这噪声隐隐约约的，好像比那些星星还永恒；有时又觉得那声音像大兴安岭的冬天里没完没了的寒风，让我感到很冷，那种孤独真是没法形容。

“有时下夜班，仰望夜空，觉得群星就像发光的沙漠，我自己就是一个被丢弃在沙漠上的可怜孩子……我有那种感觉：地球生命真的是宇宙中偶然里的偶然，宇宙是个空荡荡的大宫殿，人类是这宫殿中唯一的一只小蚂蚁。这想法让我的后半辈子有一种很矛盾的心态：有时觉得生命真珍贵，一切都重如泰山；有时又觉得人是那么渺小，什么都不值一提。反正日子就在这种奇怪的感觉中一天天过去，不知不觉人就老了……”

对于这个为孤独而伟大的事业贡献了一生的可敬的老人，汪淼想安慰几句，但叶文洁最后一席话使他陷入了同样悲凉的心境，他什么也说不出来，只是说：“叶老师，哪天我陪您再去红岸基地遗址看看。”

叶文洁缓缓摇摇头，“小汪，我和你不一样啊，岁数大了，身体也不好，什么都难预料，以后也就是过一天算一天吧。”

看着叶文洁满头的银发，汪淼知道，她又想起了女儿。

16

三体、哥白尼、宇宙橄榄球、三日凌空

从叶文洁家里出来以后，汪淼心绪难平，这两天的遭遇和红岸的故事，这两件不相干的事纠结在一起，使世界在一夜之间变得异常陌生。

回到家后，为了摆脱这种心绪，他打开电脑，穿上V装具，第三次进入《三体》。他的心态调整得很成功，当登录界面出现时，汪淼像换了一个人似的，心中立刻充满了莫名的兴奋。与前两次不同，汪淼这次是带着一个使命进来的，他要揭示这个虚拟世界的秘密，他重新注册了一个与此相称的ID：哥白尼。

登录《三体》后，汪淼又站在那片辽阔的平原上，面对三体世界诡异的黎明。巨大的金字塔在东方出现，但汪淼立刻发现它不是纣王和墨子的那座金字塔了，它有着哥特式的塔顶，直插凌晨的天空，使他想起了昨天早晨在王府井看到的罗马式教堂，但那座教堂要是放到金字塔旁

边，不过是它的一个小门亭而已。他还看到了远方许多显然是干仓的建筑，但形状也都变成了哥特式建筑，尖顶细长，仿佛是大地长出的许多根刺。

汪淼看到了金字塔上一个透出幽幽火光的洞门，就走了进去。洞内的墙壁上，一排已被熏得黝黑的奥林匹斯诸神的雕像举着火炬。走进大殿，他发现这里甚至比门洞中还昏暗，只有一张长长的大理石桌上的两支银烛台上的蜡烛在昏昏欲睡地亮着，桌旁坐着几个人，昏暗的光线使汪淼仅能看清他们面庞的轮廓，他们的双眼都隐藏在深眼窝的阴影中，但汪淼能感觉到聚集到他身上的目光。这些人似乎穿着中世纪的长袍，仔细看，还有一两个人的长袍更简洁一些，是古希腊式的。长桌的一头坐着一个瘦高的男子，他头上戴着的金冠是大殿中除蜡烛外唯一闪亮的东西，汪淼在蜡烛的光亮中很费力地看出，他身上的长袍与其他人不同，是红色的。

到此汪淼确定了自己的判断：这个游戏是为每个玩家单开一个进程，现在的欧洲中世纪副本，是软件根据他的ID而选定的。

“你来晚了，会议已经开始很久了。”戴金冠穿红袍的人说，“我是格里高利教皇。”

汪淼努力回忆着自己并不熟悉的欧洲中世纪史，想从这个名字推断出这个文明进化的程度，但想到三体世界中历史的混乱，又觉得这种努力没有多大意义。

“你改了ID，可我们都认识你，在以前的两次文明中，你好像到东方游历过。哦，我是亚里士多德。”穿古希腊长袍的人说，他有一头白色的鬈发。

“是的，”汪淼点点头，“我在那里目睹了两次文明的毁灭，一次毁于严寒，一次毁于烈日。我还看到了东方的学者们为掌握太阳运行规律而进行的伟大努力。”

“嗤！”一个留着上翘山羊胡、比教皇更瘦的人在阴影中发出声音，“东方学者，企图从冥想、顿悟甚至梦游中参透太阳运行的秘密，可笑至极！”

“这是伽利略。”亚里士多德介绍说，“他主张应该从实验和观测中认识世界，一个工匠式的思想家，但他已取得的成果我们还是不得不正视。”

“墨子也进行了实验和观测。”汪淼说。

伽利略又嗤了一声，“墨子的思想仍是东方的，他不过是披着科学外衣的玄学家，从来就没有认真对待过自己的观测结果，就凭着主观臆测建立宇宙的全模拟模型，可笑！可惜了那些精良的设备。我们不一样，我们在大量观测和实验的基础上，进行严密的推论，建立起宇宙的模型，再返回实验和观测去检验它。”

“这是正确的，”汪淼点点头，“这正是我的思想方法。”

“你是不是也带了份万年历？”教皇带着讥讽说。

“我没有万年历，只带来了以观测数据为基础而建立的宇宙模型，不过要说明，即使这个模型是正确的，也不一定能凭借它掌握太阳运行的精确规律，编纂万年历。但这毕竟是必须走的第一步。”

几声孤单的掌声在阴冷的大殿中回荡，这掌声是伽利略的。“很好，哥白尼，很好，你这种现实的、符合实验科学思想的想法是大多数学者不具备的，就凭这一点，你的理论也值得听一听。”

教皇对汪淼点点头，“说说看吧。”

汪淼走到长桌的另一端，让自己镇定了一下，说："其实很简单，太阳的运行之所以没有规律，是因为我们的世界中有三颗太阳，它们在相互引力的作用下，做着无法预测的三体运动。当我们的行星围绕着其中的一颗太阳做稳定运行时，就是恒纪元；当另外一颗或两颗太阳运行到一定距离内，其引力会将行星从它围绕的太阳边夺走，使其在三颗太阳的引力范围内游移不定时，就是乱纪元；一段不确定的时间后，我们的行星再次被某一颗太阳捕获，暂时建立稳定的轨道，恒纪元就又开始了。这是一场宇宙橄榄球赛，运动员是三颗太阳，我们的世界就是球！"

昏暗的大殿中响起了几声干笑。"烧死他。"教皇无表情地说，站在门前的两个身穿锈迹斑斑的全身铠甲的士兵立刻像两个笨拙的机器人一般朝汪淼走来。

"烧吧。"伽利略叹息着摆摆手，"本来对你抱有希望，原来只不过又是一个玄学家或巫师。"

"这种人现在已经成了公害。"亚里士多德同意地点点头。

"总得让我把话说完吧！"汪淼推开抓他的那两个士兵的铁手套。

"你见过三颗太阳吗？或者是有别人见过？"伽利略偏着头问道。

"每个人都见过。"

"那么，除了这个在乱纪元和恒纪元里出现的太阳外，另外两个在哪里？"

"首先要说明，我们在不同时间看到的可能并不是同一颗太阳，而是三颗中的一颗。另外两颗太阳就是飞星，当它们运行到远距离时，看起来像星星。"

"你缺乏起码的科学训练。"伽利略不以为然地摇摇头，"太阳是连续运行到远距离的，不可能跳跃过去，所以按你的假设，应该还有第三种情况：太阳比正常状态小，但比飞星大，它应该在运行中逐渐变成飞星大小，但我们从来没有看到过这样的太阳。”

“你既然受过科学训练，就应该在观测中对太阳的结构有一些了解。”

“这是我最引以为自豪的发现：太阳是由深厚但稀薄的气态外层和致密灼热的内核构成的。”

“很对，但你显然没有发现太阳的气态外层与我们行星大气层间奇特的光学作用。这是一种类似于偏振的现象，使得在太阳超出一定的距离时，从我们的大气层里观察，太阳的气态外层突然变得透明不可见，只能看到它的发光内核，这时，太阳在我们的视野中就突然缩到内核大小，变成了飞星。正是这个现象，迷惑了历史上各个文明的研究者，使他们没有意识到三颗太阳的存在。现在你们明白了，为什么三颗飞星的出现预示着漫长的严寒，因为这时三颗太阳都在远方。”

出现了短暂的沉默，大家都在思考。亚里士多德首先发言：“你缺乏起码的逻辑训练。不错，我们是有可能看到三颗飞星，并且它们的出现总是伴随着毁灭性的严寒。但按照你的理论，我们还应该有可能看到三颗正常大小的太阳，这是从来没有发生过的事，在所有文明留下来的记载中，从来没有发生过！”

“等等！”一个戴着形状奇怪的帽子、留着长须的人第一次站起来说话，“历史好像有记载，有一个文明见到过两颗太阳，那次文明立刻毁灭于双日的烈焰中，但这记载很模糊。哦，我是达·芬奇。”

“我们说的是三颗太阳，不是两颗！”伽利略喊道，“按他的理论，三颗太阳一定会出现的，就像三颗飞星一样！”

“三颗太阳出现过，”汪淼镇定地说，“也有人看到过，但看到它们的人不可能将信息流传下来，因为当他们看到这伟大的景象时，最多只能再活几秒钟，不可能逃脱并幸存下来。‘三日凌空’是三体世界最恐怖的灾难，那时，行星地表会在瞬间变成冶炼炉，高温能够熔化岩石。在‘三日凌空’中毁灭的世界，要经过漫长的时间才能重现生命和文明，这也是没有历史记载的原因。”

沉默，所有的人都看着教皇。

“烧死他。”教皇温和地说，他脸上的笑汪淼有些熟悉，那是纣王的笑。

大殿里立刻活跃起来，大家好像遇到了什么喜事。伽利略等人兴高采烈地从阴暗的一角搬出一具十字火刑架，他们将架上一具焦黑的尸体取下来扔到一边，将火刑架竖起来，另一些人则兴奋地堆木柴。只有达·芬奇对这一切无动于衷，坐在桌边思考着，不时用笔在桌面上计算着什么。

“布鲁诺，”亚里士多德指指那具焦尸说，“曾在这里和你一样胡扯一通。”

“用文火。”教皇无力地说。

两个士兵用耐火的石棉绳将汪淼绑到火刑柱上，汪淼用还能动的一只手指着教皇说：“你肯定是个程序，至于你们其他人，不是程序就是白痴，我还会登录回来的！”

“你回不来了，在三体世界中你将永远消失。”伽利略怪笑着说。

“那你肯定也是个程序了，一个正常人不可能连这点儿网络常识都没有，这里最多记下我的MAC号，换台电脑换个ID上就行了，到时候我会宣布自己是谁的。”

“系统已通过V装具记下了你的视网膜特征。”达·芬奇抬头看了汪淼一眼说，然后埋头继续自己的演算。

汪淼突然感到了一阵莫名的恐惧，喊道：“你们不要这样！放我下去！我说的是真理！！”

“如果你说的是真理，就不会被烧死了，游戏对走对路的人是一路放行的。”亚里士多德狞笑着，掏出一个银色的Zippo打火机，耍了一个复杂的把戏，锵的一声打着了火。

就在他伸手在柴堆上点火时，一道红色的强光从洞门射入，接着涌入一股挟带着烟尘的热浪，一匹马穿透强光跑进大殿，马的躯体在熊熊燃烧，已成了一团火球，奔跑时火焰呼呼作响。马上骑着一个人，是一位穿着重铠的中世纪骑士，他的盔甲已被烧得通红，奔跑时拖着一股白烟。

“世界刚刚毁灭！！世界刚刚毁灭！！脱水！！脱水！！”骑士狂呼着，燃烧的坐骑扑通一声栽倒在地，成了一大堆篝火。骑士被甩出好远，一直滚到火刑架下，红炽的盔甲一动不动，只有浓浓的白烟不断地冒出。从盔甲中流出的人油燃烧着在地上扩散开来，仿佛盔甲长出了一对火的翅膀。

大殿里的人都奔向洞门，蜂拥而出，很快消失在从门外射入的红光中。汪淼奋力挣脱绳索，绕过燃烧的骑士和马，穿过空荡荡的大殿，跑过热浪滚滚的门廊，来到外面。

大地已经像一块炉中的铁板一样被烧得通红，发出暗红色光的地面上流淌着一条条明亮的岩浆小溪，织成一张伸向天边的亮丽的火网。红炽的大地上有无数根细长的火柱高高腾起，这是干仓在燃烧，仓中的脱水者使火柱染上了一种奇异的蓝绿色。汪淼看到不远处有十几根同样颜色的小火柱，这是刚从金字塔中跑出来的十几个人：教皇、伽利略、亚里士多德、达·芬奇……包裹他们的蓝绿色火柱是透明的，可以看到他们的面容和躯体在火中缓缓地变形，他们把目光聚焦在刚出来的汪淼身上，都保持着同一个姿势，向着天空举起熊熊燃烧的双臂，用歌唱般的声音齐声颂道：

“三日凌空——”

汪淼抬头望去，看到三轮巨大的太阳在天空中围绕着一个看不见的原点缓缓地转动着，像一轮巨大的风扇将死亡之风吹向大地。几乎占据全部天空的三日正在向西移去，很快有一半沉到了地平线之下。“风扇”仍在旋转，一片灿烂的叶片不时划出地平线，给这个已经毁灭的世界带来一次次短暂的日出和日落，日落后灼热的大地发出暗红的光芒，转瞬而来的日出又用平射的强光淹没了一切。三日完全落下之后，大地上升腾的水蒸气形成的浓云仍散射着它的光芒，天空在燃烧，呈现出一种令人疯狂的地狱之美。当这毁灭的晚霞最后消失，云层中只有被大地的地狱之火抹上的一层血红时，几行大字出现了：

183号文明在“三日凌空”中毁灭了，该文明进化至中世纪层次。

漫长的时间后，生命和文明将重新启动，再次开始在三体世界中命运莫测地进化。

但在这次文明中，哥白尼成功地揭示了宇宙的基本结构，三体文明将产生第一次飞跃，游戏进入第二级。

欢迎您登录第二级《三体》。

17

三体问题

汪淼刚刚退出游戏，电话响了，是大史打来的，说有紧急的事情，让他马上到重案组办公室去一趟。汪淼看看表，已是凌晨三点了。

汪淼来到大史凌乱的办公室时，见那里已被他抽得云蒸雾绕，使得办公室中的另一位年轻女警不停地用记录本在鼻子前扇动。大史介绍说她叫徐冰冰，计算机专家，是信息安全部门的。办公室中的第三个人令汪淼很吃惊，居然是申玉菲的丈夫魏成，头发乱蓬蓬的，他抬头看看汪淼，好像已经忘记了他们见过面。

"不好意思打扰，不过我看你也没睡吧。这里有些事儿，还没有汇报作战中心，大概需要你参谋参谋。"大史对汪淼说，然后转向魏成，"你说吧。"

"我说过，我的生命受到威胁。"魏成说，脸上却是一副木然的表情。

"从头说起吧。"

“好，从头说，不要嫌我麻烦，我最近还真想找人说说话……”魏成说着转头看看徐冰冰，“不做笔录什么的吗？”

“现在不用，以前没人和你说话？”大史不失时机地问。

“也不是，我懒得说，我是个懒散的人。”

以下是魏成的叙述：

我是个懒散的人，从小就是，住校时碗从来不洗，被子从来不叠，对什么都提不起兴趣，懒得学习，甚至懒得玩，每天迷迷糊糊地混日子。但我知道自己有一些超过常人的才能，比如你画一根线，我在线上画一道，位置肯定在0.618的黄金分割处。同学们说我适合当木匠，但我觉得这是更高级的才能，是对数和形的一种直觉。其实我的数学同其他课程一样，成绩一团糟，我懒得推导，考试时就将自己蒙出来的答案直接写上去，也能蒙对百分之八九十，但这样拿不到高分。

高二时，一位数学老师注意到了我，那时候，中学教师中可是卧虎藏龙，“文革”中很多有才华的人都流落到中学去教书了，他就是这样一个人。有一天下课后他把我留下，在黑板上写了十几个数列，让我直接写出它们的求和公式。我很快写出其中的一部分，基本上都对，其余我一眼就看出是发散的。老师拿出了一本书，是《福尔摩斯探案集》，他翻到一篇，好像是《红字的研究》吧，有一段大意是这样：华生看到楼下有个衣着普通的人在送信，就指给福尔摩斯看，福尔摩斯说你是指那个退伍海军军曹吗？华生很奇怪福尔摩斯是如何推断出他的身份的，福尔摩斯自己也不清楚，想了半天才理出推理的过程，看那人的手、举止啦等等。他说这不奇怪，别人也很难说出自己是如何推断出“2+2=4”的。

老师合上书对我说：你就是这样，你的推导太快了，而且是本能的，所以自己意识不到。他接着问我：看到一串数字，你有什么感觉？我是问感觉。我说任何数字组合对于我都是一种立体形体，我当然说不清什么数字是什么形状，但它确实表现为一种形体。那看到几何图形呢？老师追问。我说与上面相反，在我脑袋深处没有图形，一切都化为数字了，就像你凑近了看报纸上的照片，都是小点儿（当然现在的报纸照片不是那样儿了）。

老师说你真的很有数学天分，但是，但是……他说了好多个但是，来回走着，好像我是个很棘手的东西，不知道如何处理似的。但是你这号人不会珍惜自己天分的，他说。想了好半天，他好像放弃了，说那你就去参加下月区里的数学竞赛吧，我也不辅导你了，对你这号人，白费劲，只是你答卷时一定要把推导过程写上去。于是我就去竞赛了，从区里一直赛上去，赛到布达佩斯的奥林匹克数学竞赛，全是冠军。回来后就被一所一流大学的数学系免试录取了……

我说这些你们不烦吧？啊，好，其实要说清后面的事儿，这些还是必须说的。那个高中老师说得对，我不会珍惜自己，本科硕士博士都吊儿郎当，但居然都过来了。一到社会上，才发现自己是个地地道道的废物，除了数学啥也不会，在复杂的人际关系中处于半睡眠状态，越混越次；后来到大学里教书吧，也混不下去，教学上认真不起来，我在黑板上写一句“容易证明”，学生底下就得捣鼓半天，后来搞末位淘汰，课也没得教了。到此为止，我对这一切都厌倦了，就拿着简单的行李去了南方一座深山中的寺庙。

哦，我不是去出家，我懒得出家，只是想找个真正清静的地方住一阵儿。那里的长老是我父亲的一个老友，学问很深，却在晚年遁入空门，照父亲的话说吧，到他这层次，也就这一条路了。那位长老收留我住下，我对他说，想找个清静省心的方式混完这辈子算了。长老说，这里并不清静，是旅游区，进香的人也很多；大隐隐于市，要清静省心，自己就得空。我说我够空了，名利于我连浮云都算不上，你庙里那些僧人都比我有更多的凡心。长老摇摇头：空不是无，空是一种存在，你得用空这种存在填满自己。这话对我很有启发，后来想想，这根本不是佛家理念，倒像现代的某种物理学理论。长老也说了，他不会同我谈佛，理由与那位中学老师一样：对我这号人没用。

第一天晚上，在寺院的小屋里我睡不着，没想到这世外桃源是如此的不舒服，被褥都在山雾中变潮了，床硬邦邦的。于是，为了催眠，我便试图按长老说的那样，用“空”来填充自己。我在意识中创造的第一个“空”是无际的太空，其中什么都没有，连光都没有，空空的。很快，我觉得这空无一物的宇宙根本不能使自己感到宁静，身处其中反而会感到一种莫名的焦躁不安，有一种落水者想随便抓住些什么东西的欲望。

于是我给自己在这无限的空间中创造了一个球体，不大的、有质量的球体。但感觉并没有好起来，那球体悬浮在“空”的正中（对于无限的空间，任何一处都是正中），那个宇宙中没有任何东西作用于它，它也没有任何东西可以作用。它悬在那里，永远不会做丝毫的运动，永远不会有丝毫的变化，真是对死亡最到位的诠释。

我创造了第二个球，与原来的球大小质量相等，它们的表面都是全反射的镜面，互相映着对方的像，映着除它自己之外宇宙中唯一的一个存在。但情况并没有好多少：如果球没有初始运动，也就是我的第一推动，它们很快会被各自的引力拉到一块，然后两个球互相靠着悬在那里一动不动，还是一个死亡的符号。如果有初始运动且不相撞，它们就会在各自引力作用下相互围绕着对方旋转，不管你怎样初始化，那旋转最后都会固定下来，永远不变，死亡的舞蹈。

我又引入了第三个球体，情况发生了令我震惊的变化。前面说过，任何图形在我的意识深处都是数字化的，前面的无球、一球和二球宇宙表现为一条或寥寥几条描述它的方程，像几片晚秋的落叶。但这第三个球体是点上了“空”之睛的龙，三球宇宙一下子变得复杂起来，三个被赋予了初始运动的球体在太空中进行着复杂的、似乎永不重复的运动，描述方程如暴雨般涌现，无休无止。我就这样进入梦乡，三球在梦中一直舞蹈着，无规律的永不重复的舞蹈。但在我的意识深处，这舞蹈是有节奏的，只是重复的周期无限长而已，这让我着迷，我要描述出这个周期的一部分或全部。

第二天我一直在想着那三个在“空”中舞蹈的球，思想从没有像这样全功率转动过，以至于有僧人问长老我精神是不是出了什么毛病，长老一笑说：没事，他找到了空。是的，我找到了空，现在我能隐于市了，就是置身熙攘的人群中，我的内心也是无比清静。我第一次享受到了数学的乐趣，三体问题①的物理原理很单纯，其实是一个数学问题。这时，我就像一个半生寻花问柳的放荡者突然感受到了爱情。

①三个质量相同或相近的物体在相互引力的作用下如何运动的问题，是古典物理学的经典问题，对天体运动研究有重要意义，自16世纪以来一直受到关注。瑞士数学家欧拉、法国数学家拉格朗日，以及近年来一些借助于计算机研究的学者，都找出了三体问题的某些特解。

"你不知道庞加莱[1]吗？"汪淼打断魏成问。

当时不知道，学数学的不知道庞加莱是不对，但我不敬仰大师，自己也不想成为大师，所以不知道。但就算当时知道庞加莱，我也会继续对三体问题的研究。全世界都认为这人证明了三体问题不可解，可我觉得可能是个误解，他只是证明了初始条件的敏感性，证明了三体系统是一个不可积分的系统，但敏感性不等于彻底的不确定，只是这种确定性包含着数量更加巨大的不同形态。现在要做的是找到一种新的算法。当时我立刻想到了一样东西：你听说过"蒙特卡洛法"吗？哦，那是一种计算不规则图形面积的计算机程序算法，具体做法是在软件中用大量的小球随机击打那块不规则图形，被击中的地方不再重复击打，这样，达到一定的数量后，图形的所有部分就会都被击中一次，这时统计图形区域内小球的数量，就得到了图形的面积，当然，球越小结果越精确。

这种方法虽然简单，却展示了数学中的一种用随机的蛮力对抗精确逻辑的思想方法，一种用数量得到质量的计算思想。这就是我解决三体问题的策略。我研究三体运动的任何一个时间断面，在这个断面上，各个球的运动矢量有无限的组合，我将每一种组合看作一种类似于生物的东西，关键是要确定一个规则：哪种组合的运行趋势是"健康的"和"有利的"，哪种是"不利的"和"有害的"，让前者获得生存的优势，后者则产生生存困难，在计算中就这样优胜劣汰，最后生存下来的就是对三体下一断面运动状态的正确预测。

① 亨利·庞加莱（Henri Poincaré，1854—1912），法国数学家，曾证明了三体问题在数学上不可解，并从三体问题出发，在微分方程问题上创造了新的数学方法。

“进化算法。”汪淼说。

“请你来还是对了。”大史对汪淼点点头。

是的，我是到后来才听说这个名词。这种算法的特点就是海量计算，计算量超级巨大，对于三体问题，现有的计算机是不行的。而当时我在寺庙里连个计算器都没有，只有从账房讨来的一本空账本和一支铅笔。我开始在纸上建立数学模型，这工作量很大，很快用完了十几个空账本，搞得管账的和尚怨气冲天。但在长老的要求下，他们还是给我找来了更多的纸和笔。我将写好的计算稿放到枕头下面，废掉的就扔到院里的香炉中。

这天傍晚，一位年轻女性突然闯进我屋里，这是我这里第一次有女人进来，她手中拿着几张边缘烧焦了的纸，那是我废弃的算稿。

“他们说这是你的，你在研究三体问题？”她急切地问，大眼镜后面的那双眼睛像着了火似的。

这人令我很震惊，我采用的是非常规数学方法，且推导的跳跃性很大，她竟然能从几张废算稿中看出研究的对象，其数学能力非同一般。同时也可以肯定，她与我一样，很投入地关注着三体问题。我对来这里的游客和香客都没什么好印象，那些游客根本不知道是来看什么的，只是东跑西窜地照相；而那些香客，看上去普遍比游客穷得多，都处于一种麻木的智力抑制状态。这个姑娘却不同，很有学者气质，后来知道她是同一群日本游客一起来的。

不等我回答，她又说：“你的想法太高明了，我们一直在寻找这类方法，把三体问题的难度转化为巨大的计算量。但这需要很大的计算机才行。”

“把全世界所有的大计算机都用上也不行。”我实话告诉她。

“但你总得有一个过得去的研究环境才行，这里什么都没有。我可以让你有机会使用巨型计算机，还可以送给你一台小型机，明天一早，我们一起下山。”

她就是申玉菲了，同现在一样，简洁而专制，但比现在要有吸引力。我生性冷淡，对女性，我比周围这些和尚更不感兴趣，但她很特殊，她那最没女人味的女人味吸引了我，反正我也是个闲人，就立刻答应了她。

夜里，我睡不着，披衣走进寺院，远远地，在昏暗的庙堂里看到了申玉菲的身影，她正在佛像前烧香，一举一动都是很虔诚的样子。我轻轻走过去，走到庙堂门槛外时，听到了她轻声念出的一句祈求：

“佛祖保佑我主脱离苦海。”

我以为听错了，但她又吟诵了一遍：

“佛祖保佑我主脱离苦海。”

我不懂任何宗教也不感兴趣，但确实想象不出比这更离奇的祈祷了，不由脱口而出：“你在说什么?！”

申玉菲丝毫没有理会我的存在，仍然微闭双眼双手合十，好像在看着她的祈求随着香烟袅袅升到佛祖那里。过了好一阵儿，她才睁开眼睛转向我。

“去睡吧，明天早些走。”她说，看也不看我。

“你刚才说的‘我主’，是在佛教里吗？”我问。

“不是。”

“那……”

申玉菲一言不发，快步离去，我没来得及再问什么。我一遍遍默念着那句祈祷，越念越感觉怪异，后来有了一种说不出的恐怖感，于是快步走到长老的住处，敲开了他的门。

“如果有人祈求佛祖保佑另一个主，这是怎么回事呢？”我问，然后详细地说了事情的经过。

长老默默地看着自己手中的书，但显然没有读，而是在想我说的事，然后他说：“你先出去一会儿，让我想想。”我转身走出门去，知道这很不寻常。长老学识深厚，一般的关于宗教、历史和文化的问题，他都能不假思索地立即回答。我在门外等了有一根烟的时间，长老叫我回去。

“我感觉只有一种可能。”他神色严峻地说。

“什么？会是什么呢？难道可能有这种宗教，它的主需要其教徒祈求其他宗教的主来拯救？”

“她的那个主，是真实存在的。”

这话让我有些迷惑：“那么……佛祖不存在吗？”话一出口我立刻发觉失礼，赶紧道歉。

长老缓缓地摆摆手说：“我说过，我们之间谈不了佛学，佛祖的存在是你不能够理解的存在；而她说的主，是以你能够理解的方式存在着的……关于这事，我没能力告诉你更多了，只是劝你，别跟她走。”

“为什么？”

“我也只是感觉，觉得她背后可能有一些你我都无法想象的事情。”

我走出长老的门，穿过寺院朝自己的住处走去，这夜是满月，我抬头看看月亮，感觉那是盯着我看的一只银色的怪眼，月光带着一股阴森的寒气。

第二天，我还是跟申玉菲走了——总不能在寺庙里一直住下去吧——但没有想到，接下来的几年，我过上了梦想中的生活。申玉菲实现了她的诺言，我拥有了一台小型机和舒适的环境，还多次出国去使用巨型计算机，不是分时使用，而是占据全部的CPU时间。她很有钱，我不知道她哪来这么多钱。后来我们结婚了，没多少爱情和激情，只是为了双方生活的方便而已，我们都有各自的事情要做。对我来说，以后的几年可以用一天来形容，日子在平静中就过去了。在那幢别墅里，我衣来伸手饭来张口，只需专注于三体问题的研究就行了。申玉菲从不干涉我的生活，车库里有我的一辆车，我可以开着它去任何地方，我甚至敢肯定，自己带一个女人回家她都不在乎，她只关注我的研究，我们每天唯一交流的内容就是三体问题，她每天都要了解研究的进展。

“你知道申玉菲还干些别的什么吗？”大史问。

“不就是那个‘科学边界’嘛，她成天就忙那个，每天家里都来很多人。”

“她没有拉你加入学会吗？”

“从来没有，她甚至没对我谈过这些，我也不关心，我就是这么个人，不愿意关心更多的事。她也深知这点，说我是个没有任何使命感的懒散之人，那里不适合我，反而会干扰我的研究。”

“那么三体研究有进展吗？”汪淼问。

以目前世界上这个研究领域的一般状况来看，进展可以说是突破性的。前些年，加利福尼亚大学的理查德·蒙特哥马利和巴黎第七大学的桑塔·克鲁兹、阿连·尚斯那，还有法国计量研究机构的研究人员，用一种叫作“逼近法”的算法，找到了三体运动的一种可能的稳定形态：在适当的初始条件下，三体的运行轨迹将形成一个首尾衔接的“8”字形。后来人们都热衷于寻找这种特殊的稳定状态，找到一个就乐得跟什么似的，到目前为止也就是找到了三四种。其实，我用进化算法已经找到了一百多种稳定状态，把那些轨迹画出来，足够办一个后现代派画展了。但这不是我的目标，三体问题的真正解决，是建立这样一种数学模型，使得三体在任何一个时间断面的初始运动矢量已知时，能够精确预测三体系统以后的所有运动状态。这也是申玉菲渴望的目标。

但平静的生活到昨天就结束了，我遇到了麻烦事。

“这就是你要报的案了吧？”大史问。

“是的，昨天有个男人来电话，说如果我不立刻停止三体问题的研究，就杀了我。”

“那人是谁？”

“不知道。”

“电话号码？”

“不知道，我那个电话没有来电显示。”

“其他有关情况呢？”

“不知道。”

大史笑着扔了烟头，“前面扯了那么一大通，最后要报的就这一句话和几个不知道？”

“我不扯那一大通，这一句话你听得懂吗你？再说要是就这点事儿我也不会来，我这人懒嘛。今天夜里，哦，当时是半夜了，我也不知道是昨天还是今天，我睡着，迷迷糊糊感到脸上有凉凉的东西在动，睁开眼看到了申玉菲，真吓死我了。”

“半夜在床上看到你老婆有什么可怕的？”

“她用那种眼光看我，从来没有过的那种眼光，外面花园的灯光照到她脸上，看上去像鬼似的。她手里拿着一个东西，是枪！她把枪口在我脸上蹭，说我必须把三体问题的研究进行下去，不然也杀了我。”

“嗯，有点儿意思了。”大史又点上一支烟，满意地点点头。

“什么叫有意思？你们看，我没地方可去了，才来找你们。”

“你把她对你说的话照原样说说。”

“她是这么说的：如果三体问题研究成功，你将成为救世主；如果现在停止，你就是个罪人。如果有个人拯救了人类或毁灭了人类，那你可能的功绩和罪恶，都将正好是他的一倍。”

大史吐出浓浓的烟雾，盯着魏成看了好一阵儿，直看得他有些不安，然后从凌乱的桌上拖过一个本子，拿起笔。“你不是要做笔录吗？重复一遍刚才那话。”

魏成重复了一遍后，汪淼说：“这话确实奇怪，怎么正好是一倍呢？”

魏成眨眨眼对大史说：“看来这事挺严重？我来时那个值班的一见我，就让我来找你，看来我早在这儿挂上号了。”

大史点点头，“再问一个事儿：你觉得你老婆那支枪是真的吗？”看到魏成不知如何回答，他又说，“有枪油味吗？”

“有，肯定有油味！”

“那好。”坐在桌子上的大史跳下来说，“总算找到一个机会，非法持有枪支嫌疑，是个勉强说得过去的搜查理由，手续明天再补吧，我们得马上行动。”他转向汪淼说，“这还得辛苦你跟着去再参谋参谋。”然后他对一直没说话的徐冰冰说，“小徐，现在专案组里值班的只有两个人，不够，知道你们信息处的都是金枝玉叶，但今天你这个专家得出这趟外勤了。”徐冰冰很快点点头，她巴不得快些离开这个烟雾腾腾的地方。

执行这次搜查任务的除了大史和小徐，还有两名值班的刑警，加上汪淼和魏成，一行六人分乘两辆警车，穿过黎明前最黑暗的夜色，驶向那个城市边缘的别墅区。

徐冰冰和汪淼坐在后排，车刚开，她就低声对汪淼说：“汪老师，你在《三体》中威望值很高。”

现实世界中又有人提到《三体》，汪淼一阵激动，感觉自己和这个穿警服的女孩的距离一下子拉近了。

“你也玩儿？”

“我负责监视和追踪它，苦差事一个。”

汪淼急切地说：“你能不能告诉我一些关于它的情况，我真的很想知道。”

借着车窗外透进的微弱灯光，汪淼看到徐冰冰神秘的一笑。

“我们也想知道呢，可它的服务器在境外，系统和防火墙都很严实，不好进啊。现在知道的情况不多：它肯定是非营利的，游戏软件的水平很高，甚至可以说高得不正常，还有其中的信息量，您也知道，更不正常了，这哪儿像一个游戏啊！”

“这里面，有没有什么……”汪淼仔细地斟酌着词句，“貌似超自然的迹象？”

“这我们倒没觉得，参加这个游戏编程的人很多，遍布世界各地，开发方式很像前几年红过一阵儿的Linux，但这次，肯定使用了某种很超前的开发工具。至于那些信息，鬼才知道它们是从哪儿来的，那可真有些……您说的超自然了，不过我们还是相信史队那句名言，这一切肯定都是人为的。我们的追踪还是有成效的，很快会有结果。”

姑娘到底还是不老练，最后这句话使汪淼明白她瞒着自己许多。“他那话成名言了？”汪淼看看前面开车的大史说。

到达别墅时天还没亮，别墅的上层有一个房间亮着灯，其他窗口都黑着。

汪淼刚走下车，立刻听到了楼上发出的声音，连着几声，像是什么东西在拍墙。刚下车的大史听到这声音后立刻警觉起来，一脚踹开虚掩着的院门，以与他那壮硕的身躯不相称的敏捷飞速冲进别墅，他的三名同事随后跟进。汪淼和魏成跟着进了别墅，从客厅上了二楼，走进了那间开着门亮着灯的房间，鞋底“啪啪”地踏在正在向外流淌的血泊中——那天夜里也是这个时候，汪淼就是在这个房间看到申玉菲在玩《三体》——现在，她平躺在房间正中，胸前的两个弹孔还在涌血，第三颗子弹从左眉心穿入，使她的整个脸都糊在血污中，距她不远处，一支手枪泡在血里。

汪淼进来时，正赶上大史和他的一位男同事冲出来，进了对面一间开着门黑着灯的房间，那房间的窗大开着，汪淼听到外面有汽车发动的声音。一名男警察开始打电话，徐冰冰远远地站在一边紧张地看着，她大概和汪淼他们一样，也是第一次见到这场面。大史很快回来了，一边把枪插回胸前的套中，一边对那个打电话的同事说：

“黑色桑塔纳，只有一个人，车号看不清，让他们重点封锁五环入口，奶奶的，可能要让他溜了。”大史环顾四周，看到了墙上的几个弹洞，又扫了一眼地上散落的弹壳，说：“对方开了五枪，打中三枪；她开了两枪，都没中。”然后蹲下来与男同事一起检查尸体。小徐仍远远站着，偷偷看了站在她旁边的魏成一眼，大史也抬头看了他一眼。

魏成脸上有一丝震惊，一丝悲哀，但也仅仅是一丝而已，他那固有的木然仍没有被打破，比起汪淼来，他镇静多了。

“你好像无所谓啊，那人可能是来杀你的。”大史对魏成说。

魏成居然笑了一下，凄惨的笑。“我能怎么样？到现在，对她我其实是一无所知，我不止一次劝她把生活过得简单些，可……唉，想想当年那夜长老劝我的话吧。”

大史站起来，走到魏成面前，掏出烟来点上一支，“你总还有些情况没告诉我们吧？”

“有些事，我懒得说。”

“那你现在可得勤快些了！”

魏成想了想说：“今天，哦，是昨天下午，她在客厅里和一个男人吵架，就是那个潘寒，著名的环保主义者。他们以前也吵过几次架，用的是日语，好像怕我听到，但昨天他们什么都不顾了，说的是中国话，我听到了几句。”

“你尽量按原话说。”

“好吧。潘寒说：我们这些表面上走到一起的人，实际上是处于两个极端的敌人！申玉菲说：是的，你们借着主的力量反对人类。潘寒说：你这么理解也不是完全没有道理，我们需要主降临世界，惩罚那些早就该受到惩罚的罪恶，而你在阻止这种降临，所以我们势不两立，你们要是不停止，我们会让你们停止的！申玉菲说：让你们这些魔鬼进入组织，统帅真瞎了眼！潘寒说：说到统帅，统帅是哪一派的？降临派还是拯救派，你说得清？潘寒这话让申玉菲沉默了好一阵儿，然后两人说话就没那么大声激烈了，我也再没听到。”

“电话里威胁你的那个人，他的声音像谁？”

“你是说像潘寒吗？不知道，当时声音很小，我听不出来。”

又有几辆警车鸣着警笛停在了外面，一群戴着白手套拿着相机的警察走上楼来，别墅里忙碌起来。大史让汪淼先回去休息，汪淼走到那间有小型机的房间里找到了魏成。

“那个三体问题进化算法的模型，您能不能给我一份概要之类的东西？我想在……一个场合介绍一下，这要求很唐突，如果不行就算了。”

魏成拿出一个三英寸光盘递给汪淼，“都在这里面了，全部的模型和附加文档。你要是想对我好，就用自己的名字把它发表了，那真帮了我大忙。”

“不，不，这怎么可能?！”

魏成指着汪淼手中的光盘说：“汪教授，其实以前你来的时候我就注意到了你，你是个好人，有责任心的好人，所以，我还是劝你离这东西远些。世界就要发生突变了，每个人能尽量平安地打发完余生，就是大幸了，别的不要想太多，反正没用。”

“你好像还知道更多的事？”

“每天和她在一起，不可能什么都不知道。”

“那为什么不告诉警方呢？”

魏成不屑地一笑，“嗤，警方算个狗屁，上帝来了都没用，现在全人类已经到了‘叫天天不答，叫地地不应’的地步了。”

魏成站在靠东的窗边，在城市的高楼群后面的天空晨光初现，不知为什么，这让汪淼想到了每次进入《三体》时看到的诡异黎明。

“其实我也不是那么超脱，这几天都是整夜睡不着，早上起来从这里看到日出时，总觉得是日落。”他转向汪淼，沉默良久后说，“其实这一切都在于，上帝，或她说的主，自身难保了。”

18

三体、牛顿、冯·诺伊曼、秦始皇、三日连珠

《三体》第二级的场景开始时没有大的变化，仍旧是诡异寒冷的黎明，仍是那座大金字塔，但这次，金字塔的形状又恢复到东方样式。

汪淼听到一阵清脆的金属撞击声，这声音反而更衬托了这寒冷黎明的寂静。他循声望去，看到金字塔根基处有两个黑影闪动，灰暗的晨光中有金属的寒光在黑影间闪耀，那是两个人在斗剑。等目光适应了这昏暗后，汪淼大致看清了那两个格斗者的模样，从金字塔的形状看这应该是在东方国度，但那却是两个欧洲人，穿戴大致是欧洲16、17世纪的样子。格斗中个子矮的那人低头闪过一剑，银白色的假发掉在地上。几个回合之后，又有一个人绕过金字塔的拐角奔了过来，试图劝止这场格斗，但双方那呼啸的剑使他不敢上前，他大喊道：

“停下来！你们这两个无聊的人！你们就没有一点责任心吗？如果世界文明没有未来，你们那点荣誉算个屁！”

两名剑客谁都不理他，专心于他们的格斗。个子高的那位突然痛叫一声，剑“当啷”一声掉到地上，捂着胳膊跑了。另一位追了几步，冲着失利者的背影啐了一口。

“呸，无耻之徒！”他弯腰拾起自己的假发，抬头看到了汪淼，就用剑指着逃跑者的方向说，“他居然说微积分是他发明的！”说着他戴上假发，一只手捂着胸口对汪淼行了个欧式的鞠躬礼，“伊萨克·牛顿。”

“那么跑了的那一位是莱布尼茨了？”汪淼问。

“是他，无耻之徒！呸！！其实我根本不屑于同他争夺这项名誉，力学三定律的发现，就已经使我成为仅次于上帝的人，从星球运行到细胞分裂，无不遵从于这三个伟大的定律。现在有了微积分这个强有力的数学工具，以三定律为基础，掌握三个太阳运行的规律指日可待。”

“没有那么简单。”劝架的人说，“你考虑过计算量吗？我看过你列出的那一系列微分方程，好像不可能求出解析解，只能求数值解，计算量之大，就是全世界的数学家不停地工作，到世界末日也算不完。当然，如果不能尽快掌握太阳运行的规律，世界末日也不是太远了。”他说着也向汪淼鞠躬，姿势更现代些，“冯·诺伊曼[①]。”

“你带我们千里迢迢来东方，不就是为了解决这些方程的计算问题吗？”牛顿说，然后转向汪淼，“同来的还有维纳[②]和刚才那个败类，在马达加斯加遭遇海盗时，维纳为掩护我们只身阻击海盗，英勇牺牲。”

“计算机需要到东方来制造吗？”汪淼不解地问冯·诺伊曼。

冯·诺伊曼和牛顿面面相觑，“计算机？计算机器?！有这种东西？”

“您不知道计算机？那，你打算用什么来进行那些海量计算呢？”

①约翰·冯·诺伊曼（John von Neumann，1903–1957），现代计算机技术的奠基者。

②诺伯特·维纳（Norbert Wiener，1894–1964），控制论创始人。

冯·诺伊曼瞪大眼睛看着汪淼，似乎很不理解他的问题，“用什么？当然是用人了！这世界上除了人之外，难道真的还有什么东西会计算吗？”

“可您说过，全世界的数学家都不够用。”

“我们不会用数学家的，我们用普通人，普通劳动力，但需要的数量巨大，最少要三千万人！这是数学的人海战术。”

“普通人？三千万?!”汪淼惊奇万分，“我要是没理解错，这是一个百分之九十的人都是文盲的时代，您要找三千万个懂微积分的？”

“有一个川军的笑话你听说过吗？”冯·诺伊曼掏出一支粗雪茄，咬开头点了起来，“士兵们练队列，因为文化水平极低，连军官喊一二一都听不懂，于是军官想了一个办法，让每个士兵左脚穿草鞋右脚穿布鞋，走队列时喊：草孩布孩、草孩布孩……（四川方言）我们需要这样水平的士兵就行，但要三千万。”

听到这个近现代的笑话，汪淼知道面前这位不是程序而是人，而且几乎可以肯定是中国人。

“这样庞大的军队，难以想象。”汪淼摇摇头说。

“所以我们来找秦始皇。”牛顿指指金字塔说。

“现在这里还是他在统治吗？”汪淼四下打量了一下问，看到守卫金字塔入口的士兵确实穿着秦代简洁的软甲兵服，拿着长戟。对《三体》中历史的错乱，汪淼已经见多不怪了。

“整个世界都要由他统治了，他拥有一支三千多万人的大军，准备去征服欧洲。好了，让我们去见他吧。”冯·诺伊曼一手指指金字塔入口说，然后又指着牛顿说，“把剑扔了！”

牛顿“当啷”一声扔下剑，三人走进入口，走到门廊尽头就要进入大殿时，一名卫士坚持让他们都脱光衣服，牛顿抗议说我们是著名学者，没有暗器！双方僵持之时，大殿内传来一声低沉的男音：“是发现三定律的西洋人吗？让他们进来。”走进大殿，三人看到秦嬴政正在殿中踱着步，长衣的后摆和那柄著名的长剑都拖在地上。他转身看着三位学者，汪淼立刻发现，那是纣王和格里高利教皇的眼睛。

“你们的来意我知道了，你们是西洋人，干吗不去找恺撒？他的帝国疆域广大，应该能凑齐三千万大军吧。”

“可是尊敬的皇帝，您知道那是一支什么样的军队吗？您知道那个帝国现在是什么样子吗？在宏伟的罗马城内，穿过城市的河流都被严重污染，你知道是什么所致吗？”

“军工企业？”

“不不，伟大的皇帝，是罗马人暴饮暴食后的呕吐物！那些贵族赴宴时餐桌下放着担架，吃得走不动时就让仆人抬回去。整个帝国陷入荒淫无度的泥潭中不可自拔，就是组成了三千万大军，也不可能具备进行这种伟大计算的素质和体力。”

“这朕知道，”秦始皇说，“但恺撒正在清醒过来，在重整军备，西洋人的智慧也是件可怕的东西，你们并不比东方人聪明，但想对了路子，比如他能看出太阳有三个，你能想出那三条定律，都是很了不起的，东方人暂时做不到。而我现在还没有能力远征西洋，我的船不行，从陆上走，漫长的供应线无法维持。”

“所以，伟大的皇帝，您的帝国还要发展！”冯·诺伊曼不失时机地说，“如果掌握了太阳运行的规律，您就能充分利用每一个恒纪元，同时避免乱纪元带来的损失，这样发展速度比西洋要快得多。请你相信我们，我们是学者，只要能用三定律和微积分准确预测太阳的运行，不在乎谁征服统治世界。”

“朕当然需要预测太阳的运行，但你们让我集结三千万大军，至少要首先向朕演示一下这种计算如何进行吧。”

“陛下，请给我三个士兵，我将为您演示。”冯·诺伊曼兴奋起来。

“三个？只要三个吗？朕可以轻易给你三千个。”秦始皇用不信任的目光看着冯·诺伊曼。

“伟大的陛下，您刚才提到东方人在科学思维上的缺陷，就是因为你们没有意识到，复杂的宇宙万物其实是由最简单的单元构成的。我只要三个，陛下。”

秦始皇挥手召来了三名士兵，他们都很年轻，与秦国的其他士兵一样，一举一动像听从命令的机器。

“我不知道你们的名字，”冯·诺伊曼拍拍前两个士兵的肩，“你们两个负责信号输入，就叫‘入1’‘入2’吧，”他又指指最后一名士兵，“你，负责信号输出，就叫‘出’吧。”他伸手拨动三名士兵，“这样，站成一个三角形，出是顶端，入1和入2是底边。”

“哼，你让他们成楔形攻击队形不就行了？”秦始皇轻蔑地看着冯·诺伊曼。

牛顿不知从什么地方掏出六面小旗，三白三黑，冯·诺伊曼接过来分给三名士兵，每人一白一黑，说：“白色代表0，黑色代表1。好，现在听我说，出，你转身看着入1和入2，如果他们都举黑旗，你就举黑旗，其他的情况你都举白旗，这种情况有三种：入1白，入2黑；入1黑，入2白；

入1、入2都是白。”

“我觉得你应该换种颜色，白旗代表投降。”秦始皇说。

兴奋中的冯·诺伊曼没有理睬皇帝，对三名士兵大声命令：“现在开始运行！入1入2，你们每人随意举旗，好，举！好，再举！举！”

入1和入2同时举了三次旗，第一次是黑黑，第二次是白黑，第三次是黑白。出都进行了正确反应，分别举起了一次黑和两次白。

“很好，运行正确，陛下，您的士兵很聪明！”

“这事儿傻瓜都会，你能告诉朕，他们在干什么吗？”秦始皇一脸困惑地问。

“这三个人组成了一个计算系统的部件，是门部件的一种，叫‘与门’。”冯·诺伊曼说完停了一会儿，好让皇帝理解。

秦始皇面无表情地说：“朕是够郁闷的，好，继续。”

冯·诺伊曼转向排成三角阵的三名士兵：“我们构建下一个部件。你，出，只要看到入1和入2中有一个人举黑旗，你就举黑旗，这种情况有三种组合——黑黑、白黑、黑白，剩下的一种情况——白白，你就举白旗。明白了吗？好孩子，你真聪明，门部件的正确运行你是关键，好好干，皇帝会奖赏你的！下面开始运行：举！好，再举！再举！好极了，运行正常，陛下，这个门部件叫‘或门’。”

然后，冯·诺伊曼又用三名士兵构建了与非门、或非门、异或门、同或门和三态门，最后只用两名士兵构建了最简单的非门，出总是举与入颜色相反的旗。

冯·诺伊曼对皇帝鞠躬说：“现在，陛下，所有的门部件都已演示完毕，这很简单不是吗？任何三名士兵经过一小时的训练就可以掌握。”

“他们不需要学更多的东西了吗？”秦始皇问。

“不需要，我们组建一千万个这样的门部件，再将这些部件组合成一个系统，这个系统就能进行我们所需要的运算，解出那些预测太阳运行的微分方程。这个系统，我们把它叫作……嗯，叫作……”

“计算机。”汪淼说。

“啊——好！”冯·诺伊曼对汪淼竖起一根指头，“计算机，这个名字好，整个系统实际上就是一台庞大的机器，是有史以来最复杂的机器！”

游戏时间加快，三个月过去了。

秦始皇、牛顿、冯·诺伊曼和汪淼站在金字塔顶部的平台上，这个平台与汪淼和墨子相遇时的很相似，架设着大量的天文观测仪器，其中有一部分是欧洲近代的设备。在他们下方，三千万秦国军队宏伟的方阵铺展在大地上，这是一个边长六公里的正方形。在初升的太阳下，方阵凝固了似的纹丝不动，仿佛一张由三千万个兵马俑构成的巨毯，但飞翔的鸟群误入这巨毯上空时，立刻感到了下方浓重的杀气，鸟群顿时大乱，惊慌混乱地散开或绕行。汪淼在心里算了算，如果全人类站成这样一个方阵，面积也不过是上海浦东大小，比起它表现的力量，这方阵更显示了文明的脆弱。

“陛下，您的军队真是举世无双，这么短的时间，就完成了如此复杂的训练。”冯·诺伊曼对秦始皇赞叹道。

“虽然整体上复杂，但每个士兵要做的很简单，比起以前为粉碎马其顿方阵进行的训练来，这算不了什么。”秦始皇按着长剑剑柄说。

“上帝也保佑，连着两个这样长的恒纪元。”牛顿说。

“即使是乱纪元，朕的军队也照样训练，以后，他们也会在乱纪元完成你们的计算。”秦始皇骄傲地扫视着方阵说。

“那么，请陛下发出您伟大的号令吧！”冯·诺伊曼用激动得发颤的声音说。

秦始皇点点头，一名卫士奔跑过来，握住皇帝的剑柄向后退了几步，抽出了那柄皇帝本人无法抽出的青铜长剑，然后上前跪下将剑呈给皇帝，秦始皇对着长空扬起长剑，高声喊道：

“成计算机队列！”

金字塔四角的四尊青铜大鼎同时轰地燃烧起来，站满了金字塔面向方阵一面坡墙的士兵用宏大的合唱将始皇帝的号令传下去：

“成计算机队列——”

下面的大地上，方阵均匀的色彩开始出现扰动，复杂精细的回路结构浮现出来，并渐渐充满了整个方阵，十分钟后，大地上出现了一块三十六平方公里的计算机主板。

冯·诺伊曼指着下方巨大的人列回路开始介绍：“陛下，我们把这台计算机命名为‘秦一号’。请看，那里，中心部分，是CPU，是计算机的核心计算元件，由您最精锐的五个军团构成，对照这张图您可以看到里面的加法器、寄存器、堆栈存储器；外围整齐的部分是内存，构建这部分时我们发现人手不够，好在这部分每个单元的动作最简单，就训练每个士兵拿多种颜色的旗帜，组合起来后，一个人就能同时完成最初二十个人的操作，这就使内存容量达到了运行‘秦1.0’操作系统的最低要求；你再看那条贯穿整个阵列的通道，还有那些在通道上待命的轻骑兵，那是BUS，系统总线，负责在整个系统间传递信息。

“总线结构是个伟大的发明，新的插件，最大可由十个军团构成，能够快捷地挂接到总线上运行，这使得‘秦一号’的硬件扩展和升级十分便利；再看最远处那一边，可能要用望远镜才能看清，那是外存，我们又用了哥白尼起的名字，叫它‘硬盘’，那是由三百万名文化程度较高的人构成，您上次坑儒时把他们留下是对了，他们每个人手中都有一个记录本和一支笔，负责记录运算结果，当然，他们最大的工作量还是作为虚拟内存，存贮中间运算结果，运算速度的瓶颈就在他们那里。这儿，离我们最近的地方，是显示阵列，能显示计算机运行的主要状态参数。”

冯·诺伊曼和牛顿搬来一个一人多高的大纸卷，在秦始皇面前展开来，当纸卷展到尽头时，汪淼一阵头皮发紧，但他想象中的匕首并没有出现，面前只有一张写满符号的大纸，那些符号都是蝇头大小，密密麻麻，看上去与下面的计算机阵列一样令人头晕目眩。

“陛下，这就是我们开发的‘秦 1.0’版操作系统，计算软件将在它上面运行。陛下您看——”冯·诺伊曼指指下面的人列计算机，“这阵列是硬件，而这张纸上写的是软件，硬件和软件，就如同琴和乐谱的关系。”说着他和牛顿又展开了一张同样大小的纸，“陛下，这就是用数值法解那一组微分方程的软件，将天文观测得到的三个太阳在某一时间断面的运动矢量输入，它的运行就能为我们预测以后任一时刻太阳的运行状态。我们这次计算，将对以后两年太阳的运行做出完整预测，每组预测值的时间间隔为一百二十小时。”

秦始皇点点头，“那就开始吧。”

冯·诺伊曼双手过顶，庄严地喊道：“奉圣上御旨，计算机启动！系统自检！”

在金字塔的中部，一排旗手用旗语发出指令，一时间，下面大地上三千万人构成的巨型主板仿佛液化了，充满了细密的粼粼波光，那是几千万面小旗在挥动。在靠近金字塔底部的显示阵列中，一条由无数面绿色大旗构成的进度条在延伸着，标示着自检的进度。十分钟后，进度条走到了头。

“自检完成！引导程序运行！操作系统加载！！”

下面，贯穿人列计算机的系统总线上的轻骑兵快速运动起来，总线立刻变成了一条湍急的河流，这河流沿途又分成无数条细小的支流，渗入到各个模块阵列之中。很快，黑白旗的涟漪演化成汹涌的浪潮，激荡在整块主板上。中央的CPU区激荡最为剧烈，像一片燃烧的火药。突然，仿佛火药燃尽，CPU区的扰动渐渐平静下来，最后竟完全静止了；以它为圆心，这静止向各个方向飞快扩散开来，像快速封冻的海面，最后整块主板大部分静止了，其间只有一些零星的死循环在以不变的节奏没有生气地闪动着，显示阵列中出现了闪动的红色。

“系统锁死！”一名信号官高喊。故障原因很快查清，是CPU状态寄存器中的一个门电路运行出错。

“系统重新热启动！”冯·诺伊曼胸有成竹地命令道。

“慢！”牛顿挥手制止了信号官，转身一脸阴毒地对秦始皇说，“陛下，为了系统的稳定运行，对故障率较高的部件应该采取一些维修措施。”

秦始皇拄着长剑说：“更换出错部件，组成那个部件的所有兵卒，斩！以后故障照此办理。”

冯·诺伊曼厌恶地看了牛顿一眼，看着一组利剑出鞘的骑兵冲进主板，“维修”了故障部件后，重新发布了热启动命令。这次启动十分顺利，二十分钟后，三体世界的冯·诺伊曼结构人列计算机在“秦1.0”操作系统下进入运行状态。

“启动太阳轨道计算软件‘Three-Body1.0’！”牛顿声嘶力竭地发令，“启动计算主控！加载差分模块！加载有限元模块！加载谱方法模块……调入初始条件参数！计算启动！！”

主板上波光粼粼，显示阵列上的各色标志此起彼伏地闪动，人列计算机开始了漫长的计算。

“真是很有意思。”秦始皇手指壮观的计算机说，“每个人如此简单的行为，竟产生了如此复杂的大东西！欧洲人骂朕独裁暴政，扼杀了社会的创造力，其实在严格纪律约束下的大量的人，合为一个整体后也能产生伟大的智慧。”

“伟大的始皇帝，这是机器的机械运行，不是智慧。这些普通卑贱的人都是一个个零，只有在最前面加上您这样一个一，他们的整体才有意义。”牛顿带着奉承的微笑说。

“恶心的哲学。”冯·诺伊曼瞥了牛顿一眼说，“如果到时候，按你的理论和数学模型计算出的结果与预测不符，你我可就连零都不是了。”

“对，那时你们可真的什么都不是了！”秦始皇说着，拂袖而去。

时光飞逝，人列计算机运行了一年零四个月，除去程序的调试时间，实际计算时间约一年零两个月，这期间，只因乱纪元过分恶劣的气候中断过两次，但计算机存贮了中断现场数据，都成功地从断点恢复了运行。当秦始皇和欧洲学者们再次登上金字塔顶部时，第一阶段的计算已经完成，这批结果数据，精确地描述了以后两年太阳运行的轨道状况。

这是一个寒冷的黎明，彻夜照耀着巨大主板的无数火炬已经熄灭，计算机完成后，“秦 1.0”进入待机状态，主板表面汹涌的浪涛变成了平静的微波。

冯·诺伊曼和牛顿将记录着运行结果的长卷呈献给秦始皇，牛顿说：“伟大的始皇帝，本来计算在三天前就已完成，之所以今天才将结果献给您，是因为按照计算结果，这一段漫长的寒夜就要结束，我们将迎来一个长恒纪元的第一次日出，这个恒纪元将持续一年之久，从太阳轨道参数看，气候宜人，请让您的王国从脱水中复活吧。”

“朕的国家自计算开始后从来就没有脱水过！”秦始皇一把抓过纸卷，没好气地说，“朕倾大秦之国力来维持计算机的运行，已经耗尽了所有储备，到现在，为此饿死累死和冻死热死的人不计其数。”秦始皇用纸卷指指远方，晨光中，可以看到从主板各个边缘，有几十条白线在大地上辐射向各个方向，消失在遥远的天边，那是全国各地向主板运送供给品的道路。

“陛下，您将发现这是值得的，在掌握了太阳的运行规律后，秦国将飞速发展，很快会比计算开始之前强大许多倍。”冯·诺伊曼说。

“按照计算，太阳就要升起来了，陛下，享受您的荣耀吧！”

仿佛是回应牛顿的话，一轮红日升出地平线，将金字塔和人列计算机笼罩在一片金光中。主板上爆发出一阵海潮般的欢呼声。

这时，一个人急匆匆地跑来，可能跑得太急了，下跪时气喘吁吁地趴到了地上，这是秦国的天文大臣。

“圣上，不好了，计算有误！大难将临！！”他哭喊道。

“你胡说些什么?!”没等秦始皇答话，牛顿就踹了天文大臣一脚，“没看到太阳精确地按照计算结果的时间升起了吗？”

“可……”大臣半直起身，一手指着太阳，“那是几颗太阳?!”

所有的人看着正在上升的太阳，都莫名其妙。“大臣，你是受过正统西洋教育的剑桥留学博士，不会愚蠢到不识数吧，太阳当然是一颗，而且气温适宜。”冯·诺伊曼说。

“不，是三颗!!”大臣抽泣着说，“另外两颗，在这一颗的后面!”

人们再次看着太阳，对大臣的话都感到很茫然。

“帝国天文台的观测表明，现在出现了亘古罕有的‘三日连珠’，三颗太阳连成一条直线，以相同的角速度围绕我们的行星运行！这样，我们的行星和三颗太阳，四者始终处于一条直线上！我们的世界始终在这条线的顶端!”

“你肯定观察无误?”牛顿抓住大臣的衣领问。

“当然无误！观测是由帝国天文台的西洋天文学家进行的，其中有开普勒和赫歇尔，他们使用从欧洲进口的世界上最大的望远镜!”

牛顿松开天文大臣直起身来，汪淼发现他脸色发白，但表情却欣喜若狂，他两手抱在胸前对秦始皇说:“最伟大的、最尊敬的皇帝，这可是吉兆中的吉兆啊！现在，三颗太阳围绕着我们的行星旋转，您的帝国成了宇宙中心！这是上帝对我们努力的奖赏！待我去再详细查阅一下计算结果，我会证实这一点的!”说完，趁所有人都还在茫然中，他顾自溜走；稍后，有人报告说牛顿爵士偷了一匹快马去向不明。

一阵紧张的沉默后，汪淼突然说:“陛下，请把您的剑抽出来。”

“干什么?”秦始皇不解地问，但还是对旁边的抽剑兵做了个手势，那士兵立刻为皇帝抽出长剑。

汪淼说:“您挥一挥。”

秦始皇接过剑，挥了几下，面露惊奇之色，“咦，怎么这么轻?！”

“游戏的V装具不能模拟失重感觉，否则我们也会感觉到自己轻了许多。”

“看下面！看那马，那人！”有人惊叫，大家一齐向下看去，看到金字塔脚下一队行进中的骑兵，所有的战马似乎是在地面上飘行，飘很远四蹄才着地一次；他们又看到几个奔跑中的人，他们迈一步就能跃出十几米，但每一跃的下落很缓慢。金字塔上，一名卫士试着跳了一下，轻易地跳上了三米多的高度。

“怎么回事?！”秦始皇惊恐地看着那个刚刚跳上半空的人缓缓下落。

“圣上，三颗太阳成一线直对我们的行星，它们的引力以相同的方向叠加到这里……”天文大臣解释说，同时发现自己双脚离地已经横在半空，其他人也相继以不同角度倾斜着，双脚都离开了地面开始飘浮，他们像一群不会游泳的落水者那样笨拙地挥动着四肢试图稳定自己，但还是不时相撞。这时，他们刚刚飘离的地面像蛛网似的开裂了，裂缝迅速扩大，在弥漫的灰浆和天崩地裂般的巨响中，下面的金字塔裂解为组成它的无数块巨石。透过缓缓飘浮的巨石间的缝隙，汪淼看到了正在变形中的大殿，那尊煮过伏羲的大鼎和他曾被缚于其上的火刑柱在大殿正中飘浮着。

太阳升到了正空，飘浮着的一切：人、巨石、天文仪器、青铜大鼎，都开始缓缓上升，并在很快加速。汪淼无意中扫了一眼平原上的人列计算机，看到了一幅噩梦般的画面：组成主板的三千万人正在飘离地面，飞快上升，像一大片被吸尘器吸起的蚂蚁群。在他们飞离的大地上，竟清晰地留下了主板电路的印痕，那一大片只有从高空才能一览全貌的精细复杂的图纹，将在遥远的未来成为令下一个三体文明困惑的遗迹。汪淼抬头望去，天空被一片斑驳怪异的云层所覆盖，这云是由尘埃、石块、人体和其他杂物构成，太阳在云层后面闪耀着。在远方，汪淼看到了连绵的透明山脉在缓缓上升，那山脉晶莹剔透，在闪闪发光中变幻着形状，那是被吸向太空的海洋！

三体世界表面的一切都被吸向太阳。

汪淼环顾四周，看到了冯·诺伊曼和秦始皇，冯·诺伊曼在飘浮中对秦始皇大声说着什么，但没有声音发出，只出现了一行小小的字幕："……我想到了，用电元件！用电元件做成门电路，组成计算机！那样计算机的速度要快许多倍！体积也要小许多，估计用一幢小楼就放下了……陛下，您在听我说吗？"

秦始皇挥着长剑砍向冯·诺伊曼，后者蹬着旁边飘浮的一块巨石躲开了，长剑砍在巨石上，迸出一片火花断成两截。紧接着，这块巨石与另一块相撞，将秦始皇夹在中间，碎石和血肉横飞，惨不忍睹，但汪淼没有听到相撞的巨响，周围已经一片死寂，由于空气散失，声音也不存在了。飘浮在空中的人体在真空中血液沸腾，吐出内脏，变成了一团团由体液化成的冰晶云围绕着的形状怪异的东西。由于大气层消失，天空已经变得漆黑，从三体世界被吸入太空的一切反射着太阳光，在太空中构成了一片灿烂的星云，这星云形成巨大的旋涡，流向最终的归宿——太阳。

汪淼这时发现太阳的形状在变化，他马上明白，自己实际上是看到了另外两颗太阳，它们都从第一颗太阳后面露出一小部分，从这个方向看，三颗叠加的太阳构成了宇宙中一只明亮的眼睛。以三颗太阳的队列为背景，字幕出现：

第184号文明在“三日连珠”的引力叠加中毁灭了，该文明进化至科学革命和工业革命。

这次文明中，牛顿建立了低速状态下的经典力学体系，同时，由于微积分和冯·诺伊曼结构计算机的发明，奠定了对三体运动进行定量数学分析的基础。

漫长的时间后，生命和文明将重新启动，再次开始在三体世界中命运莫测地进化。

欢迎再次登录。

汪淼刚刚退出游戏，便来了一个陌生的电话，是一个声音很有磁性的男音：“您好，首先感谢您留下了真实的电话，我是《三体》游戏的系统管理员。”

汪淼一阵激动和紧张。

“请问您的年龄、学历、工作部门和职位，这些您在注册时没有填。”管理员说。

“这些与游戏有关吗？”

“您玩到这个层次，就必须提供这些信息，如果拒绝，《三体》将对您永久关闭。”

汪淼如实回答了管理员的问题。

“很好，汪教授，你符合继续进入《三体》的条件。”

“谢谢，我可以问几个问题吗？”汪淼急切地说。

“不可以，不过明天晚上有一个《三体》网友聚会，欢迎您参加。”管理员给了汪淼一个地址。

19

聚　会

《三体》网友的聚会地点是一处僻静的小咖啡厅。在汪淼的印象中，这个时代的游戏网友聚会都是人数众多的热闹盛会，但这次来的连自己在内也只有七个人，而那六位，同自己一样，不论怎么看都不像游戏爱好者。比较年轻的只有两位，另外三位，包括一位女士，都是中年人，还有一个老者，看上去有六七十岁了。

汪淼本以为大家一见面就会对《三体》展开热烈的讨论，但现在发现自己想错了。《三体》那诡异而深远的内涵，已对其参与者产生了很深的心理影响，使得每个人，包括汪淼自己，都很难轻易谈起它。大家只是简单地相互做了自我介绍，那位老者，掏出一只很精致的烟斗，装上烟丝抽了起来，踱到墙边去欣赏墙上的油画。其他人则静坐着等待聚会组织者的到来，他们都来得早了。

其实这六个人中，汪淼有两个已经认识。那位鹤发童颜的老者，是一位著名学者，以给东方哲学赋予现代科学内涵而闻名。那位穿着怪异的女士，是著名作家，是少见的风格前卫却拥有众多读者的小说家，她写的书，从哪一页开始看都行。其他四位，两名中年人，一位是国内最大软件公司的副总裁（穿着朴素随意，丝毫看不出来），另一位是国家电力公司的高层领导；两名年轻人，一位是国内大媒体的记者，另一位是在读的理科博士生。汪淼现在意识到，《三体》的玩家，可能相当一部分是他们这样的社会精英。

聚会的组织者很快来了，汪淼见到他，心跳骤然加快，这人竟是潘寒，杀死申玉菲的头号嫌疑人。他悄悄掏出手机，在桌下给大史发短信。

“呵呵，大家来得真早！”潘寒轻松地打着招呼，似乎什么事都没有发生。他一改往常在媒体上那副脏兮兮的流浪汉模样，西装革履，显得风度翩翩，“你们和我想象的差不多，都是精英人士，《三体》就是为你们这样的阶层准备的，它的内涵和意境，常人难以理解；玩儿它所需要的知识，其层次之高，内容之深，也是常人不可能具备的。”

汪淼的短信已经发出：见到潘寒，在西城区云河咖啡馆。

潘寒接着说：“在座的各位都是《三体》的优秀玩家，成绩最好，也都很投入。我相信，《三体》已成为你们生活中的一部分。”

“是生命中的一部分。”那位年轻的博士生说。

“我是从孙子的电脑上偶然看到它的，”老哲学家翘着烟斗柄说，“年轻人玩了几下就放弃了，说太深奥。我却被它吸引，那深邃的内涵，诡异恐怖又充满美感的意境，逻辑严密的世界设定，隐藏在简洁表象下海量的信息和精确的细节，都令我们着迷。”包括汪淼在内的几位网友都连连点头。这时汪淼收到了大史回的短信：我们也看到他了，没事，该干什么干什么。注意，在他们面前你要尽量表现得极端些，但不要太过了，那样装不像。

“是的，”女作家点头赞同，“从文学角度看，《三体》也是卓越的，那二百零三轮文明的兴衰，真是一首首精美的史诗。”

她提到二百零三轮文明，而汪淼经历的是一百九十一轮，这让汪淼再次确信了一点：《三体》对每个玩家都有一个独立的进程。

“我对现实世界真有些厌倦了，《三体》已成为我的第二现实。”年轻的记者说。

“是吗？”潘寒很有兴趣地插问一句。

“我也是，与《三体》相比，现实是那么的平庸和低俗。”IT副总裁说。

“可惜啊，只是个游戏。”国电公司领导说。

“很好。”潘寒点点头，汪淼注意到他眼中放出兴奋的光来。

“有一个问题，我想是我们大家都渴望知道的。”汪淼说。

“我知道是什么，不过你问吧。”潘寒说。

“《三体》仅仅是个游戏吗？”

网友们纷纷点头，显然这也是他们急切想问的。

潘寒站起来，郑重地说：“三体世界是真实存在的。”

“在哪里？”几个网友异口同声地问。

潘寒坐下，沉默良久才开口：“有些问题我能够回答，有些不能，但如果各位与三体世界有缘，总有一天所有的问题都能得到解答。”

“那么，游戏中是否表现了三体世界的某些真实成分呢？”记者问。

“首先，在很多轮文明中，三体人的脱水功能是真实的，为了应对变幻莫测的自然环境，他们随时可以将自己体内的水分完全排出，变成干燥的纤维状物体，以躲过完全不适合生存的恶劣气候。”

“三体人是什么样子的？”

潘寒摇摇头，“不知道，真的不知道。每一轮文明中，三体人的外形都完全不同，另外，游戏中还反映了一个三体世界中的真实存在：人列计算机。”

“哈，我觉得那是最不真实的！”IT副总裁说，“我用公司的上百名员工进行过一个简单的测试，即使这想法真能实现，人列计算机的运算速度可能比一个人的手工计算都慢。”

潘寒露出神秘的笑容说：“不错，但假如构成计算机的三千万个士兵，每个人在一秒钟内可以挥动黑白小旗十万次，总线上的轻骑兵的奔跑速度是几倍音速甚至更快，结果就不一样了。你们刚才问过三体人的外形，据一些迹象推测，构成人列计算机的三体人，外表可能覆盖着一层全反射镜面，这种镜面可能是为了在恶劣的日照条件下生存而进化出来的，镜面可以变化出各种形状，他们之间就通过镜面聚焦的光线来交流，这种光线语言信息传输的速度是很快的，这就是人列计算机得以存在的基础。当然，这仍是一台效率很低的机器，但确实能够完成人类手工力不能及的运算。计算机在三体世界首先确实是以人列形式出现，然后才是机械式和电子式的。”

潘寒站起来，围着网友们的背后踱步：“我现在能告诉大家的只是：作为一个游戏，《三体》只是借用人类的背景来模拟三体世界的发展，这样做只是为游戏者提供一个熟悉的环境，真实的三体世界与游戏中的差别很大，但其中三颗太阳的存在是真实的，这是三体世界自然结构的基础。”

“开发这个游戏肯定花费了很大的力量，但它的目的显然不是营利。”IT副总裁说。

“《三体》游戏的目的很单纯，就是为了聚集起我们这样志同道合的人。”潘寒说。

“什么志和什么道呢？”汪淼问，但旋即有些后悔，仔细想着自己的问题是否露出了些许的敌意。

这个问题果然令潘寒沉默下来，他用意味深长的目光将在座的每个人逐个打量了一遍，轻轻地说：“如果三体文明要进入人类世界，你们是什么态度？”

“我很高兴，”年轻的记者首先打破沉默说，“这些年看到的事，让我对人类已经失望了，人类社会已经无力进行自我完善，需要一个外部力量的介入。”

“同意！”女作家大声说，她很激动，似乎终于找到了一个发泄某种东西的机会，“人类是什么？多丑恶的东西，我上半生一直在用文学这把解剖刀来揭露这种丑恶，现在连这种揭露都厌倦了。我向往着三体文明能把真正的美带到这个世界上来。”

潘寒没有说话，那种兴奋的光芒又在双眼中亮起来。

老哲学家挥着已经熄灭的烟斗，一脸严肃地说：“让我们来稍微深入地探讨一下这个问题：你们对阿兹特克文明有什么印象？”

“黑暗而血腥，丛林中阴森的火光照耀着鲜血流淌的金字塔，这就是我对它的印象。”女作家说。

哲学家点点头，“很好，那么想象一下，假如后来没有西班牙人的介入，这个文明会对人类历史产生什么影响？”

“你这是颠倒黑白，”IT副总裁指着哲学家说，“那时入侵美洲的西班牙人不过是强盗和凶手！”

“就算如此，他们至少制止了下面事情的发生：阿兹特克无限制地发展，把美洲变成一个血腥和黑暗的庞大帝国，那时美洲和全人类的民主和文明时代就要更晚些到来，甚至根本就不会出现。这就是问题的关键之处——不管三体文明是什么样子，它们的到来对病入膏肓的人类文明总是个福音。”

“可您想过没有，阿兹特克文明最后被西方入侵者毁灭了。”国电公司领导说，同时环视了一下四周，仿佛是第一眼见到这些人，“这里的思想很危险。”

“是深刻！”博士生竖起一根手指说，同时对哲学家连连点头，“我也有这个想法，但不知道如何表达，您说得太好了！”

一阵沉默后，潘寒转向汪淼：“他们六人已经表明了自己的态度，您呢？”

“我站在他们一边。”汪淼指指记者和哲学家等人说。言多必失，他只是简单地回答这一句。

“很好。”潘寒说着，转向了IT副总裁和国电公司领导，“你们二位，已经不适合这场聚会了，也不适合继续玩《三体》游戏。你们的ID将被注销，下面请你们离开。谢谢你们的到来，请！”

两人站起身来对视一下，又困惑地看看周围，转身走出门去。

潘寒向剩下的五个人伸出手来，挨个与他们紧紧握手，最后庄严地说：

“我们，是同志了。”

20

三体、爱因斯坦、单摆、大撕裂

汪淼第五次进入《三体》时，黎明中的世界已面目全非。前四次均出现的大金字塔已在“三日连珠”中毁灭，在那个位置上出现了一座高大的现代建筑，这幢黑灰色大楼的样子汪淼很熟悉，那是联合国大厦。远处的大地上，星罗棋布着许多显然是干仓的高大建筑，都有着全反射的镜面表面，在晨光中像大地上生长的巨型水晶植物。

汪淼听见一阵小提琴声，好像是莫扎特的一首曲子，拉得不熟练，但有一种很特别的韵味，仿佛时时在说明，这是拉给自己听的，而自己也很欣赏。琴声来自坐在大厦正门台阶上的一位流浪老人，他蓬松的银发在风中飘着。他脚下放了一顶破礼帽，里面好像已经有人放了些零钱。

汪淼突然发现日出了，但太阳是从与晨光相反方向的地平线下升起的，那里的天穹还是一片漆黑的夜空，太阳升起之前没有任何晨光。太阳很大，升出一半的日轮占据了三分之一的地平线。汪淼的心跳加快了，这么大的太阳，只能意味着又一次大毁灭。但他回头看时，见那位老人仍若无其事地坐在那儿拉琴，他的银发在太阳的光芒中像燃烧起来似的。

这太阳就是银色的，与老人头发一样的颜色，它将一片银光洒向大地，但汪淼从这光芒中感觉不到一点儿暖意。他看看已经完全升出地平线的太阳，从那发出银光的巨盘上，他清晰地看到了木纹状的图形，那是固态的山脉。汪淼明白了，它本身不发光，只是反射从另一个方向发出晨光的真太阳的光芒，升起来的不是太阳，而是一个巨型月亮！巨月运行得很快，以肉眼可以察觉的速度掠过长空，在这个过程中，它逐渐由满月融缺成半月，然后又变成了月牙，老人舒缓的小提琴声在寒冷的晨风中飘荡，宇宙中壮丽的景象仿佛就是那音乐的物化，汪淼陶醉于美的震慑之中。巨大月牙在晨光中落下，这时它的亮度增强了很多，当它只剩两个银光四射的尖角在地平线之上时，汪淼突然将其想象成一头正在奔向太阳的宇宙巨牛的两只犄角。

“尊敬的哥白尼，停一停您匆忙的脚步吧，这样您欣赏一曲莫扎特，我也就有了午饭。”巨月完全落下后，老人抬起头来说。

“如果我没认错——”汪淼看着那张满是皱纹的脸说，那些皱纹都很长，曲线也很柔和，像在努力造就一种和谐。

“您没认错，我是爱因斯坦，一个对上帝充满信仰却被他抛弃的可怜人。”

“刚才那个大月亮是怎么回事？我前几次来没有见过它。”

“它已经凉下来了。”

“谁？”

“大月亮啊，我小时候它还热着，升到中天时能看到核心平原上的红光，现在凉下来了……你没听说过大撕裂吗？”

“没有，怎么回事？”

爱因斯坦叹息着摇摇头，“不提了，往事不堪回首，我的过去，文明的过去，宇宙的过去，都不堪回首啊！”

“您怎么落到这个地步？”汪森掏掏口袋，真的掏出了一些零钱，他弯腰将钱放到帽子里。

“谢谢，哥白尼先生，但愿上帝不抛弃您吧，不过我对此没有信心。我感觉，您和牛顿他们到东方用人列运算的那个模型，已很接近于正确了，但所差的那么一点点，对牛顿或其他的人来说是一道不可逾越的鸿沟。我一直认为，没有我，别人也会发现狭义相对论，但广义相对论却不是这样。牛顿差的那一点，就是广义相对论所描述的行星轨道的引力摄动，它引起的误差虽然很小，但对计算结果却是致命的。在经典方程中加入引力摄动的修正，就得到了正确的数学模型。它的运算量比你们在东方完成的要大得多，但对现代计算机来说，真的不成问题。”

“运算结果得到天文观测的证实了吗？”

“要那样我会在这里吗？但从美学角度讲，我是没错的，错的是宇宙。上帝抛弃了我，接着所有的人都抛弃了我，哪里都不要我，普林斯顿撤销了我的教授职位，联合国教科文组织连个科学顾问的职位都不给我，以前他们跪着求我我都不干呢；我甚至想去以色列当总统，可他们又说他们改变主意了，说我不过是个骗子。唉——”

爱因斯坦说完又拉起了琴，很精确地从刚才的中断处拉起。汪森听了一会儿，迈步向大厦的大门走去。

“里面没有人，参加这届联大的所有人都在大厦后面参加单摆启动仪式。”爱因斯坦拉着琴说。

汪淼绕过了大厦，来到它后面，立刻看到了一件不可思议的东西：一架顶天立地的巨型单摆。其实在大厦前面就能看到它露出的一截，但汪淼当时不知道是什么东西。这就是汪淼第一次进入《三体》时，在战国时代的大地上看到的由伏羲建造的那种巨摆，用来给太阳神催眠。眼前这架巨摆外形已经现代化，支撑天桥的两座高塔是全金属结构，每一座都有埃菲尔铁塔那么高，摆锤也是金属的，呈流线型，表面是光滑的电镀镜面，由于有了高强度材料，悬吊摆锤的线缆只有很细的一根，几乎看不到，这使得摆锤看上去像是空悬在两座高塔之间的空中。

在巨摆之下有一群穿着西装的人，可能就是参加联大会议的各国首脑了。他们三五成堆地低声说着话，好像在等待着什么。

“啊，哥白尼，跨越五个时代的人！”有人高声喊道，其他人纷纷对他表示欢迎。

“而且，您是在那战国时代亲眼见过单摆的人！”一个面貌和善的黑人握着汪淼的手说。有人介绍他是本届联合国秘书长。

“是的，我见过，可为什么现在又建起这东西？”汪淼问。

“它是三体纪念碑，也是一个墓碑。”秘书长仰望着半空中的摆锤说，从这里看去，它足有一艘潜水艇那么大。

“墓碑？谁的？”

“一个努力的，一个延续了近两百个文明的努力，为解决三体问题的努力，寻找太阳运行规律的努力。”

“这努力终结了吗？”

“到现在为止，彻底终结了。”

汪淼犹豫了一下，拿出了一叠资料，这是魏成三体问题数学模型的链接，“我……就是为此事而来的，我带来了一个解决三体问题的数学模型……”

汪淼话一出口，发现周围的人立刻对他失去了兴趣，都不约而同离开他回到自己的小圈子里继续刚才的聊天，他注意到有的人离开时还笑着摇摇头。秘书长拿过了资料，看也没看就递给了旁边一个戴眼镜的瘦高的人，“出于对您崇高威望的尊敬，请我的科学顾问看看吧。其实大家已经对您表示了这种尊敬，换了别人，会立刻招来嘲笑的。”

科学顾问接过资料翻了翻，“进化算法？哥白尼，你是个天才，能搞出这种算法的人都是天才，这除了高超的数学能力，还需要想象力。”

“听您的意思，已经有人创造了这种数学模型？”

“是的，还有其他几十种数学模型，其中一半以上比您这个要高明得多，都被创造出来，并在计算机上完成了计算。在过去的两个世纪中，这种巨量的计算是世界的中心活动，人们就像等待最后审判日那样等着结果。”

“结果呢？”

“已经确切地证明，三体问题无解。”

汪淼仰望着巨大的摆锤，它在晨曦中晶莹光亮，作为一面变形的镜子反映着周围的一切，仿佛是世界的眸子。在那已被许多个文明所隔开的遥远时代，就在这片大地上，他和周文王曾穿过林立的巨摆走向纣王的宫殿。历史就这样画了一个漫长的大圈，回到了最初的地方。

“正像我们早就猜测的那样，三体是一个混沌系统，会将微小的扰动无限放大，其运行规律从数学本质上讲是不可预测的。”科学顾问说。

汪淼感觉自己所有的科学知识和思想体系在一瞬间模糊不清了，代之以前所未有的迷茫，“如果连三体这样极其简单的系统都处于不可预知的混沌，那我们还怎样对探索复杂宇宙的规律抱有信心呢？”

“上帝是个无耻的老赌徒，他抛弃了我们！”爱因斯坦不知什么时候过来了，挥着小提琴说。

秘书长缓缓地点点头，“是的，上帝是个赌徒，那三体文明的唯一希望，就是也赌一把了。”

这时，巨月又从黑夜一方的天边升起，它银色的巨像映在摆锤光滑的表面上，光怪陆离地蠕动着，仿佛摆锤和巨月两者之间产生了神秘的心灵感应。

“您说到文明，这一个文明好像已经发展到相当的高度了。”汪淼说。

“是的，掌握了核能，到了信息时代。”秘书长说，但对这一切似乎不以为意。

“那就存在着这样一个希望：文明继续发展下去，达到另一个高度，虽然不能得知太阳运行的规律，但能够在乱纪元生存下去，并且能够抵御以前太阳异常运行造成的那些毁灭性的大灾难。”

“以前人们都是这样想的，这也是三体文明前赴后继顽强再生的动力之一，但它使我们认识到，这一想法是何等的天真。”秘书长指指正在升起的巨月说，“你可能是第一次看到这个巨大的月亮，其实它几乎有我们行星的四分之一大小，已经不是一个月亮，而是这颗行星的一颗伴星了，它是大撕裂的产物。”

“大撕裂？”

“毁灭上一轮文明的大灾难。其实，与以前的文明相比，对这个灾难的预警期还是相当长的。遗留的记载显示，191号文明的天文学家很早就观测到了‘飞星不动’。”

听到最后四个字，汪淼心里一紧。“飞星不动”是三体世界最大的凶兆，飞星，或者说远方的太阳，从地面的观察角度看在宇宙的背景上静止了，只意味着太阳与行星在一条直线上运行，这有三种可能：一、太阳与行星以相同的速度向同一方向运行；二、太阳正远离行星而去；三、太阳正冲向行星而来。在191号文明之前，这只是一种想象中的灾难，从未真实发生过，但人们对它的恐惧和警觉丝毫没有放松，以至于“飞星不动”成了多个三体文明中的一句最不吉利的咒语。即使只有一颗飞星静止，也让人不寒而栗。

“当时，三颗飞星同时静止。191号文明的人们站在大地上无助地看着这三颗在正空悬停的飞星，看着向他们的世界直扑过来的三颗太阳。几天后，一个太阳运行到外层气层的可见距离，宁静夜空中，那颗飞星突然变幻成光焰四射的太阳，以三十多小时的间隔，另外两个太阳也相继显形。这不是一般意义上的‘三日凌空’，当最后一颗飞星变成太阳时，第一颗显形的太阳已从极近的距离掠过行星，紧接着，另外两个太阳相继从更近处掠过！三个太阳对行星产生的潮汐力均超过洛希极限[①]，第一个太阳撼动了行星最深层的地质结构，第二个太阳在行星上撕开了直通地核的大裂缝，第三个太阳将行星撕成了两半。”

秘书长指着已升到正空的巨月，“这就是较小的一半，上面有191号

①法国天文学家洛希证明，任何坚固的天体，在接近另一个比它大得多的天体的时候，都会受到强大的潮汐力作用而最终被扯成碎片。这个较小的天体会被扯碎的距离称为洛希极限，通常是大天体赤道半径的2.44倍。

文明留下的废墟，但已是一个没有生命的世界。那是三体世界全部历史中最为惊心动魄的灾难，当行星被撕裂后，形状不规则的两部分在自身引力下重新变成球形，灼热致密的行星核心物质涌上地面，海洋在岩浆上沸腾，大陆如消融的流冰般漂浮，它们相撞后，大地变得像海洋般柔软，几万米的巨大山脉可以在一个小时内升起，又在同样短的时间内消失。在一段时间内，行星被撕开的两部分藕断丝连，它们之间有一条横穿太空的岩浆的河流，这些岩浆在太空中冷却，在行星周围形成了一个环，但由于行星两部分的引力扰动，环不稳定，构成它的岩石纷纷坠落，使世界处于长达几个世纪的陨石雨中……你能想象那是怎样的地狱啊！这次灾难对生态圈的破坏是所有历史上最严重的一次，伴星上的生命已经灭绝，母星也几乎变成一个没有生命的世界，但生命的种子居然又在这里发芽了，随着母星地质状态逐步稳定，在面目全非的大陆和海洋中，进化又开始了蹒跚的脚步，直到文明第一百九十二次出现，这个过程，耗时九千万年。

"三体世界所处的宇宙，比我们想象的更加冷酷。下一次'飞星不动'会怎样？有很大的可能，我们的行星不再从太阳边缘掠过，而是一头扎进太阳的火海中。随着时间的推移，这种可能几乎是必然。

"这本来只是一个可怕的推测，但最近的一项天文学发现，使我们对三体世界的命运彻底绝望了。这项研究旨在通过这个星系中的一些残留的迹象，推测出星系中恒星和行星形成的历史。无意中发现，三体星系在遥远的时间前曾有过十二颗行星！而现在只剩下我们这一颗，解释只有一个：在漫长的天文纪年中，那十一颗行星均被三颗太阳所吞噬！我们的世界，只不过是这场宇宙大捕猎的残余，文明能够经过一百九十二次轮回再生，只不过是一种幸运而已。通过进一步的研究，我们还发现了这三颗恒星的呼吸现象。”

“恒星呼吸？”

“只是一个比喻。您发现了恒星的外围气态层，但您不知道的是，这个气态层以漫长的周期不停地膨胀和收缩，像呼吸一样。当气态层膨胀时，其厚度可以增大十多倍，这使得恒星的直径大大增加，像一个巨掌，更容易捕获到行星。当一颗行星与太阳近距离擦过时，就会进入它的气态层，在剧烈的摩擦中急剧减速，最后像一颗流星，拖着长长的火尾坠入太阳的火海。据考证，在三体星系的漫长历史上，太阳气层每膨胀一次，就会吞噬一到两颗行星，那十一颗行星，就是在太阳气态层膨胀到最大时相继坠入火海的。现在，三颗太阳的气态层都处于收缩状态，否则在上次擦阳而过时，我们的行星已经坠落到太阳中了。据学者们预测，最近的一次膨胀将在一百五十至二百万年后发生。”

“这个鬼地方，实在是待不下去了。”爱因斯坦用一个老乞丐的姿势抱着小提琴蹲在地上说。

秘书长点点头说：“待不下去了，也不能再待下去了！三体文明的唯一出路，就是和这个宇宙赌一把。”

“怎么赌？”汪淼问。

“飞出三体星系，飞向广阔的星海，在银河系中寻找可以移民的新世界！”

这时，汪淼听到一阵“轧轧”的声音，看到巨大的摆锤正在被旁边一个高架绞车上的一根细缆斜拉着升高，升向它被释放的位置，它后面的天空背景上，一弯巨大的残月正在晨光中下沉。

秘书长庄严宣布:"单摆启动!"

高架绞车松开了将摆锤拉向高处的细缆,巨大的摆锤沿着一条平滑的弧形轨迹无声地滑落下来,开始落得很慢,但迅速加速,到达最低点时速度达到最大,冲破空气发出了浑厚的风声,当这声音消失时,摆锤已沿着同样的弧形轨迹升到了同样的高度,停滞片刻后开始了新一轮的摆动。汪淼感到摆锤在摆动中仿佛产生了一股巨大的力量,仿佛大地被它拉得摇摇晃晃。与现实世界中的单摆不同,这个巨摆的摆动周期不恒定,时刻在变化中,这是因为围绕母星的巨月产生的重力变化所致:巨月在母星的这一面时,它与母星的引力相互抵消,重力减小;当它运行到母星另一面时,引力叠加,重力几乎恢复到大撕裂之前。

仰望着三体纪念碑气势磅礴的摆动,汪淼问自己:它是表达对规律的渴望,还是对混沌的屈服?汪淼又觉得摆锤像一只巨大的金属拳头,对冷酷的宇宙永恒地挥舞着,无声地发出三体文明不屈的呐喊……当汪淼的双眼被泪水模糊时,他看到了以巨摆为背景出现的字幕:

四百五十一年后,192号文明在双日凌空的烈焰中毁灭,它进化到原子和信息时代。

192号文明是三体文明的里程碑,它最终证明了三体问题的不可解,放弃了已延续191轮文明的徒劳努力,确定了今后文明全新的走向。至此,《三体》游戏的最终目标发生变化,新的目标是:

飞向宇宙,寻找新的家园。

欢迎再次登录。

退出《三体》后,汪淼像每次那样感到十分疲惫,这真是一个累人的游戏，但这次他只休息了半个小时便再次登录。进入《三体》后，在漆黑的背景上，出现了一条意想不到的信息：

情况紧急，《三体》服务器即将关闭，剩余时间自由登录，《三体》将直接转换至最后场景。

21

三体、远征

寒冷黎明中的大地上空荡荡的一无所有。没有金字塔，没有联合国大厦，巨摆纪念碑也不知去向，只有黑乎乎的戈壁滩延伸到天际，与他第一次进入这个世界时一样。但汪淼很快发现这只是自己的错觉，那戈壁滩上密密麻麻的小石块，竟都是人头！原来大地上站满了人。汪淼站在一个稍高些的小丘上向下看，这密密的人海一望无际，汪淼大致估计了一下数量，仅目力所及的范围就可能有几亿人！他知道，三体世界的所有人可能都聚集在这里了。寂静笼罩着一切，这几亿人造就的寂静有一种令人窒息的诡异，这黎明中的人海正在等待什么。汪淼看看附近，发现所有的人都在仰望着天空。

汪淼抬头望去，发现星空发生了不可思议的变化：群星竟然排成了一个严整的正方形阵列！但汪淼很快发现，这一片排成正方形的星星可能只是位于行星同步轨道上，银河系的星海成了后面一个暗淡的背景，这个正方形相对于背景有明显的运行。正方形阵列中，靠晨光一侧的星体亮度最高，发出的银光能在地面上投出人影，向后面亮度逐渐减弱。汪淼数了数，阵列的一边上有三十多颗星体，那么阵列中的星体总数是一千左右。这显然是由人造物构成的阵列成一个整体在群星的背景上缓缓移动，看上去充满了庄严的力量感。

这时，站在旁边的一个男人轻轻推了推他，低声说："啊，伟大的哥白尼，你怎么来得这样晚？整整过去了三轮文明，你错过了多么伟大的事业啊！"

"那是什么？"汪淼指指太空中的星体阵列问。

"那是伟大的三体星际舰队，马上就要起航远征了。"

"这么说，三体文明已经具备了星际远航的能力？"

"是的，那些宏伟的飞船都能达到十分之一光速。"

"达到十分之一的光速，至少在我的知识范围内是一个伟大的成就，但对于星际航行来说，还是慢了些。"

"千里之行始于足下，"那人说，"关键是要找对目标。"

"舰队的目的地是哪里呢？"

"四光年外的一颗带有行星的恒星，那是距三体世界最近的恒星。"

汪淼有些惊奇，"距我们最近的恒星也是四光年。"

"你们？"

"地球。"

"哦，这没有什么可奇怪的，在银河系的大片区域，恒星的密度十分均匀，这是星群引力漫长调节的结果。占相当大比例的恒星，之间的间距就是在三到六光年之间。"

这时，巨大的欢呼声从人海中爆发。汪淼抬头一看，太空中的正方形星阵中，每颗星体的亮度都在急剧增加，这显然是它们本身在发出光来。这光芒很快淹没了天边的晨曦，一千颗星体很快变成了一千颗小太阳，三体世界迎来了辉煌的白昼。大地上的人们都向着天空高举双手，形成了一望无际的手臂的草原。三体舰队开始加速，庄严地移过苍穹，掠过刚刚升起的巨月顶端，在月面的山脉和平原上投下蔚蓝色的光晕。欢呼声平息了，三体世界的人们默默地看着他们的希望在西方的太空渐渐远去，他们此生看不到结局，但四五百年后，他们的子孙将得到来自新世界的消息，那将是三体文明的新生。汪淼与他们一起默默地遥望着，直到一千颗星星的方阵缩成一颗星，直到这颗星消失在西方的夜空中。字幕出现：

三体文明对新世界的远征开始了，舰队正在航程中……

《三体》游戏结束了，当您回到现实时，如果忠于自己曾做出的承诺，请按随后发给您的电子邮件中的地址，参加地球三体组织的聚会。

22

地球叛军

与上次网友聚会相反，这是一次人数众多的聚会，聚会的地点是一座化工厂的职工食堂。工厂已经搬迁，这栋即将拆除的建筑内部很破旧，但十分宽敞。聚集在这里的有三百多人，汪淼发现有许多熟悉的面孔，都是社会名流和各个领域的精英，有著名的科学家、文学家、政治家等。

首先吸引汪淼注意的是摆放在大厅正中的一个神奇的东西，那是三个银色的球体，每个直径比保龄球略小，在一个金属基座上空翻飞，汪淼猜测这个装置可能是基于磁悬浮原理。那三个球体的运动轨道完全随机，汪淼亲眼看到了真正的三体运动。

其他的人并没有过多地注意那个表现三体运动的艺术品，他们的注意力集中在大厅中央的潘寒身上，他正站在一张破饭桌上。

“是不是你杀了申玉菲同志？”有人质问道。

“是我。”潘寒镇静地说，“组织走到今天这样危险的境地，都是因为降临派内部有像她这样的叛徒的出卖。”

“谁给你权力杀人的？”

“我这是出于对组织的责任心！”

“你还有责任心？你这人本来就心术不正！”

“你把话说清楚！”

“你领导的环境分支都干了些什么？你们的责任是利用和制造环境问题，以激起人们对科学和现代工业的厌恶。可你呢？凭借主的技术和预测，为自己捞取名利！”

“我出名是为了自己吗？整个人类在我的眼中已是一堆垃圾，我还在乎名誉？但我不出名行吗？不出名我如何引导人们的思想？”

“你尽选择容易的而避开难的！你那些工作，完全可以由社会上那些环保人士去做！他们比你真诚得多，也热情得多，只要稍加引导，他们的行为就可以为我们所用。你的环境分支要做的是制造环境灾难，然后加以利用，向水库播撒剧毒物质，在化工厂制造泄漏……这些工作你们做了吗？一样都没有！”

“我们有过大量的方案和计划，但都被统帅否决了。至少在以前，这样做很蠢，生物和医疗分支曾制造过滥用抗生素灾难，不是很快被识破了吗？欧洲分队差点引火烧身！”

“你杀了人，现在已经引火烧身了！”

“听我说，同志们，迟早都一样！你们肯定已经知道了，各国政府都已相继进入战争状态，在欧洲和北美，对三体组织的大搜捕已经开始。我们这里一旦事发，拯救派肯定会倒戈到政府一边，所以我们现在首先要做的，就是把拯救派从组织中清除出去！”

“这不是该你考虑的事情。”

“当然要由统帅考虑，但同志们，我可以负责任地告诉你们，统帅是降临派！”

“你这就信口开河了吧？统帅的威信大家都清楚，如果像你说的那样，拯救派早就被清除出去了！”

“也许统帅有自己的考虑，说不定今天的会议就是为了这个。”

这以后，人们的注意力从潘寒身上移开，转移到目前的危机上来。一位获得过图灵奖的著名专家跳上桌子，振臂一挥说：

“大家说，我们现在到底该怎么办？”

“全球起义！”

“这不是自取灭亡吗？”

“三体精神万岁！我们是顽强的种子，野火烧不尽的！”

“起义能够在世界政治舞台上表明我们的存在，这将标志着地球三体组织第一次公开登上人类历史的舞台，只要纲领合适，会在世界上引起广泛响应的！”

最后这句话是潘寒说的，引起了一些共鸣。

有人喊：“统帅来了！”人群让开了一条路，汪淼抬眼望去，感到一阵眩晕，世界在他的眼中变成了黑白两色，唯一拥有色彩的是刚刚出现的那个人。

在一群年轻护卫的跟随下，地球三体叛军的最高统帅叶文洁稳步走来。

叶文洁走到为她空出的一圈空地中央，举起一只瘦削的拳头，用汪淼不敢想象是出自她的力量和坚定说：“消灭人类暴政！”

这群人类叛徒齐声喊出了显然已无数次重复的呼号:“世界属于三体!”

“同志们好!”叶文洁说,她的声音又恢复了汪淼熟悉的温软和缓慢,以至于他这时才最后确定的确是她,“最近身体不太好,没有和大家见面,现在形势严峻,我知道大家都承受着很大的压力,所以来看看。”

“统帅保重……”人们纷纷说,汪淼听得出,这声音是真诚的。

叶文洁说:“在讨论重大问题之前,我们先处理一件小事。潘寒——”她招呼时眼睛却看着众人。

“统帅,我在这里。”潘寒从人群中走出来,这之前他试图躲进人群深处,他表面镇静,但内心的恐惧很容易看出来。统帅没称他同志,这是个不祥之兆。

“你严重违反了组织纪律。”叶文洁说话时仍然没看潘寒,她的声音仍很柔和,像是面对一个做错了事的孩子。

“统帅,现在组织面临灭顶之灾,如果不采取果断措施,清除我们内部的异己和敌人,我们将失去一切!”

叶文洁抬头看着潘寒,目光温和,却令他的呼吸停止了几秒钟。“地球三体组织的最终理想和目标,就是失去一切,失去包括我们在内的人类现在的一切。”

“那您就是降临派了!统帅,请您明确宣布这点,这对我们很重要,是吗,同志们?很重要!!”他大声喊道,举起一只手臂四下看看,所有的人都沉默着,没人响应他。

“这个要求不该由你来提。你严重违反了组织纪律,如果要申诉,现在可以;否则,你将为此承担责任。”叶文洁说得很慢,一个字一个字地说，像怕她教育的孩子听不懂似的。

“我是去除掉那个数学天才的，这是伊文斯同志做出的决定，在会议上全体通过。如果那个天才真的搞出了三体运动完整的数学模型，主就不会降临，地球三体事业将毁于一旦。我当时只是自卫，是申玉菲先开的枪。”

叶文洁点点头说：“就让我们相信你吧，这毕竟不是目前最重要的事情，希望我们下面能一直相信你。请你重复一下刚才对我的要求。”

潘寒愣了一下，过了这一关似乎并没有让他松一口气，“我……请您明确宣布自己属于降临派，毕竟，降临派的纲领也是您的理想。”

“那你重复一遍这个纲领。”

“人类社会已经不可能依靠自身的力量解决自己的问题，也不可能凭借自身的力量抑制自己的疯狂；所以，应该请主降临世界，借助它的力量，对人类社会进行强制性的监督和改造，以创造一个全新的、光明完善的人类文明。”

“降临派忠于这个纲领吗？”

“当然！请统帅不要轻信谣传。”

“这不是谣传！”一个欧洲人大声说，同时挤到前面来，“我叫拉菲尔，以色列人。三年前，我十四岁的儿子遇到了车祸，我把孩子的肾捐给了一个患尿毒症的巴勒斯坦女孩，以此表达我对两个民族和平相处的愿望，为了这个愿望，我甚至可以献出自己的生命，而许许多多的以色列人和巴勒斯坦人也在做着和我一样的真诚努力。但这一切都没有用，我们的家园仍在冤冤相报的泥潭中越陷越深。这使我对人类失去了信心，加入了三体组织。绝望使我由一个和平主义者变为极端分子，同时，可能也是由于我对组织巨额的捐助，让我得以进入降临派的核心。现在我告诉你们，降临派有自己的秘密纲领，它就是：人类是一个邪恶的物种，人类文明已经对地球犯下了滔天罪行，必须为此受到惩罚。降临派的最终目标就是请主来执行这个神圣的惩罚：毁灭全人类！”

“降临派的真正纲领已是公开的秘密！”有人喊道。

“可你们所不知道的是，这并不是由最初的纲领演变而来，而是降临派诞生时就确定的目标，是伊文斯的终生理想！他欺骗了组织，欺骗了包括统帅在内的所有人！伊文斯一开始就是朝着这个目标前进的，是他把降临派变成一个由极端环保主义者和憎恨人类的狂人构成的恐怖王国！”

“我也是后来才知道伊文斯的真实想法。”叶文洁说，“尽管如此，我还是试图弥合裂痕，使地球三体组织成为一个整体，但降临派做出的另一些事情使这种努力成为不可能。”

潘寒说：“统帅，降临派是地球三体组织的核心力量，没有我们，就没有地球三体运动！”

“但这并不是你们垄断组织与主通信的理由！”

“第二红岸基地是我们建立的，当然应该由我们运行！”

“降临派正是借助这个条件，做出了对组织不可饶恕的背叛：你们截留了主发给组织的信息，你们向组织传达的，只是收到的信息中极少的一部分，而且经过篡改；你们还通过第二红岸基地，向主发送了大量未经组织审核的信息。”

沉默降临了会场，像一个很重的巨物使汪淼头皮发紧。潘寒没有回答，他的表情冷漠下来，仿佛在说：好啊，总算发生了。

“对降临派的背叛，有大量的证据，申玉菲同志就是提供者之一，她曾位居降临派的核心，但她在内心深处，却是一名坚定的拯救派，你们也是后来才发现这点的。她知道得太多了，这次伊文斯派你去，是要杀两个人而不是一个。”

潘寒四下看看，显然在快速估量着形势，他的动作被叶文洁注意到了。

“你可以看到，这次与会的大多是拯救派的同志，少数降临派的成员，相信他们是会站到组织一边的，但像伊文斯和你这样的人已不可挽救。为了维护地球三体组织的纲领和理想，我们将彻底解决降临派的问题。”

沉默再次降临。

两三分钟后，叶文洁护卫中的一员，一位苗条美丽的少女动人地笑了笑，那笑容是那么醒目，将很多人的目光引向了她。少女袅袅婷婷地向潘寒走去。

潘寒脸色骤变，一手伸进胸前的外衣里，但那少女闪电般冲过来，旁人还没明白怎么回事，她已经用一条看上去如春藤般柔软的玉臂夹住了潘寒的脖颈，另一只手放在他的头顶上，以她不可能具有的力量和极其精巧的受力角度，熟练地将潘寒的头颅扭转了一百八十度，寂静中，颈椎折断的咔嚓声清晰可闻。少女两手同时快速松开，好像那个头颅发烫似的。潘寒倒在地上，那支杀死申玉菲的手枪滑到了桌子下面。他的躯体仍在抽搐，双眼暴出舌头吐了好长，但头颅却一动不动，仿佛从来就没有属于过那个躯体。几个人把他拖了出去，他口中吐出的血在地上拖了长长的一道。

“啊，小汪也来了，你好。”叶文洁的目光落到了汪淼身上，向他亲切地微笑着点点头，然后对其他人说，“这是国家科学院院士汪淼教授，我的朋友，他研究纳米材料，这是主首先要在地球扑灭的技术。”

没有人看汪淼一眼，汪淼也没有力量做任何表示，他不由得一手拉住旁边人的衣袖，使自己站稳，但那人将他的手轻轻拨开了。

叶文洁说：“小汪啊，接着上一次，我给你继续讲红岸的故事吧，同志们也听听，这不是浪费时间，在这个非常时刻，我们需要回顾一下组织的历程。”

“红岸……还没讲完？”汪淼呆呆地问。

叶文洁缓步走到三体模型前，入神地看着翻飞的银球，夕阳透过破窗正照在模型上，飞舞的球体将光芒不规则地投射到叛军统帅的身上，像是火焰。

“没完，才刚刚开始。”叶文洁轻轻地说。

23

红岸之五

自从进入红岸基地后，叶文洁就没有想到能够出去，在得知红岸工程真实目的后（这个绝密信息是基地许多中层干部都不知道的），她把与外界精神上的联系也斩断了，只是埋头于工作。这以后，她更深地介入到红岸系统的技术核心，开始承担比较重要的研究课题。对于杨卫宁给予叶文洁的信任，雷志成一直耿耿于怀，但他还是很愿意将重要课题交到叶文洁手上——以叶文洁的身份，她对自己的研究成果没有任何权利；而基地中，只有雷志成是天体物理专业出身的，是当时少见的知识分子政委；这样，叶文洁的成果和论文最后都被他占去，使他成了部队政工干部中又红又专的典型。

调叶文洁进入红岸基地的最初缘由，是她读研究生时发表在《天文学学报》上的那篇试图建立太阳数学模型的论文。其实，与地球相比，太阳是一个更简单的物理系统，只是由氢和氦这两种很简单的元素构成，它的物理过程虽然剧烈，但十分单纯，只是氢至氦的聚变，所以，有可能建立一个数学模型来对太阳进行较为准确的描述。那论文本来是一篇很基础的东西，但杨卫宁和雷志成却从中看到了解决红岸监听系统一个技术难题的希望。

日凌干扰问题一直困扰着红岸的监听操作。这个名词是从刚出现的通信卫星技术中借来的，当地球、卫星和太阳处于同一条直线时，地面接收天线对准的卫星是以太阳为背景的，太阳是一个巨大的电磁发射源，这时地面接收的卫星微波就会受到太阳电磁辐射强烈干扰，这个问题后来直到21世纪都无法解决。红岸所受到的日凌干扰与此类似，不同的是干扰源（太阳）位于发射源（外太空）和接收器之间。与通信卫星相比，红岸所受的日凌干扰出现的时间更频繁，也更严重。实际的红岸系统又比原设计缩水了许多，监听和发射系统共用一个天线，这使得监听的时间较为珍贵，日凌干扰也就成为一个严重问题了。

杨卫宁和雷志成的想法很简单：搞清太阳发射的电磁波在监测波段上的频谱规律和特征，用数字滤波滤掉它，就可排除干扰。两人都是技术专家，在这外行领导内行的年代，这是难能可贵的。但杨卫宁不是天体物理专业的，雷志成则是走政工道路的人，在专业上不可能知道得太深。其实太阳电磁辐射的稳定只局限于包括可见光在内的从近紫外到中红外波段，在其他的波段上，它的辐射是动荡不定的。叶文洁首先明智地在第一份研究报告中明确一点：在太阳黑子、耀斑、日冕物质抛射等太阳剧烈爆发性活动期间，日凌干扰无法排除。于是，研究对象只局限于太阳正常活动时红岸监测波段内的电磁辐射。

基地内的研究条件还是不错的，资料室可以按课题内容调来较全的外文资料，还有很及时的欧美学术期刊，在那个年代这是件很不容易的事。叶文洁还可以通过军线，与中科院两家研究太阳的科研单位联系，通过传真得到他们的实时观测数据。

叶文洁的研究持续了半年，丝毫看不到成功的希望。她很快发现，在红岸的观测频率范围内，太阳的辐射变幻莫测。通过对大量观测数据的分析，叶文洁发现了令她迷惑的神秘之处：有时，上述某一频段辐射发生突变时，太阳表面活动却平静如常，上千次的观测数据都证实了这一点。这就很令她费解了。短波和微波频段的辐射不可能穿透几十万公里的太阳表层来自太阳核心，只能是太阳表层活动产生的，当突变发生时，这种活动应该能够观测到，如果太阳没有相应的扰动，这狭窄频段的突变是什么引起的？这事让她越想越觉得神秘。

研究到了山穷水尽的地步，叶文洁决定放弃了。她在最后一份报告中承认自己无能为力。这件事情应该比较好交代的，军方委托中科院的几个单位和大学进行的类似研究都以失败告终，杨卫宁不过是想借助叶文洁的过人才华再试一试。而雷志成的真实想法就更简单了，他只想要叶文洁的论文。这项研究理论性很强，更能显示出他的水平和层次。现在，社会上疯狂的浪潮渐渐平息，对干部的要求也有了一些变化，像他这样在政治上成熟、学术上又有造诣的人，是奇缺的，当然前途无量。至于日凌问题是否能够解决，倒不是他最关心的。

但叶文洁最终还是没有把报告交上去，她想到，如果研究结束，基地资料室为这个课题进行的资料调集和外文期刊订阅就会停止，她就再也不可能接触到这么丰富的天体物理学资料了。于是，她在名义上还是将研究进行下去，实际上则潜心搞自己的太阳数学模型。

这天夜里，资料室寒冷的阅览室中照例只有叶文洁一人，她面前的长桌上摊开了一堆期刊和文献。完成一段烦琐的矩阵计算后，她呵呵冻僵的手，拿起了一本最新一期《天体物理学》杂志，仅仅是作为休息，随便翻了翻，一篇关于木星研究的论文引起了她的注意，论文的提要如下：

在上期的短讯《太阳系内新的强发射源》中，威尔逊山天文台的哈里·比德森博士公布了一批数据，是有关他在6月12日和7月2日对木星由行星引力导致的自转摆动观测中，意外两次检测到木星本身发出强烈的电磁辐射，每次持续时间分别为81秒和76秒，这批数据记录了辐射的频率范围和其他参数。在射电爆发期间，观测到木星表面大红斑状态的某些变化，比德森也在短讯中进行了描述。木星射电爆发在行星学术界引起很大兴趣，这期刊发的G.麦肯齐的文章，认为这是木星内部核聚变启动的征兆；下期将刊发井上云石的文章，将木星射电爆发归结为一个更复杂的机制：内部金属氢板块的运动，并给出了完整的数学描述。

叶文洁清楚记得这两个日期和时间，当时，红岸监听系统受到了强烈的日凌干扰。她查了一下运行日志，证实了自己的记忆，只是来自太阳的日凌干扰比来自木星的电磁辐射到达地球的时间晚了十六分四十二秒，这关键的十六分四十二秒啊！叶文洁抑制住剧烈的心跳，请资料室的有关人员与国家天文台联系，得到了那两个时间木星和地球的位置坐标。她在黑板上画出了一个大大的三角形，三个顶点分别是太阳、地球和木星，她在三条边上分别标上距离，在地球顶点标上了两个到达时间。由木星到地球的距离很容易算出电磁辐射由木星直接到达地球消耗的时间，她接着又算出了电磁辐射由木星到达太阳、再由太阳到达地球的时间，两者相差正是十六分四十二秒！

叶文洁翻出了以前自己搞出的太阳结构数学模型，试图从理论上找到一些蛛丝马迹。她的目光很快锁定在太阳辐射层中一种叫“能量镜面”的东西上。从日核反应区发出的能量开始是以高能伽马射线的形式发出，辐射区通过对这些高能粒子的吸收，再发射实现能量传递，经过无数次这种再吸收再辐射的漫长过程（一个光子脱离太阳可能需要一千年的时间），高能伽马射线经过X射线、极紫外线、紫外线逐渐变为可见光和其他形式的辐射。这些是在太阳研究中早已明确的内容。叶文洁的数学模型产生的一个新结果是：在这些不同频率辐射的转换之间，存在着许多明显的界面，辐射区由里向外，每越过一个界面，辐射频率就明显下降一个等级，这与传统观点认为辐射区的频率是渐变的有所不同。计算表明，这种界面会将来自低频侧的辐射反射回去，于是她就想了那么一个命名。

叶文洁开始仔细研究这一层层悬浮在太阳电浆海洋中的飘忽不定的薄膜，她发现，这种只能在恒星内部的高能海洋中出现的东西，有许多奇妙的性质，其中最不可思议的是它的“增益反射”特性，而这与太阳电磁辐射之谜似乎有关。但这种特性过分离奇，难以证实，叶文洁自己都难以置信，更有可能是令人目眩的复杂计算中产生的一些误导所致。

现在，叶文洁初步证实了自己关于太阳能量镜面增益反射的猜想：能量镜面并非简单地反射低频侧的电磁辐射，而是将它放大了！以前观测到的那些在狭窄频段的神秘突变，其实是来自宇宙间的辐射被放大后的结果，所以在太阳表面观察不到任何相应的扰动。

很可能，这一次，太阳收到木星的电磁辐射后又发射出来，只是强度增加了近亿倍！地球以十六分四十二秒的时间差分别收到了放大前后的两次辐射。

太阳是一个电波放大器！

这里出现一个问题：太阳每时每刻都在接收来自太空的电磁辐射，包括地球溢出的无线电波，为什么它只放大其中的一部分呢？原因很明显：除了能量镜面对反射频率的选择外，主要是太阳对流层的屏蔽作用。表面沸腾不息的对流层位于辐射层之上，是太阳最外一层液态层。来自太空的电波首先要穿透对流层才能到达辐射层的能量镜面，进而被放大后反射出去。这就需要射入的电波在功率上超过一个阈值，地球上绝大部分的无线电发射都远低于这个阈值，但木星的电磁辐射超过了——

红岸的最大发射功率也超过了这个阈值！

日凌干扰问题仍未得到解决，但另一个激动人心的可能性出现了：人类可以将太阳作为一个超级天线，通过它向宇宙中发射电波，这种电波是以恒星级的能量发出的，它的功率比地球上能够使用的全部发射功率还要大上亿倍。

地球文明有可能进行Ⅱ型文明能级的发射！

下一步，需要将那两次木星电磁辐射的波形与红岸受到的日凌干扰的波形相对照，如果吻合，这个猜想就得到了进一步的证实。

叶文洁向领导提出要求，要与哈里·比德森联系，取得那两次木星电磁辐射的波形记录。这不是一件容易的事情，渠道不好找，还有众多部门的一道道手续要办，弄岔一点就有里通外国的嫌疑，叶文洁只好等待。

但还有一个更直接的证实方法：红岸发射系统以超过那个阈值的功率直接向太阳发射电波。

叶文洁找到领导，提出了这个要求，但没敢直接说出自己的想法，那太玄乎了，肯定遭到否决，她只是说这是一次对太阳研究进行的试验，将红岸发射系统作为对太阳的探测雷达，通过接收回波来分析反映太阳电磁辐射的一些信息。雷志成和杨卫宁都有很深的技术背景，想骗他们不容易，但叶文洁说出的这项试验，在西方太阳研究中确实有过先例，事实上，这比正在进行中的对类地行星的雷达探测在技术上还简单些。

"叶文洁呀，你越来越出格了，你的课题，在理论上搞搞就行了，有必要弄这么大动作吗？"雷志成摇摇头说。

"政委，可能有重大发现。实验是必需的，只这一次，行吗？"叶文洁苦苦央求道。

杨卫宁说："雷政委，要不就做一次？操作上好像没太大困难，回波在发射后传回要……"

"十几分钟吧。"雷志成说。

"这样红岸系统正好有时间转换到接收状态。"

雷志成再次摇头，"我知道在技术上和工作量上都没什么，但你……唉，杨总啊，你头脑中缺的就是这根弦啊——向红太阳发射超强烈的电波，你想过这种实验的政治含义吗？"

杨卫宁和叶文洁一时瞠目结舌，他们并不是感到这理由荒唐，相反，是为自己没有想到而后怕。那个年代，对一切事物的政治图解已达到了极其荒唐的程度，叶文洁上交的研究报告，雷志成必须进行仔细审阅，对有关太阳的技术用词反复斟酌修改，像"太阳黑子"这类词语都不能出现。向太阳发射超强电波的实验当然可以做出一千个正面解释，但只要有一个反面解释，就可能有人面临灭顶之灾。雷志成拒绝实验的这个理由，确实是不可能被推翻的。

叶文洁没有放弃，其实只要冒不大的险，做成这事很容易。红岸发射系统的发射器是超高功率的设备，全部使用“文革”期间生产的国产元件，由于质量不过关，故障率很高，不得不在每十五次发射后就全面检修一次，每次检修完成后都要例行试运行，参加这种发射的人很少，目标和其他发射参数也是比较随意的。

在一次值班中，叶文洁被分配进行例行检修后的测试，由于试发射省去了很多操作，在场的除叶文洁外只有五个人，其中三个是对设备原理知之甚少的操作员，另外的一名技术员和一名工程师已在持续了两天的检修中疲惫不堪，心不在焉。叶文洁首先将发射功率设置到刚刚超过太阳增益反射理论上的阈值（这已是红岸发射系统的最大功率了），频率设定在最可能被能量镜面放大的频率上，借测试天线机械性能为名，将它对准已斜挂在西天的太阳，发射的内容仍同每次正规发射一样。

这是1971年秋天一个晴朗的下午，事后叶文洁多次回忆那一时刻，并没有什么特别的感觉，只是焦急，盼望发射快些完成，一方面是怕在场的同事发现，虽然她想好了推托的理由，但以损耗元件的最大功率进行发射实验毕竟是不正常的；同时，红岸发射系统的定位设备不是设计用于瞄准太阳的，叶文洁用手就能感到光学系统在发烫，如果烧坏麻烦就大了。太阳在西天缓缓下落，叶文洁不得不手动跟踪，这时，红岸天线像一棵巨大的向日葵，面对着下落中的太阳缓缓转动。当发射完成的红灯亮起时，她浑身已被汗水浸透了。扭头一看，三名操作员正在控制台上按手册依次关闭设备，那名工程师在控制室的一角喝水，技术员则靠在长椅子上睡着了。不管后来的历史学家和文学家们如何描述，当时的真实情景就是这样平淡无奇。

发射一完成，叶文洁就冲出控制室，跑进杨卫宁的办公室，喘着气说："快，让基地电台在12000兆赫上接收！"

"收什么？"杨总工程师惊奇地看着头发被汗水黏到脸上的叶文洁，与灵敏度极高的红岸接收系统相比，基地用于与外界联系的常规军用电台只是个玩具。

"也许能收到一些东西，红岸系统没有时间转换到接收状态了！"叶文洁说。正常情况下，红岸接收系统的预热和切换只需十多分钟，而现在接收系统也在检修中，很多模块拆卸后还未组装，根本无法在短时间内运行。

杨卫宁看了叶文洁几秒钟，拿起了电话，吩咐机要通信室按叶文洁说的去做。"那个电台的精度，大概只能收到月球上外星人的信号。"

"信号来自太阳。"叶文洁说。窗外，太阳的边缘已接近天边的山顶，血红血红的。

"你用红岸系统向太阳发信号了？"杨卫宁紧张地问。

叶文洁点点头。

"这事不要对别人说，下不为例，绝对的下不为例！"杨卫宁警觉地回头看看门口说。

叶文洁又点点头。

"这有什么意义嘛，回波一定是极弱的，远远超出了常规电台的接收能力。"

“不，如果我的猜想是正确的，将收到极强的回波，强得……难以想象，只要发射功率超过一个阈值，太阳……就能成亿倍地放大电波！”

杨卫宁又奇怪地看着叶文洁，后者沉默了。两人静静地等着，杨卫宁能够清晰地听到叶文洁的呼吸和心跳，对她刚才的话他没太在意，只是埋藏了多少年的感情又涌上心头，但他只能控制着自己，等待着。二十分钟后，杨卫宁拿起电话接通了通信室，简单地问了两句。

“什么都没收到。”杨卫宁放下电话说。

叶文洁长出了一口气，好半天才点点头。

“那个美国天文学家回信了。”杨卫宁拿出一个厚厚的信封递给叶文洁，上面盖满了海关的印章。叶文洁迫不及待地拆开信封，先是大概扫了一眼哈里·比德森的信，信上说他没有想到中国也有研究行星电磁学的同行，希望多多联系和合作。他寄来的是两叠纸，上面完整地记录了来自木星两次电磁辐射的波形，波形显然是从长条信号记录纸上复印下来的，要对起来看，而这个时候的中国人，还大多没有见过复印机。叶文洁将几十张复印纸在地板上排成两排，排到一半时她就已经不抱任何希望了，她太熟悉那两次日凌干扰的波形了，与这两条肯定对不上。

叶文洁慢慢地从地上将那两排复印纸收拾起来。杨卫宁蹲下帮她收拾，当他将手中的一打纸递给这个他内心深处爱着的姑娘时，看到她摇摇头笑了一下，那笑很凄婉，令他心颤。

“怎么？”他轻轻地问，没有意识到自己同她说话从来没有这么轻声过。

“没什么，一场梦，醒了而已。”叶文洁说完又笑了笑，抱着那摞复印纸和信封走出了办公室。她回到住处，取了饭盒去食堂，才发现只剩下馒头和咸菜了。食堂的人又没好气地告诉她要关门了，她只好端着饭盒走了出来，走到那道悬崖前，坐在草地上啃着冷馒头。

这时太阳已经落山，大兴安岭看上去是灰蒙蒙的一片，就像叶文洁的生活，在这灰色中，梦尤其显得绚丽灿烂。但梦总是很快会醒的，就像那轮太阳，虽然还会升起来，但已不带新的希望。这时叶文洁突然看到了自己的后半生，也只有无际的灰色。她含着眼泪，又笑了笑，继续啃冷馒头。

叶文洁不知道，就在这时，地球文明向太空发出的第一声能够被听到的啼鸣，已经以太阳为中心，以光速飞向整个宇宙。恒星级功率的强劲电波，如磅礴的海潮，此时已越过了木星轨道。

这时，在12000兆赫波段上，太阳是银河系中最亮的一颗星。

24

红岸之六

以后的八年，是叶文洁一生中最平静的一段时间。“文革”中的经历造成的惊惧渐渐平息，她终于能够稍微放松一下自己的精神。红岸工程已经完成了实验和磨合期，一切渐渐转入常规，需要解决的技术问题越来越少，工作和生活变得有规律了。

平静之后，一直被紧张和恐惧压抑着的记忆开始苏醒，叶文洁发现，真正的伤痛才刚刚开始。噩梦般的记忆像一处处死灰复燃的火种，越烧越旺，灼烧着她的心灵。对于普通的女性，也许时间能够渐渐愈合这些创伤，毕竟，“文革”中有她这样遭遇的女性太多了，比起她们中的很多人，她算是幸运的。但叶文洁是一位科学女性，她拒绝忘却，而且是用理性的目光直视那些伤害了她的疯狂和偏执。

其实，叶文洁对人类恶的一面的理性思考，从她看到《寂静的春天》那天就开始了。随着与杨卫宁关系的日益密切，叶文洁通过他，以收集技术资料的名义，购进了许多外文的哲学和历史经典著作，斑斑血迹装饰着的人类历史令她不寒而栗，而那些思想家的卓越思考，则将她引向人性的最本质最隐秘之处。

其实，就是在这近乎世外桃源的雷达峰上，人类的非理性和疯狂仍然每天都历历在目。叶文洁看到，山下的森林，每天都在被她昔日的战友疯狂砍伐，荒地面积日益扩大，仿佛是大兴安岭被剥去皮肤的部分，当这些区域连成一片后，那幸存的几片林木倒显得不正常了。烧荒的大火在那光秃秃的山野上燃起，雷达峰成了那些火海中逃生的鸟儿的避难所，当火烧起来时，基地里那些鸟儿凄惨的叫声不绝于耳，它们的羽毛都被烧焦了。

在更远的外部世界，人类的疯狂已达到了文明史上的顶峰。那段时间，正是美苏争霸最激烈的时期，分布在两个大陆上的数不清的发射井中，在幽灵般潜行于深海下的战略核潜艇上，能将地球毁灭几十次的核武器一触即发，仅一艘“北极星”或“台风”级潜艇上的分导核弹头，就足以摧毁上百座城市，杀死几亿人。但普通人对此仍然一笑置之，似乎与己无关。

作为天体物理学家，叶文洁对核武器十分敏感，她知道这是恒星才具有的力量。她更清楚，宇宙中还有更可怕的力量，有黑洞，有反物质，等等，与那些力量相比，热核炸弹不过是一支温柔的蜡烛。如果人类得到了那些力量中的一种，世界可能在瞬间被汽化，在疯狂面前，理智是软弱无力的。

进入红岸基地四年后，叶文洁和杨卫宁组成了家庭。杨卫宁是真心爱着叶文洁的，为了爱情，他放弃了自己的前途。这时，“文革”最激烈的时期已经过去，政治环境相对温和了一些，杨卫宁没有因为自己的婚姻受到迫害，但因为娶了一个戴着反革命帽子的妻子，被视为政治上不成熟，丢掉了总工程师的职位。他和妻子能够作为普通技术人员留在基地，也仅仅是因为技术上离不开他们。对于叶文洁来说，接受杨卫宁的爱情主要是出于一种报恩的心理，在那最危难的时刻，如果不是他将自己带进这个与世隔绝的避风港，她可能早已不在人世了。杨卫宁很有才华，风度和修养俱佳，不是一个让她讨厌的人，但她自己已心如死灰，很难再燃起爱情的火焰了。

对人类本质的思考，使叶文洁陷入了深重的精神危机。她首先面临的，是一种奉献目标的缺失，她曾是一个理想主义者，需要将自己的才华贡献给一个伟大的目标，现在却发现，自己以前做的一切全无意义，以后也不可能有什么有意义的追求。这种心态发展下去，她渐渐觉得这个世界是那样的陌生，她不属于这里，这种精神上的流浪感残酷地折磨着她，在组成家庭后，她的心灵反而无家可归了。

这天叶文洁值夜班，这是最孤寂的时刻，在静静的午夜，宇宙向它的聆听者展示着广漠的荒凉。叶文洁最不愿意看的，就是显示器上缓缓移动的那条曲线，那是红岸接收到的宇宙电波的波形，无意义的噪声。叶文洁感到这条无限长的曲线就是宇宙的抽象，一头连着无限的过去，另一头连着无限的未来，中间只有无规律无生命的随机起伏，一个个高低错落的波峰就像一粒粒大小不等的沙子，整条曲线就像是所有沙粒排成行形成的一维沙漠，荒凉寂寥，长得令人无法忍受。你可以沿着它向前向后走无限远，但永远找不到归宿。

但今天，当叶文洁扫了一眼波形显示器后，发现有些异样。即使是专业人员，也很难仅凭肉眼看出波形是否携带信息，但叶文洁对宇宙噪声的波形太熟悉了，眼前移动的波形，似乎多了某种说不出来的东西，这条起伏的细线像是有了灵魂，她敢肯定，眼前的电波是被智能调制的！叶文洁冲到另一台主机终端前，察看计算机对目前接收内容识别度的判别，发现识别度是AAAAA！！在这之前，红岸接收到的宇宙电波，识别度从未超过C，如果达到A，波段包含智能信息的可能性就大于百分之九十；连续五个A是一个极端情况，它意味着接收到的信息使用的就是红岸发射信息的语言！叶文洁打开了红岸译解系统，这个软件能对识别度大于B的信息进行试译解，在整个红岸监听过程中，它从未被正式使用过。按软件试验运行中的情况，翻译一段可能的智能编码可能需要几天甚至几个月的运算时间，出来的结果多半还是译解失败。但这次，原始文件刚刚提交，几乎没有时间间隔，屏幕上就显示译解完成。叶文洁打开结果文件，人类第一次读到了来自宇宙中另一个世界的信息，其内容出乎所有人的意料，它是三条重复的警告：

不要回答！

不要回答！！

不要回答！！！

在令她头晕目眩的激动和迷惑中，叶文洁接着译解了第二段信息：

这个世界收到了你们的信息。

我是这个世界的一个和平主义者，我首先收到信息是你们文明的幸运，警告你们：不要回答！不要回答！！不要回答！！！

你们的方向上有千万颗恒星，只要不回答，这个世界就无法定位发射源。

如果回答，发射源将被定位，你们的行星系将遭到入侵，你们的世界将被占领！

不要回答！不要回答！！不要回答！！！

看着显示屏上闪动的绿色字迹，叶文洁已经无法冷静思考，她那被激动和震撼抑制了的智力只能理解以下的事实：现在距她上次向太阳发送信息不到九年，那么这些信息的发射源距地球只有四光年左右，它只能来自距我们最近的恒星系：半人马座三星！

宇宙不荒凉，宇宙不空旷，宇宙充满了生机！人类将目光投向宇宙的尽头，但哪里想到，在距他们最近的恒星中，就存在着智慧生命！

叶文洁看看波形显示，信息仍源源不断地从太空中涌进红岸天线，她打开另一个接口，启动了实时译解，接收到的信息被立刻显示出来。在以后的四个多小时中，叶文洁知道了三体世界的存在，知道了那个一次次浴火重生的文明，也知道了他们星际移民的企图。

凌晨四点多钟，来自半人马座的信息结束了，译解系统开始无结果地运行，不断发出失败信息，红岸监听系统所听到的，又是宇宙荒凉的噪声。

但叶文洁可以确定，刚才的一切不是梦。

太阳确实是一个超级天线，但八年前那次试验中为什么没有收到回波，为什么木星的辐射波形与后来的太阳辐射对不上？叶文洁后来想出了许多原因，基地的电台可能根本不能接收那个频段的电波，或者收到后只是一团噪音，就认为是什么都没有收到。至于后者，很可能是因为太阳在放大电波的同时，还叠加了一个波形，这个波形是有规律的，在外星文明的译解系统中很容易被剔除，但在她的肉眼看来，木星和太阳的辐射波形就大不相同了。这一点后来得到了证实，叠加的是一个正弦波。

她警觉地四下看看，主机房中值班的还有三人，其中两人在一个角落聊天，一人在终端前打瞌睡；而在监听系统的信息处理部分，能够查看接收内容识别度和访问译解系统的终端只有她面前这两台。她不动声色地迅速操作，将已接收到的信息全部转存到一个多重加密的隐形子目录中，用一年前接收到的一段噪声代替了这五个小时的内容。

然后，她从终端上将一段简短的信息输入红岸发射系统的缓存区。

叶文洁起身走出了监听主控室的大门，一阵冷风吹到她滚烫的脸上，东方晨曦初露，她沿着被晨光微微照亮的石子路，向发射主控室走去，在她的上方，红岸天线的巨掌无声地向宇宙张开着。晨曦照出了门口哨兵那黑色的剪影，像往常一样，叶文洁进门时他没有理会。发射主控室比监听主控室要暗许多，叶文洁穿过一排排机柜，径直走向控制台，熟练地扳动十几个开关，启动了发射系统的预热。坐在控制台旁边的两名值班员抬起头用困乏的眼睛看了看她，其中一人又扭头看了看墙上的钟表，然后一人继续打瞌睡，另一人则翻看着可能已看了许多遍的报纸。在基地里，叶文洁在政治上自然没有任何地位，但在技术上有一定的自由，她常常在发射前检查设备，虽然今天太早了些，距发射操作还有三个小时，但提前预热也是不奇怪的。

漫长的半个小时过去了，叶文洁在这期间重设了发射频率，将其置于太阳能量镜面反射的最优值上，将发射功率设为最大值，然后，她将双眼凑近光学定位系统的目镜，看到太阳正在升出地平线。她启动了天线定位系统，缓缓转动方向杆使其对准太阳。巨型天线转动时产生的隆隆震动传进主控室，有一名值班员又看了叶文洁一眼，但也没说什么。

太阳完全升出了天边连绵的山脊，红岸天线定位器的十字丝的中心对在它的上缘，这是考虑了电波运行的提前量，发射系统已处于就绪状态。发射按钮呈长方形，很像电脑键盘上的空格键，但是红色的。这时，叶文洁的手指悬在它上面两厘米处。

人类文明的命运，就系于这纤细的两指之上。

毫不犹豫地，叶文洁按下了发射键。

“干什么？”一名值班员带着睡意问。

叶文洁冲他笑了笑，没有说话，随即按下另一个黄键终止了发射，又转动方向杆改变了天线的指向，然后离开控制台向外走去。

那个值班员看看表，也该下班了，他拿起日志，想把叶文洁刚才启动发射系统的操作记下来，这多少有些异常，但他看看一条记录纸带，发现她只将发射系统启动了不到三秒钟，于是将日志扔回原位，打了个哈欠，戴上军帽走了。正在飞向太阳的信息是：

到这里来吧，我将帮助你们获得这个世界，我的文明已无力解决自己的问题，需要你们的力量来介入。

初升的太阳使叶文洁头晕目眩，出门后没有走出多远，她就昏倒在草地上。

醒来后，她发现自己躺在医务室中，杨卫宁在床边关切地看着她，像多年前在飞机上那样。医生让叶文洁以后注意休息，因为她怀孕了。

25

叛 乱

叶文洁讲述完这段历史后，大厅陷入一片静默，在场的许多人显然也是第一次听到这么完整的讲述。汪淼也被深深地吸引了，暂时忘记了目前的危险和恐惧，他不由得问道：

“那么，三体组织是如何发展到这个规模的呢？”

叶文洁回答：“这要从我认识伊文斯说起……不过，这段历史在场的同志们都知道，我们就不要在这上面浪费时间了，以后我可以单独为你讲，但是否有这个机会，就要看你自己了……小汪，我们还是谈谈你的纳米材料吧。”

“你们所说的……主，为什么这样害怕纳米材料呢？”汪淼问。

“因为它能够使人类摆脱地球引力，大规模进入太空。”

“太空电梯？”汪淼立刻想到了。

“是的，那种超高强度的材料一旦能够大规模生产，建设从地表直达地球同步轨道的太空电梯就有了技术基础。对主而言，这只是一项很小的发明，但对地球人类却意义重大。地球人类可以凭借这项技术轻易地进入近地空间，在太空建立起大规模的防御体系便成为可能，所以，必须扑灭这项技术。”

“倒计时的终点是什么？”汪淼问出了这个最令他恐惧的问题。

叶文洁微微一笑，“不知道。”

“你们这样做没有意义！这不是基础研究，大方向对了别人也能做出来的！”汪淼紧张地大声说。

“是没有意义，能够扰乱研究者的思想是最有效的，但我们做得不理想，如你所说，这毕竟是应用研究，不像对基础研究那么有效……”

“说到基础研究，你女儿是怎么死的？”

这个问题令叶文洁沉默了几秒钟，汪淼注意到，她的眼神几乎不为人察觉地黯淡了一下，但旋即接下了刚才的话题，“其实，对于无比强大的主来说，我们做的一切都丝毫没有意义，我们只是做自己想做的事。”

叶文洁话音刚落，轰然几声巨响，饭厅的两扇大门同时被撞开，一群端冲锋枪的士兵冲了进来，汪淼注意到他们不是武警而是正规军，他们几乎无声地贴墙而行，很快在三体叛军周围形成了一个包围圈。史强最后走了进来，皮夹克敞着怀，手里握着枪管，枪柄像一把榔头似的露在外面。他大大咧咧地四下看看，突然冲向前去，倒握着枪的手一抡，响起了金属砸在头骨上的闷响，一名三体战士倒了下去，没来得及抽出的手枪摔出老远。几名士兵冲天鸣枪，天花板上落下一片尘土。有人拉起汪淼，飞快地跑出了三体叛军的人群，站到一排士兵后面。

“武器都丢桌子上！谁再炸刺，穿了丫的！”史强指指身后的一排冲锋枪说，“知道各位都是不要命的，我们也是冲不要命来的！我可把话搁这儿了：普通的警务和法律禁区，对你们已经不适用，甚至人类的战争法则对你们也不适用了！既然你们已经与全人类为敌，咱们大家也都没什么可忌讳的。”

三体叛军的人群中有一阵骚动，但并没有大的惊慌。叶文洁不动声色。有三个人突然冲出人群，其中包括扭断潘寒脖子的那个美丽女孩儿，他们冲向那座活动的三体艺术品，一个人抓住了一颗翻飞的金属球，紧紧抱在胸前。

美丽女孩双手托起晶亮的金属球，让人联想到身材苗条的艺术体操运动员，她又露出那动人的笑，用悦耳的声音说：“各位警官，我们手里拿着的是三枚原子弹，每枚当量一千五百吨级，不算大，我们喜欢小玩意儿，这是起爆开关。”

大厅的一切顿时凝固了，唯一在动的是史强，他把倒握的枪插回左腋下的枪套，神态自若地拍拍手。

“我们的要求很简单：让统帅走，然后咱们一起玩什么都行。”女孩接着说，样子有些娇嗔。

“我和同志们在一起。”叶文洁平静地说。

“能证实她说的吗？”史强低声问旁边一位显然是爆炸物专家的军官。

那位军官将一只塑料袋扔到那三个拿球的人跟前，袋中装着一把弹簧秤。一名拿金属球的三体战士拾起塑料袋，取出弹簧秤后将球装进袋子，挂到弹簧秤上，举起来晃了晃，然后把球取出来扔到地上。女孩儿哈哈一笑，这边的爆炸物专家也轻蔑地笑笑。另一个拿球的人也照样称了球，然后也将球扔了。女孩又笑了一声，接过塑料袋将球装了进去，挂到弹簧秤上，标尺哗的一下直落到底。

爆炸物专家脸上的笑容凝固了，低声对史强说："这个是了。"

史强仍不动声色。

"至少可以肯定里面装有重元素裂变材料，至于引爆系统行不行还不清楚。"爆炸物专家说。

士兵们枪上电筒的光柱集中在那个拿核弹的女孩儿身上，这个艳丽的死亡之花手捧着一千五百吨TNT，灿烂地笑着，仿佛是在舞台聚光灯下迎接着掌声和赞美。

"有一个办法：向那个球射击。"爆炸物专家在大史耳边低声说。

"不会引爆？"

"只会引爆外围的常规炸药，但会将炸药打散，无法对中心核炸药产生精确向心压缩，肯定不会发生核爆炸。"

大史盯着核弹女孩儿，不说话。

"要布置狙击手吗？"

大史几乎不为人察觉地摇摇头，"没有合适位置，那小东西精得能捉鬼，狙击手的长家伙一瞄准她就会察觉。"

说完，大史径直向前走去，拨开人群，站到中间的空地上。

"站住！"核弹女孩向大史抛了个媚眼警告道，右手拇指紧按在起爆开关上，指甲油在电筒光中闪亮着。

"悠着点儿丫头，有件事儿你肯定想知道。"大史站在距女孩七八米远处，从衣袋中掏出一个信封，"你母亲找到了。"

女孩儿神采飞扬的眼睛立刻黯淡了下来，但这时，这双眼睛真的通向她的心灵。

大史趁机又向前跨了两步，将自己与女孩的间距缩短至五米左右，女孩警惕地一举核弹，用目光制止了他，但她的注意力已经被大大分散了。刚才扔掉假核弹的两人中的一个向大史走来，伸手来拿他举着的信封，大史闪电般抽出手枪，他抽枪的动作正好被取信的人挡住，女孩没有看到，她只看到取信人的耳边亮光一闪，怀中的核弹就被击中爆炸了。

一声沉闷的巨响后，汪淼两眼一黑什么都看不到了，他被人拉着拖出食堂。黄色的浓烟从大门涌出，里面的喧闹声和枪声响成一片，不断有人从浓烟中冲到外面……汪淼起身要冲回大厅，被那名爆炸物专家拦腰抱住：

“当心！放射性！！”

混乱很快平息了，有十几名三体战士被击毙，其余包括叶文洁在内的二百多人被捕。核弹女孩被炸得血肉模糊，但这枚流产的核弹只炸死她一人，大史面前的取信人被炸成重伤，由于有这人的遮挡，大史只受了些轻伤，但他和爆炸后待在大厅中的其他人一样，受到了严重辐射。

汪淼透过救护车的小窗看着车里的大史，他头上的一道伤口还在流血，给他包扎的护士穿着透明的防护服，大史和汪淼只能用手机说话。

“那个女孩子是谁？”汪淼问。

大史咧嘴一笑，“我他妈的怎么知道，瞎猜的，这样的女孩子，多半没见过妈。我干这行二十多年，就学会了看人。”

“你赢了，真的是有人捣鬼。”汪淼努力地挤出笑来，希望车里的大史能看到。

“老弟，还是你赢了。”大史笑着摇摇头，“老子怎么会想到，奶奶的，竟然真扯到外星人那儿！”

26

雷志成、杨卫宁之死

审问者：姓名？

叶文洁：叶文洁。

审问者：出生日期？

叶文洁：1947年6月。

审问者：职业？

叶文洁：清华大学物理系天体物理专业教授，2004年退休。

审问者：鉴于你的身体情况，谈话过程中你可以要求暂停休息。

叶文洁：谢谢，不用。

审问者：我们今天进行的是普通刑事案件的调查，不涉及更高层次的内容，这不是本次调查的主要部分，我们希望快些结束，希望你能配合。

叶文洁：我知道你指的是什么，我会配合的。

审问者：调查发现，在红岸基地工作期间，你有杀人嫌疑。

叶文洁：我杀死过两个人。

审问者：时间？

叶文洁：1979年10月21日下午。

审问者：受害者的姓名？

叶文洁：基地政委雷志成和基地工程师、我的丈夫杨卫宁。

审问者：讲述一下你作案的动机。

叶文洁：我……是不是能假设你对当时相关的背景有所了解？

审问者：基本了解，不清楚的我会提问。

叶文洁：好的。在接收到外星信息并回信后的当天，我得知收到该信息的不只我一个人，雷志成也收到了。雷政委是那个年代典型的政治干部，政治神经很敏感，用当时的话说，就是阶级斗争这根弦绷得很紧。他背着红岸基地的大部分技术人员，在主计算机中长期后台运行着一个小程序，这个程序不断读取发射和接收的信息缓冲区，并将读到的内容存贮在一个隐藏很深的加密文件中，这样，红岸系统发射出去和接收到的信息就有了一个只有他能读取的备份，正是从这个备份中，他发现了红岸接收到的外星文明信息。在我向初升的太阳发出回答信息的当天下午，也就是我从医务室中刚得知自己怀孕后，雷志成把我叫到他的办公室。我看到，他办公桌上的终端屏幕上赫然显示着昨夜收到的来自三体世界的信息……

“从接收到第一批信息到现在，已经过去了八个多小时，你没有报告，反而将原始信息删除或隐藏起来了，是吗？”

我低着头没有回答。

“你下一步的企图我也清楚，你打算回电。如果不是我发现得及时，整个人类文明都将毁在你手中！当然，这不是说我们惧怕来自宇宙的入侵，退一万步说，那种事真的发生了，外星侵略者必然会淹没于人民战争的汪洋大海之中！”

我现在明白了，他还不知道我已经发出了回电，我将回答信息放入发射缓冲区时，使用的不是常规文件接口，这无意中绕开了他的监视程序。

“叶文洁，你是会做出这种事的，对于党和人民，你一直怀有刻骨的仇恨，不会放过任何一个报复的机会。你知道这样做的后果吗？”

我当然知道，于是点点头，雷志成沉默片刻，下面的话却出乎我的预料。

“叶文洁，对于你，我是不会有任何恻隐之心的，你一直都是一个与人民为敌的阶级敌人。但我与杨卫宁是多年的战友，我不能看着他和你一同彻底毁掉，更不能看着他的孩子也跟着毁掉，你有孩子了，不是吗？”

他这话并非随便说说，如果事发，在那个年代，这样性质的问题，不管我丈夫与此事有无关系，都会受到很大牵连，当然还有未出世的孩子。

雷志成压低了声音说：“目前，这件事情还只有我们俩知道，现在要做的，就是把这件事情的影响降到最小。你什么都不要管，就当这件事没有发生，不要向任何人提起，包括杨卫宁，剩下的事情，就由我来处理吧。小叶啊，请相信我，只要你配合，就能避免可怕的后果。”

我立刻明白了雷志成的用心：他想成为第一个发现外星文明的人，

这确实是一个名垂青史的绝好机会。

我答应了他，然后离开了办公室，这时我已经在心里决定了一切。

我拿了一只小扳手，走进了接收系统前端处理模块的设备间，打开主机柜，将最下方的接地线的螺栓小心地拧松了，由于我时常需要检查设备，所以谁也没有注意到我干了什么。这时，接地电阻由0.6欧姆一下子上升到5欧姆，接收系统的干扰骤然增大。

值班技术员立刻就知道是接地线故障，因为这种故障以前多次发生，判断起来很容易，但他不会想到是接地线顶端的故障，因为那里固结很好，一般没人动，况且我刚说过顺便看过了。雷达峰的顶部是一种很不寻常的地质结构，覆盖着一层十几米厚的胶泥，这种胶泥层导电性很差，接地线埋下后，接地电阻总是达不到要求；把接地电极深埋也不行，因为这种胶泥层对导线有很强的腐蚀作用，时间长了可能从中部将接地线蚀断。最后，只好将接地线排从那道悬崖上垂下去，沿着崖壁一直垂到没有胶泥层的地方，将接地电极埋设在崖壁上的那个位置。即使这样，接地仍然不稳定，电阻常常超标，问题都是出在接地线位于悬崖壁上的部分，这时维修人员就要用绳索吊下去修。那名技术员就向外围维修班打招呼，班里的一名战士在一根铁柱上系好绳索就顺着崖壁下去了，在下面折腾了半个多小时，满头大汗地上来，说找不到故障。这次监听作业眼看就要受到影响，只好上报基地指挥部。我就在悬崖顶上那个系绳索的铁柱旁等着，事情果然如我预料，雷志成跟着那名战士来了。

应该说，雷志成是一名很敬业的政工干部，忠实地按照那时对他们的要求去做：与群众打成一片，时时站在第一线。也许是为了做姿态，但他确实做得很好，基地急难险重的工作中，都少不了他的身影，而以往他干得最多的，就是抢修接地线这个既危险又累的活儿。这工作虽然没有多高的技术含量，但需要经验，因为故障可能是因接地线暴露在露天产生的难以察觉的接触不良，也可能是因为接地电极埋设处因干燥等原因导致的导电性差，现在负责外围维修的这批志愿兵刚刚调换过，都没有经验，所以我估计他多半要来。他系好安全带，就顺着绳索下去了，好像我不存在似的。我借口把那名战士支走了，悬崖顶上只剩下我一人，然后我从衣袋中掏出了一件东西，那是一叠短钢锯，是一条长锯条折成三段后叠在一起的，这样绳索的断口看不出是锯断的。

正在这时，我丈夫杨卫宁来了。

问清事情的缘由后，他向悬崖下看了看，说要是检查接地电极的话需要开挖，老雷一个人在下面太费劲，他要下去帮忙，于是就系上了那名战士留下的安全带。我说再拿一条绳索吧，他说不用，这条绳子就挺粗挺结实，承担两个人没问题。我坚持要拿，他说那你去吧。等我急跑着取回另一条绳索回到悬崖顶时，他早顺着那条绳索下去了。我探头向下看，见他和雷志成已经检查完毕，正沿着同一条绳索向上爬，雷志成在前。

真的不会再有机会了，我掏出那叠钢锯，锯断了绳索。

审问者：我问一句，回答不记录。你当时的感受？

叶文洁：冷静、毫不动感情地做了。我找到了能够为之献身的事业，付出的代价，不管是自己的还是别人的，都不在乎。同时我也知道，全人类都将为这个事业付出史无前例的巨大牺牲，这仅仅是一个微不足道的开始。

审问者：好的，继续吧。

叶文洁：我听到两三声短促的惊叫，然后是身体摔到崖底乱石上的声音，等了一会儿，我看到从崖底流出的那条小溪变红了……关于这件事，我能说的就这些了。

审问者：好的，这是记录，请你仔细看看，准确无误的话，请在这儿签字。

27

无人忏悔

雷志成和杨卫宁遇难后，上级很快以普通工作事故处理了这件事，在基地所有人眼中，叶文洁和杨卫宁感情很好，谁也没有对她起疑心。

新来的基地政委很快上任，生活又恢复了以往的宁静，叶文洁腹中的小生命一天天长大，同时，她也感到了外部世界的变化。

这天，警卫排排长叫叶文洁到门岗去一趟。她走进岗亭，吃了一惊：这里有三个孩子，两男一女，十五六岁的样子，都穿着旧棉袄，戴着狗皮帽，一看就是当地人。哨兵告诉她，他们是齐家屯的，听说雷达峰上都是有学问的人，就想来问几个学习上的问题。叶文洁暗想，他们怎么敢上雷达峰？这里是绝对的军事禁区，岗哨对擅自接近者只需警告一次就可以开枪。哨兵看出了叶文洁的疑惑，告诉她刚接到命令，红岸基地的保密级别降低了，当地人只要不进入基地，就可以上雷达峰来，昨天已经来过几个当地农民，是来送菜的。

一个孩子拿出一本已经翻得很破旧的初中物理课本，他的手黑乎乎的，像树皮一般满是皴裂，他用浓重的东北口音问了一个中学物理的问题：课本上说自由落体开始一直加速，但最后总会以匀速下落，他们想了几个晚上，都想不明白。

“你们跑这么远，就为问这个？”叶文洁问。

“叶老师，您不知道吗？外头高考了！”那女孩儿兴高采烈地说。

“高考？”

“就是上大学呀！谁学习好，谁考的分高谁就能上！一年前就是了，您还不知道?!”

“不推荐了？”

“不了，谁都可以考，连村里‘黑五类’的娃都行呢！”

叶文洁愣了半天，这个变化很让她感慨。过了好一会儿，她才发现面前捧着书的孩子们还等着，赶紧回答他们的问题，告诉他们那是空气阻力与重力平衡的缘故；同时还许诺，如果以后有学习上的困难，可以随时来找她。

三天后，又有七个孩子来找叶文洁，除了上次来过的三个外，其他四个都是从更远的村镇来的。第三次来找她的孩子是十五个，同来的还有一位镇中学的老师，由于缺人，他物理、数学和化学都教，他来向叶文洁请教一些教学上的问题。这人已年过半百，满脸风霜，在叶文洁面前手忙脚乱，书什么的倒了一地。走出岗亭后，叶文洁听到他对学生们说：“娃娃们，科学家，这可是正儿八经的科学家啊！”以后隔三岔五地就有孩子来请教，有时来的人很多，岗亭里站不下，经过基地负责安全警卫的领导同意，由哨兵带着他们到食堂的饭厅里，叶文洁就在那儿支起一块小黑板给孩子们讲课。

1978年的除夕夜，叶文洁下班后天已经完全黑了，基地的人大部分已在三天假期中下了山，到处都是一片寂静。叶文洁回到自己的房间，这里曾是她和杨卫宁的家，现在空荡荡的，只有腹中的孩子陪伴着她。外面的寒夜中，大兴安岭的寒风呼啸着，风中隐隐传来远处齐家屯的鞭炮声。孤寂像一只巨掌压着叶文洁，她觉得自己被越压越小，最后缩到这个世界看不到的一个小角落去了……就在这时，响起了敲门声，开门后叶文洁首先看到哨兵，他身后有几支松明子的火光在寒风中摇曳着，举火把的是一群孩子，他们脸冻得通红，狗皮帽上有冰碴子，进屋后带着一股寒气。有两个男孩子冻得最厉害，他们穿得很单薄，却用两件厚棉衣裹着一个什么东西抱在怀里，把棉衣打开来，是一个大瓷盆，里面的酸菜猪肉馅饺子还冒着热气。

那一年，在向太阳发出信号八个月后，叶文洁临产了，由于胎位不正，她的身体又很弱，基地卫生所没有条件接生，就把她送到了最近的镇医院。

这竟是叶文洁的一个鬼门关，她遇到了难产，在剧痛和大出血后陷入昏迷，冥冥中只看到三个灼热刺眼的太阳围绕着她缓缓转动，残酷地炙烤着她。这情景持续了很长时间后，她在蒙眬中想到，这可能就是她永恒的归宿了，这就是她的地狱，三个太阳构成的地狱之火将永远灼烧着她，这是她因那个超级背叛受到的惩罚。她陷入强烈的恐惧中，不是为自己，而是为孩子——孩子还在腹中吗？还是随着她来到这地狱中蒙受永恒的痛苦？不知过了多久，三个太阳渐渐后退了，退到一定距离后突然缩小，变成了晶莹的飞星，周围凉爽了，疼痛也在减轻，她终于醒了过来。

叶文洁听到耳边的一声啼哭，她吃力地转过脸，看到了婴儿粉嘟嘟、湿乎乎的小脸儿。

医生告诉叶文洁，她出血达两千多毫升，齐家屯的几十位农民来给她献血，他们中很多人的孩子她都辅导过，但更多的是素昧平生，只是听孩子和他们的父母说起过她，要不是他们的话，她死定了。

以后的日子成了问题，叶文洁产后虚弱，在基地自己带孩子是不可能的，她又无亲无故。这时，齐家屯的一对老人来找基地领导，说他们可以把叶文洁和孩子带回家去照顾。男的原来是个猎户，也采些药材，后来周围的林子越来越少，就种地了，但人们还是叫他齐猎头儿。他们有两儿两女，女孩都嫁出去了，一个儿子在外地当兵，另一个成家后与他们一起过，儿媳妇也是刚生了娃。叶文洁这时还没有平反，基地领导很是为难，但也只有这一个办法了，就让他们用雪橇把叶文洁从镇医院接回了家。

叶文洁在这个大兴安岭的农家住了半年多，她产后虚弱，没有奶水，这期间，杨冬吃着百家奶长大了。喂她最多的是齐猎头儿的儿媳妇，叫大凤，这个健壮的东北妮子每天吃着高粱米大渣子，同时奶两个娃，奶水还是旺旺的。屯子里处于哺乳期的媳妇们也都来喂杨冬，她们很喜欢她，说这娃儿有她妈的灵气儿。渐渐地，齐猎头儿家成了屯里女人们的聚集地，老的少的，出嫁了的和大闺女，没事儿都爱向这儿跑，她们对叶文洁充满了羡慕和好奇，她也发现自己与她们有很多女人间的话可谈。记不清有多少个晴朗的日子，叶文洁抱着杨冬同屯子里的女人们坐在白桦树柱围成的院子里，旁边有玩耍的孩子和懒洋洋的大黑狗，温暖的阳光拥抱着这一切。她每次都特别注意看那几个举着铜烟袋锅儿的，她们嘴里悠然吐出的烟浸满了阳光，同她们那丰满肌肤上的汗毛一样，发出银亮的柔光。有一次她们中的一位将长长的白铜烟锅递给她，让她“解解乏”，她只抽了两口，就被冲得头昏脑涨，让她们笑了好几天。

同男人们叶文洁倒是没什么话说，他们每天关心的事儿她也听不太明白，大意是想趁着政策松下来种些人参，但又不太敢干。他们对叶文洁都很敬重，在她面前彬彬有礼。她最初对此没有在意，但日子长了后，当她看到那些汉子如何粗暴地打老婆，如何同屯里的寡妇打情骂俏时，说出那些让她听半句都脸红的话，才感到这种敬重的珍贵。隔三岔五，他们总有人把打到的野兔山鸡什么的送到齐猎头儿家，还给杨冬带来许多自己做的奇特而古朴的玩具。

在叶文洁的记忆中，这段日子不像是属于自己的，仿佛是从别的人生中飘落的片段，像一片羽毛般飞入自己的生活。这段记忆被浓缩成一幅幅欧洲古典油画，很奇怪，不是中国画，就是油画，中国画上空白太多，但齐家屯的生活是没有空白的，像古典的油画那样，充满着浓郁得化不开的色彩。一切都是浓烈和温热的：铺着厚厚乌拉草的火炕、铜烟锅里的关东烟和莫合烟、厚实的高粱饭、六十五度的高粱酒……但这一切，又都在宁静与平和中流逝着，像屯子边上的小溪一样。

最令叶文洁难忘的是那些夜晚。齐猎头儿的儿子到城里卖蘑菇去了，他是屯里第一个外出挣钱的人，她就和大凤住在一起。那时齐家屯还没通电，每天晚上，她们俩守在一盏油灯旁，叶文洁看书，大凤做针线活。叶文洁总是不自觉地将书和眼睛凑近油灯，常常刘海被烤得吱啦一下，这时她俩就抬头相视而笑。大凤从来没出过这事儿，她的眼神极好，借着炭火的光也能干细活儿。两个不到半周岁的孩子睡在她身边的炕上，他们的睡相令人陶醉，屋里能听到的，只有他们均匀的呼吸声。叶文洁最初睡不惯火炕，总是上火，后来习惯了，睡梦中，她常常感觉自己变成了婴儿，躺在一个人温暖的怀抱里，这感觉是那么真切，她几次醒后都泪流满面——但那个人不是父亲和母亲，也不是死去的丈夫，她不知道是谁。

有一次，她放下书，看到大凤把纳着的鞋底放到膝上，呆呆地看着灯花。发现叶文洁在看自己，大凤突然问：

"姐，你说天上的星星咋的就不会掉下来呢？"

叶文洁细看大凤，油灯是一位卓越的画家，创作了这幅凝重色调中又带着明快的古典油画：大凤披着棉袄，红肚兜和一条圆润的胳膊露出来，油灯突出了她的形象，在她最美的部位涂上了最醒目的色彩，将其余部分高明地隐没于黑暗中。背景也隐去了，一切都淹没于一片柔和的黑暗中，但细看还是能看到一片暗红的光晕，这光晕不是来自油灯，而是地上的炭火照出来的，可以看到，外面的严寒已开始用屋里温暖的湿气在窗户上雕出美丽的冰纹了。

"你害怕星星掉下来吗？"叶文洁轻轻地问。

大凤笑着摇摇头，"怕啥呢？它们那么小。"

叶文洁终于还是没有做出一个天体物理学家的回答，她只是说："它们都很远很远，掉不下来的。"

大凤对这回答已经很满意，又埋头做起针线活儿来。但叶文洁却心绪起伏，她放下书，躺到温暖的炕面上，微闭着双眼，在想象中隐去这间小屋周围的整个宇宙，就像油灯将小屋中的大部分隐没于黑暗中一样。然后，她将大凤心中的宇宙置换过来。这时，夜空是一个黑色的巨大球面，大小正好把世界扣在其中，球面上镶着无数的星星，晶莹地发着银光，每个都不比床边旧木桌上的那面圆镜子大。世界是平的，向各个方向延伸到很远很远，但总是有边的。这个大平面上布满了大兴安岭这样的山脉，也布满了森林，林间点缀着一个个像齐家屯一样的村庄……这个玩具盒般的宇宙令她感到分外舒适，渐渐地这宇宙由想象变成了梦乡。

在这个大兴安岭深处的小山村里，叶文洁心中的什么东西渐渐融化了，在她心灵的冰原上，融出了小小的一汪清澈的湖泊。

杨冬出生后，在红岸基地，时间在紧张和平静中又过去了两年多。这时，叶文洁接到了通知，她和父亲的案件都被彻底平反；不久之后又收到了母校的信，说她可以立刻回去工作。与信同来的还有一大笔汇款，这是父亲落实政策后补发的工资。在基地会议上，领导终于称她为叶文洁同志了。

叶文洁很平静地面对这一切，没有激动和兴奋。她对外面的世界不感兴趣，宁愿一直在僻静的红岸基地待下去，但为了孩子的教育，她还是离开了本以为要度过一生的红岸基地，返回了母校。

走出深山，叶文洁充满了春天的感觉，“文革”的严冬确实结束了，一切都在复苏之中。虽然浩劫刚刚结束，举目望去一片废墟，无数人在默默地舔着自己的伤口，但在人们眼中，未来新生活的曙光已经显现。大学中出现了带着孩子的学生，书店中文学名著被抢购一空，工厂中的技术革新成了一件最了不起的事情，科学研究更是被罩上了一层神圣的光环。科学和技术一时成了打开未来之门的唯一钥匙，人们像小学生那样真诚地接近科学，他们的奋斗虽是天真的，但也是脚踏实地的。在第一次全国科学大会上，郭沫若宣布科学的春天到来了。

这是疯狂的终结吗？科学和理智开始回归了？叶文洁不止一次地问自己。

直到离开红岸基地，叶文洁再也没有收到来自三体世界的消息。她知道，要想收到那个世界对她那条信息的回答，最少要等八年，何况她离开了基地后，已经不具备接收外星回信的条件了。

那件事实在太重大了，却由她一个人静悄悄地做完，这就产生了一种不真实的感觉。随着时间的流逝，这种虚幻感越来越强烈，那件事越来越像自己的幻觉，像一场梦。太阳真的能够放大电波吗？她真的把太阳作为天线，向宇宙中发射过人类文明的信息吗？真的收到过外星文明的信息吗？她背叛整个人类文明的那个血色清晨真的存在过？还有那一次谋杀……

叶文洁试着在工作中麻木自己，以便忘掉过去——她竟然几乎成功了，一种奇怪的自我保护本能使她不再回忆往事，不再想起她与外星文明曾经有过的联系，日子就这样在平静中一天天过去。

回到母校一段时间后，叶文洁带着冬冬去了母亲绍琳那里。丈夫惨死后，绍琳很快从精神错乱中恢复过来，继续在政治夹缝中求生存。她紧跟形势高喊口号，终于得到了一点报偿，在后来的“复课闹革命”中重新走上了讲台。但这时，绍琳却做出了一件出人意料的事，与一位受迫害的教育部高干结了婚，当时那名高干还在干校住“牛棚”劳改中。对此绍琳有自己的深思熟虑，她心里清楚，社会上的混乱不可能长久，目前这帮夺权的年轻造反派根本没有管理国家的经验，现在靠边站和受迫害的这批老干部迟早还是要上台执政的。后来的事实证明她这次赌博是正确的，“文革”还没有结束，她的丈夫已经部分恢复了职位，十一届三中全会后，他迅速升到了副部级。绍琳凭着这个背景，在这知识分子重新得到礼遇的时候，很快青云直上。在成为科学院学部委员之后，她很聪明地调离了原来的学校，很快升为另一所名牌大学的副校长。

叶文洁见到的母亲，是一位保养得很好的知识女性形象，丝毫没有过去受磨难的痕迹。她热情地接待了叶文洁母女，关切地询问她这些年是怎么过来的，惊叹冬冬是多么的聪明可爱，细致入微地对做饭的保姆交代叶文洁喜欢吃的菜……这一切都做得那么得体，那么熟练，那么恰到好处。但叶文洁清楚地感觉到她们之间的隔阂，她们小心地避开敏感的话题，没有谈到叶文洁的父亲。

晚饭后，绍琳和丈夫送叶文洁和孩子走了很远，副部长说要和叶文洁说句话，绍琳就先回去了。这时，副部长的脸色一瞬间由温暖的微笑变得冷若冰霜，像不耐烦地扯下一副面具，他说：

“以后欢迎你带孩子常来，但有一条，不要来追究历史旧账。对于你父亲的死，你母亲没有责任，她也是受害者。倒是你父亲这个人，对自己那些信念的执着有些变态了，一条道走到黑，抛弃了对家庭的责任，让你们母女受了这么多的苦。”

“您没资格谈我的父亲，”叶文洁气愤地说，“这是我和母亲间的事，与别人无关。”

“确实与我无关，”绍琳的丈夫冷冷地点点头，“我是在转达你母亲的意思。”

叶文洁回头看，在那座带院子的高干小楼上，绍琳正撩开窗帘的一角向这边偷窥。叶文洁无言地抱起冬冬走了，以后再也没有回去过。

叶文洁多方查访当年打死父亲的那四个红卫兵，居然查到了她们中的三个。这三个人都是返城知青，现在她们都没有工作。叶文洁得知她们的地址后，分别给她们写了一封简单的信，约她们到当年父亲遇害的操场上谈谈。

叶文洁并没有什么复仇的打算。在红岸基地的那个旭日初升的早晨，她已向包括她们在内的全人类复了仇，她只想听到这些凶手的忏悔，看到哪怕是一点点人性的复归。

这天下午下课后，叶文洁在操场上等着她们。她并没有抱多大希望，几乎肯定她们是不会来的，但在约定的时间，三个老红卫兵来了。

叶文洁远远就认出了那三个人，因为她们都穿着现在已经很少见的绿军装。走近后，她发现这很可能就是她们当年在批判会上穿的那身衣服，衣服都已洗得发白，有显眼的补丁。但除此以外，这三个三十左右的女人与当年那三名英姿飒爽的红卫兵已没有任何相似之处了，从她们身上消逝的，除了青春，显然还有更多的东西。

叶文洁的第一印象就是，与当年的整齐划一相比，她们之间的差异变大了。其中的一人变得很瘦小，当年的衣服穿在身上居然还有些大了，她的背有些弯，头发泛黄，已显出一丝老态；另一位却变得十分粗壮，那身衣服套在她粗笨的身体上扣不上扣子，她头发蓬乱，脸黑黑的，显然已被艰难的生活磨去了所有女性的精致，只剩下粗鲁和麻木了；第三个女人身上倒还有些年轻时的影子，但她的一只袖管是空的，走路时荡来荡去。

三个老红卫兵走到叶文洁面前，面对着她站成了一排——当年，她们也是这样面对叶哲泰的——试图再现那早已忘却的尊严，但她们当年那魔鬼般的精神力量显然已荡然无存。瘦小女人的脸上显现出一种老鼠般的警觉，粗壮女人的脸上只有麻木，独臂女人的两眼望着天空。

“你以为我们不敢来？”粗壮女人挑衅似的问道。

“我觉得我们应该见见面，过去的事情总该有个了结的。”叶文洁说。

“已经了结了，你应该听说过的。”瘦小女人说，她的声音尖尖的，仿佛时刻都带着一种不知从何而来的惊恐。

“我是说从精神上。”

“那你是准备听我们忏悔了？”粗壮女人问。

“你们不该忏悔吗？”

“那谁对我们忏悔呢？”一直沉默的独臂女人说。

粗壮女人说：“我们四个人中，有三个在清华附中的那张大字报上签过名，从大串联、大检阅到大武斗，从‘一司’‘二司’‘三司’到‘联动’‘西纠’‘东纠’，再到‘新北大公社’‘红旗战斗队’和‘东方红’，我们经历过红卫兵从生到死的全过程。”

独臂女人接着说：“在清华校园的百日大武斗中，我们四个人，两个在‘井冈山’，两个在‘四·一四’。我曾经举着手榴弹冲向‘井冈山’的土造坦克，这只手被坦克轮子压碎了，当时血肉和骨头在地上和成了泥——那年我才十五岁啊。”

“后来我们走向广阔天地了！”粗壮女人扬起双手说，“我们四个，两个去了陕西，两个去了河南，都是最偏僻最穷困的地方。刚去的时候还意气风发呢，可日子久了，干完一天的农活，累得连衣服都洗不动；躺在漏雨的草屋里，听着远处的狼叫，慢慢从梦里回到现实。我们待在穷乡僻壤里，真是叫天天不语，叫地地不应啊。”

独臂女人呆呆地看着地面说：“有时，在荒山小径上，遇到了昔日的红卫兵战友，或是武斗中的敌人，双方互相看看，一样的衣衫破烂，一样的满身尘土和牛粪，相视无语啊。”

“唐红静，”粗壮女人盯着叶文洁说，“就是那个朝你父亲的头抽了最要命一皮带的女孩儿，在黄河中淹死了。洪水把队里的羊冲走了几只，队支书就冲知青们喊：革命小将们，考验你们的时候到了！于是，红静就和另外三个知青跳下河去捞羊，那时还是凌汛，水面上还浮着一层冰呢！四个人全死了，谁知是淹死的还是冻死的。见到他们尸首的时候……我……我他妈说不下去了……”她捂着脸哭了起来。

瘦小女人流着泪长叹一声，“后来回城了，可回来又怎么样呢？还是一无所有，回来的知青日子都不好过，而我们这样的人最次的工作都找不到，没有工作没有钱没有前途，什么都没有了。”

叶文洁彻底无语了。

独臂女人说：“最近有一部电影，叫《枫》，不知你看过没有？结尾处，一个大人和一个小孩儿站在死于武斗的红卫兵墓前，那孩子问大人：他们是烈士吗？大人说不是；孩子又问：他们是敌人吗？大人说也不是；孩子再问：那他们是什么？大人说：是历史。”

“听到了吗？是历史！是历史了！”粗壮女人兴奋地对叶文洁挥着

一只大手说,“现在是新时期了,谁还会记得我们,拿咱们当回事儿?大家很快就会忘干净的!”

三个老红卫兵走了,把叶文洁一个人留在操场上,十多年前那个阴雨霏霏的下午,她也是这样孤独地站在这里,看着死去的父亲。那个老红卫兵最后的一句话在她脑海中不停地回响着……

夕阳给叶文洁瘦弱的身躯投下长长的影子。在她的心灵中,对社会刚刚出现的一点希望像烈日下的露水般蒸发了,对自己已经做出的超级背叛的那一丝怀疑也消失得无影无踪,将宇宙间更高等的文明引入人类世界,终于成为叶文洁坚定不移的理想。

28

伊文斯

回到大学半年后，叶文洁就承担了一个重大课题：一个大型射电天文观测基地的设计。不久，她就同课题组一起外出为基地选址。最初的考虑是纯技术上的，与传统的天文观测不同，射电天文对大气质量和可见光干扰的要求不高，但要尽量避免非可见光频段的电磁干扰。他们跑了许多地方，最后选择了一个电磁环境最优的地点，这是西北的一个偏僻山区。

这里的黄土山上几乎没什么植被，水土流失产生的裂谷使山地远远看去像老人布满皱纹的面孔。在初步选定了几个建站点后，课题组在一个大部分民屋都是窑洞的村庄旁停留休整，村里的生产队长似乎认定叶文洁是个有学问的人，就问她是否会讲外国话——她问是哪国话，队长说不知道——要是会讲，他就派人上山把白求恩叫下来，队里有事同他商量。

“白求恩？”叶文洁很惊奇。

“俺们也不知道那个外国人的名字，都那么叫他。”

“他给你们看病吗？”

“不，他在后山上种树，已经种了快三年了。”

“种树？干什么？”

“他说是为了养鸟，一种照他的说法快要绝种的鸟。”

叶文洁和同事们都很惊奇，就请队长带他们去看看。沿着山路登上了一个小山顶后，队长指给他们看，叶文洁眼前一亮——看到这贫瘠的黄土山之间居然有一片山坡被绿树林覆盖，像是无意中滴到一块泛黄的破旧画布上的一小片鲜艳的绿油彩。

叶文洁一行很快见到了那个外国人，除了他的金发碧眼和身上穿的那套已经破旧不堪的牛仔服，看上去与当地劳作一生的农民已经没什么两样，甚至连他的皮肤也被晒成了当地人一样的黄黑。他对来访者似乎兴趣不大，自我介绍叫麦克·伊文斯，没说自己的国籍，但他的英语带有很明显的美国口音。他住在林边两间简陋的土坯房中，房里堆满了植树工具：锄头、铁锨和修剪树枝用的条锯等，都是当地很粗笨的那种。西北的沙尘在那张简陋的床和几件简单的炊具上落了一层，床上堆了许多书籍，大都是生物学方面的，叶文洁注意到有一本彼得·辛格的《动物解放》。能看到的现代化的玩意儿就是一台小收音机，里面的五号电池用完了，在外面接了一节一号电池，还有一架旧望远镜。伊文斯说，很抱歉不能请他们喝什么，咖啡早就没有了，水倒是有，可他只有一个杯子。

“您在这里到底做什么呢？”叶文洁的一个同事问。

“当救世主。”

“救……救当地人吗？这里的生态环境确实是……”

“你们怎么都这样?!”伊文斯突然爆发出一股莫名的怒气，“难道只有拯救人类才称得上救世主，而拯救别的物种就是一件小事？是谁给了人类这种尊贵的地位？不，人不需要救世主，事实上他们现在过得比应得的好多了。”

“听说你在救一种鸟？”

“是的，一种燕子，是西北褐燕的一个亚种，学名很长我就不说了。每年春天，它们沿着远古形成的固定迁徙路线从南方返回时，只能把这一带作为目的地，但这里的植被一年年消失，它们已经找不到可以筑巢和生活的树丛了。当我在这里发现它们时，这个种群的数量已不足万只，这样下去五年内这个物种就会灭绝。现在，我种的这片树林给一部分燕子提供了一个落脚点，种群数量已经开始回升，当然，我还要种更多的树，扩大这个伊甸园的面积。”

伊文斯让叶文洁他们拿着望远镜看，在他的指引下，大家看了半天，才在树丛中看到了几只黑灰色的鸟儿出没。

“很不起眼，是吗？它们当然没有大熊猫那样引人注目，在这个世界上，每天都有这样不为人们注意的物种灭绝。”

“这些树都是你一个人种的吗？”

“大部分是，开始时我也雇当地人来干，可很快没有那么多钱了，树苗和引水什么的都很花钱……可你们知道吗？我父亲是亿万富翁，他是一个跨国石油公司的总裁，但他不再给我钱，我也不想用他的钱了。”

伊文斯的话匣子打开了，滔滔不绝地说下去，“我十二岁那年，我父亲公司的一艘三万吨级的油轮在大西洋沿岸海域触礁，两万多吨的原油泄入海中。当时，我们一家正在距事故发生海域不远处的度假别墅中。那天下午，我来到了那片地狱般的海岸，看到大海已变成黑色，海浪在黏稠油膜的压迫下变得平滑而无力；海滩也被一层黑油覆盖。我和一些志愿者就在这黑滩上寻找那些还活着的海鸟，它们在油污中挣扎着，一个个像是用沥青做成的黑色雕塑，只有那一双双眼睛还能证明自己是活物，那油污中的眼睛多少年以后还常常在我的噩梦中出现。我们把那些海鸟浸泡在洗涤液中，想把它们身上的油污洗掉，但十分困难，油浆和羽毛死死地黏在一起，稍用力羽毛就和油污一起一片片掉下来……傍晚，那些海鸟大部分还是死了。当时我浑身油污地瘫坐在黑色的海滩上，看着夕阳在黑色的大海上落下，感觉这就是世界末日了。

“父亲不知什么时候来到我身后，他问我是否记得那副小恐龙骨架。我当然记得，那是在石油勘探中发现的，很完整，父亲花大价钱把它买了下来，安放到外公的庄园里。父亲接着说：麦克，我给你讲过恐龙是怎样灭绝的，一颗小行星撞击了地球，世界先是一片火海，然后陷入漫长的黑暗与寒冷……那天夜里你被噩梦吓醒了，你说梦中自己回到了那个可怕的时代。现在我要告诉你当时想说但没说出来的一件事：如果真的生活在白垩纪晚期，那是你的幸运，因为我们的时代更恐怖，现在，地球生命物种的灭绝速度，比白垩纪晚期要快得多，现在才是真正的大灭绝时代！所以，孩子，你看到的这些算不了什么，这不过是一个大过程中微不足道的小插曲而已。我们可以没有海鸟，但不能没有石油，你能想象没有石油是什么样子吗？去年送你的生日礼物，那辆漂亮的法拉利，我许诺你十五岁以后能开它，可如果没有石油，它就是一堆废铁，你永远开不了；现在你想去外公家，乘我的专机越过大洋也就十几个小时，可要是没有石油，你就得在帆船上颠簸一个月……这就是文明的游戏规则，首先要保证人类的生存和他们舒适的生活，其余都是第二位的。

“父亲对我寄予很大的希望，但他最终也没有使我成为他希望的人。在往后的日子中，那些濒死的海鸟眼睛一直在背后盯着我，决定了我的人生。在我十三岁的生日时，父亲问我将来的打算，我说没什么，我只想当个救世主而已。我的理想真的不宏伟，只是想拯救一个濒临灭绝的物种，它可以是一种不漂亮的鸟，一种灰乎乎的蝴蝶，或是一种最不起眼的小甲虫。后来我去学习生物学，成为一个鸟类与昆虫学家。在我看来自己的理想很伟大，拯救一种鸟或昆虫与拯救人类没有区别，生命是平等的，这就是物种共产主义的基本纲领。”

“什么？”叶文洁一时没有听清那个词。

“物种共产主义，这是我创立的一个学说，也可以说是一个信仰，它的核心理念就是：地球上的所有生命物种，生来平等。”

“这只是一个理想，不现实。农作物也是物种，人类只要生存下去，这种平等就不可能实现。”

“在遥远的过去，领主对奴隶也有过这种想法。不要忘了技术，总有一天，人类能够合成粮食，而早在那之前，我们就应该做好思想和理论上的准备。其实，物种共产主义是《人权宣言》的自然延续，法国大革命二百年了，我们居然还没迈出这一步，可见人类的自私和虚伪。”

“你还打算在这里待多长时间呢？”

“不知道，做一个救世主，付出一生也是值得的，这感觉很美，很妙。当然，我不指望你们理解。”

伊文斯说完这话，突然又变得谈兴索然，说他要去工作，就拿起一把铁锹和一把锯离开了。道别时，他多看了叶文洁一眼，似乎她身上有什么特别的东西。

“一个高尚的人，一个纯粹的人，一个有道德的人，一个脱离了低级趣味的人。”在回去的路上，叶文洁的一个同事背诵了《纪念白求恩》中的一句话，“原来还可以这样生活。”他感叹道。

其他人也纷纷表示自己的赞同和感慨，叶文洁似乎是自言自语地说：“要是他这样的人多些，哪怕是稍多些，事情就会完全不一样的。”

当然，没人理解她话里的真正含义。

课题组负责人将话题转到工作上，“我觉得这个站址不行，领导也不会批的。”

“为什么？在我们的四个站址方案中，这里的电磁环境可是最好的。”

“人文环境呢？同志，不要只想着技术方面，看这里穷的，知道吗？穷山恶水出刁民，将来与地方上的关系怕有很大麻烦，说不定，基地会成了这儿的唐僧肉。”

这个选址果然没被批准，原因就如负责人所说。

三年过去了，叶文洁再也没有伊文斯的消息。

这年春季的一天，叶文洁突然收到了一张明信片，竟是伊文斯寄来的，上面简单地写了一句话：

到这里来，告诉我怎么活下去。

叶文洁坐了一天一夜火车，又换乘几个小时的汽车，来到了那个偏僻的西北山村。

当她登上那座小山顶时，立刻看到了那片树林，面积与三年前差不多，但由于树木的成长，看上去密了许多。不过，叶文洁很快发现，这片林子的面积曾经扩大了许多，但现在，扩大的部分已被砍伐了——砍伐仍在热火朝天地进行，在林子的各个方向都有树木不断地倒下，整个林子像一片被许多只蚜虫蚕食的绿叶，照这个速度很快就会消失。砍树的村民来自附近的两个村子，他们用斧子和板锯把那些刚刚成长起来的小树一棵棵地放倒，然后用拖拉机和牛车运下山去。砍树的人很多，不断有激烈的争执发生。

小树的倒下没有什么巨大的声响，也听不到油锯的轰鸣，但这似曾相识的一幕还是让叶文洁心头一紧。

有人向她打招呼，是那个生产队长，现在的村长，他认出了叶文洁。当她问他为什么砍林子的时候，他说："这片林子嘛，不受法律保护的。"

"怎么能这么说？《森林法》不是刚刚颁布吗？"

"可白求恩在这儿种树经过谁批准了？外国人擅自到中国的山坡上种树，受哪门子法律保护？"

"这说法不对的。他在荒山上种，又没有占耕地，再说，他当初种的时候你们也没有说什么。"

"是啊，后来县里还给了他一个造林模范呢。本来村里是想过几年再收林子的，猪养肥了再杀嘛，可南圪村的人等不及来砍了，我们不动手也没份儿了。"

"你们马上停下来！我要到政府部门去反映这事！"

"不用了，"村长点上一支烟，指指远方正在装树木的一辆大货车，

“看那车，就是县林业局副局长的，还有镇派出所什么的，木头数他们拉走得最多！我说过，这林子没名没分的，不受保护，你到哪儿找都没用；再说，叶同志，你不是大学教授吗？这和你有嘛关系？”

那两间土坯房还是原样，但伊文斯不在里面，叶文洁在树林里找到了他，他正拿着一把斧子一心一意地修剪树枝，显然已经干了很久，一副疲惫不堪的样子。

“不管有没有意义，我不能停下来，停下来我会崩溃的。”伊文斯说着熟练地砍下一条歪枝。

“我们一起去县里找政府，不行就去省城，总会有人制止他们的。”叶文洁关切地看着他。

伊文斯停下来，用很惊奇的目光看着叶文洁，夕阳透过重重林木照进来，在他的眸子中闪亮。“叶，你真的以为我是为了这片树林？”他笑着摇摇头，扔下手中的斧子，靠着一棵树坐了下来，“我现在要想制止他们，轻而易举。”他把一只空的工具袋放到地上，示意叶文洁坐下，接着说，“我刚从美国回来，父亲在两个月前去世，我继承了他的大部分遗产。哥哥和姐姐只各得了五百万。这让我很意外，真的没想到他最后能对我这样，也许，他在内心深处还是看重我的，或者，看重我的理想。不把不动产算在内，知道我现在能支配的钱有多少吗？大约四十五亿美元。我可以轻而易举地让他们停止砍树，然后让他们种树，让我们目力所及的黄土山都被这样的速生林覆盖，很容易，但有什么意义呢？你看到的一切可以归结为贫穷，但富裕的国家又怎么样？他们营造自己的优美环境，却把重污染工业向穷国转移，你可能知道，美国政府刚刚拒绝签署京都议定书……整个人类本质上都一样，只要文明像这样发展，我想拯救的这种燕子，还有其他的燕子，迟早都会灭绝，只是时间问题。”

叶文洁默默地坐着，看着落日在小树林中投出的一道道光线，听着远处砍伐的喧闹，她的思绪回到了二十年前，回到了大兴安岭的森林中，在那里，她与另一个男人也有过类似的对话。

“知道我为什么到这里来吗？”伊文斯接着说，“物种共产主义的思想萌芽在古代东方就出现了。”

“你指的是佛教？”

“是的，基督教只重视人，虽然所有物种都被放入了诺亚方舟，但从来没有给其他生命与人类同等的地位，而佛教是普度众生的，所以我来到了东方。但……现在看来哪里都一样。”

“是啊，哪里都一样，人类都一样。”

“现在我能做什么？我生活的支柱在哪里？我有四十五亿美元和一家跨国石油公司，但这又算得了什么？人类为了拯救濒危的物种投入的钱肯定超过了四百五十亿，为拯救恶化的生态环境的投入也超过四千五百亿，但有什么用？文明仍按照自己的轨迹毁灭着地球上除人之外的其他生命。四十五亿够建造一艘航空母舰，但就是建造一千艘航母，也制止不了人类的疯狂。”

“麦克，这就是我想对你说的，人类文明已经不可能靠自身的力量来改善了。”

“但人类之外还有别的力量吗？上帝要是存在也早死了。”

“有的，有别的力量。”

这时太阳已经落下山去，砍树的人们收工了，树林和周围的黄土坡笼罩在一片寂静中。叶文洁向伊文斯完整地讲述了红岸和三体世界的事，伊文斯静静地听着，同时聆听的，似乎还有暮色中的树林和它周围的黄土高原。当叶文洁讲完时，一轮明月已经升起，在林间投下斑驳的光影。

伊文斯说:“我现在还不能相信你说的，毕竟太神奇了，幸运的是，我有力量去证实这一切，如果是真的，”他向叶文洁伸出手去，说出了以后地球三体组织接纳新成员时必说的一句话，“我们是同志了。”

29

第二红岸基地

又是三年过去了，伊文斯销声匿迹，没有任何消息。叶文洁不知道他是否真的在世界的某处证实自己讲述的一切，也不知道他将如何证实。即使在宇宙尺度上是近在咫尺的四光年，对脆弱的生命来说也是不可想象的遥远，在这太空的江之头和江之尾，任何联系都细若游丝。

这年的冬天，叶文洁突然接到了西欧一所不太知名的大学邀请，请她去做为期半年的访问学者。到达伦敦西斯罗机场后，有一个年轻人来接她，他们没有走出机场大厅，而是返回了停机坪。在那里，年轻人带她登上了一架直升机。当直升机轰鸣着飞上英伦雾蒙蒙的天空时，仿佛时光倒流，叶文洁感到一切都似曾相识。她多年前第一次乘直升机，经历了一次命运的转折，这次命运又会将她带向何方？

"我们去第二红岸基地。"年轻人说。

直升机越过了海岸线，向大西洋深处飞去。在海上飞行了约半小时，直升机向下方的一艘巨轮降落。叶文洁第一眼看到巨轮时，就想起了雷达峰，这时她才想到那山峰的形状真的像一艘巨船，周围的大西洋像是大兴安岭的森林，但真正让她联想到红岸基地的是巨轮中部竖立着的那面巨大的抛物面天线，它像巨轮的一面圆形的大帆。这艘巨轮是由一艘六万吨级的油轮改建的，像一座浮动的钢铁小岛。伊文斯将他的基地建在船上，也许是为了时刻处于最佳监听和发射方位，也许是为了躲避什么。后来她知道，这艘巨轮叫“审判日号”。

叶文洁走下直升机，听到了一阵熟悉的轰鸣声，那是巨型天线在海风中发出的，这声音把她的感觉更深地拉回了过去。天线下面宽阔的甲板上，密密麻麻地站了近两千人。伊文斯走上前，庄重地对叶文洁说：“按照你给定的频率和方位，我们收到了三体世界的信息，你所说的一切都证实了。”

叶文洁平静地点点头。

“伟大的三体舰队已经起航，目标是太阳系，将在四百五十年后到达。”

叶文洁脸上仍是一片平静，现在，没有什么能使她震惊了。

伊文斯指着身后密密的人群说：“你现在看到的，是地球三体组织的首批成员，我们的理想是请三体文明改造人类文明，遏制人类的疯狂和邪恶，让地球再次成为一个和谐繁荣、没有罪恶的世界。认同我们理想的人越来越多，我们的组织在急剧扩大中，成员遍布整个世界。”

“我能做什么？”叶文洁轻声地问。

“您将成为地球三体运动的最高统帅，地球三体战士都认同您的资格！”

叶文洁沉默了几秒钟，缓缓地点点头，“我尽力而为。”

伊文斯高举一只拳头，对着人群喊道：“消灭人类暴政！”

和着涛声与天线在风中的轰鸣，三体战士们齐声高呼：“世界属于三体！”

这一天，被公认为地球三体运动的诞生日。

30

地球三体运动

竟然有这么多的人对人类文明彻底绝望，憎恨和背叛自己的物种，甚至将消灭包括自己和子孙在内的人类作为最高理想，这是地球三体运动最令人震惊之处。

地球三体叛军被称为精神贵族组织，其成员多来自高级知识阶层，也有相当一部分政界和经济界的精英。三体组织也曾试图在普通民众中发展成员，但这些努力都告失败。对于人类的负面，普通人并没有高级知识阶层那样全面深刻的认知；更重要的是，由于他们的思想受现代科学和哲学影响较少，对自己所属物种本能的认同感仍占强势地位，将人类作为一个整体来背叛，在他们看来是不可想象的。但知识精英们则不同，他们中相当多的人早已站在人类之外思考问题了。人类文明，终于在自己的内部孕育出了强大的异化力量。

三体叛军发展的速度固然惊人，但仅凭人数还不能衡量其力量，因为它的组织成员大部分处于社会的高层位置，有很大的权力和影响力。

作为地球三体叛军的最高统帅，叶文洁只是一名精神领袖，并不参与组织的具体运作，她不知道后来变得十分庞大的三体叛军是如何发展起来的，甚至不知道组织的具体人数。

对于地球三体叛军，各国政府一直没有给予足够的重视。为了迅速扩大，这个组织几乎是在半公开地活动，他们知道，有一样东西会成为他们的天然保护，那就是政府的保守和贫乏的想象力。在掌握国家力量的相关部门中，没有人相信他们说的那一套，只是将他们作为一般的胡言乱语的激进组织，由于其成员层次之高，各国政府对待这个组织一直小心翼翼。直到三体叛军开始发展自己的武装力量，一些国家的安全机构才注意到它，进而发现该组织非同寻常；至于开始对其进行有效打击，只是近两年的事。

地球三体叛军并非铁板一块，它的内部有着复杂的派别和分支，主要分为两部分：

降临派：这是三体叛军最本原最纯粹的一脉，主要由伊文斯物种共产主义的信奉者组成。他们对人类本性都已彻底绝望，这种绝望最初来源于现代文明导致的地球物种大灭绝，伊文斯就是其典型代表。后来，降临派对人类的憎恨开始有了不同的出发点，并非只局限于环保和战争等，有些上升到了相当抽象的哲学高度。与后来人们的想象不同，这些人大都是现实主义者，对于他们为之服务的外星文明也并未抱太多的期望，他们的背叛只源于对人类的绝望和仇恨，麦克·伊文斯的一句话已成为降临派的座右铭：我们不知道外星文明是什么样子，但知道人类。

拯救派：这是在三体叛军出现相当长的时间后才产生的一个派别，

它本质上是一个宗教团体，由三体教的教徒组成。

人类之外的另一个文明，对于高级知识阶层无疑具有巨大的吸引力，并使他们极易对其产生种种美好的幻想。对于人类这样一个幼稚的文明，更高等的异种文明产生的吸引力几乎是不可抗拒的。有一个不太恰当的比喻：人类文明一直是一个孤独行走于宇宙荒漠中的不谙世事的少年，现在她（他）知道了另一个异性的存在，虽然看不到他（她）的面容和身影，但知道他（她）就在远方，对他（她）的美好想象便如同野火般蔓延。渐渐地，随着对那个遥远文明的想象越来越丰富，拯救派在精神上对三体文明产生了宗教感情，人马座三星成了太空中的奥林匹斯山，那是神的住所，三体教由此诞生。与人类的其他宗教不同，三体教崇拜着一个真实存在的对象；与其他宗教相反，处于危难中的是主，而负有拯救责任的是信徒。

向社会传播三体文化的途径主要是通过《三体》游戏。三体叛军投入巨大的力量开发这款规模庞大的游戏软件，最初的目的，一是三体教的一种传教手段；二是想通过它将一直局限于高知阶层的三体叛军的触角伸向社会的最基层，为组织招募处于社会中下层的更年轻的成员。游戏通过一层貌似人类社会和历史的外壳，演绎三体世界的历史和文化，这样可以避免入门者的陌生感。当游戏玩家深入到一定程度并感受三体文明的魅力后，三体组织将直接与其联系，考察其思想倾向，最终将合格者招募为地球三体叛军成员。但《三体》游戏在社会上并没有引起太大的关注，玩这个游戏需要层次很高的知识背景和深刻的思想，年轻的玩家们没有能力和耐心去透过它那看似平常的表层，发现其震撼人心的内幕。真正被它所吸引的，大多还是高知阶层的人。

拯救派后来加入的成员，大多都是通过《三体》游戏认识三体文明，最终投身于地球三体叛军的，可以说，《三体》游戏是拯救派的摇篮。

拯救派在对三体文明抱有宗教感情的同时，对于人类文明的态度远没有降临派那样极端，他们的最终理想就是拯救主。为了使主生存下去，可以在一定程度上牺牲人类世界。但他们中的大多数人认为，能够使主在三个太阳的半人马座星系生存下去，避免其对太阳系的入侵，是两全其美的理想结局。他们天真地以为，解决物理上的三体问题就能达到这一目标，同时拯救三体和地球两个世界。其实这一想法也未必天真，三体文明本身在相当漫长的时间里也抱有这个想法，解决三体问题的努力贯穿于三体文明的几百次轮回之中。拯救派中有较深物理学和数学背景的人，都有过解决三体问题的尝试，即使在得知三体问题从数学本质上不可解后，仍然没有停止努力，解决三体问题的努力已成为三体教的一种宗教仪式。虽然拯救派中不乏一流的物理学家和数学家，但这种研究一直没有重大成果，倒是像魏成这样与三体叛军和三体教无关的天才，无意中取得了令他们产生很大希望的突破。

降临派和拯救派一直处于尖锐的对立状态，降临派认为，拯救派是对地球三体运动重大的威胁。这种看法也不是没有道理，正是通过拯救派中一些有责任心的人士，各国政府才逐渐得知三体叛军令人震惊的背景。两派在组织中实力相当，双方的武装力量已经发展到兵戎相见的程度。叶文洁运用自己的威信极力弥合组织中的裂痕，但成效不大。

随着三体运动的发展，三体叛军中出现了第三个派别：幸存派。当入侵太阳系的外星舰队的存在被确切证实后，在那场终极战争中幸存下来是人们最自然的愿望。当然，战争是四百五十年之后的事了，与自己的此生无关，但很多人希望如果人类战败，自己在四个半世纪后的子孙能幸存下来。现在就为三体侵略者服务，显然有利于这个目标的实现。与另外两个主流派别相比，幸存派成员都来自较低的社会阶层，且东方人（特别是中国人）居多，他们目前的数量还很少，但人数在急剧增长，在三体文化日益普及的未来，将会成为一支不可忽视的力量。

人类文明自身缺陷产生的异化力量、对更高等文明的向往和崇拜、让子孙在终极战争后幸存的强烈欲望，这三股强大的动力推动地球三体运动迅速发展，当它被察觉时，已成燎原之势。

而这时，外星文明还远在四光年之外的太空深处，与人类世界还隔着四个半世纪的漫漫航程，它们送到地球的，只有那一束电波。

比尔·马修的“接触符号”理论，得到了令人心悸的完美证实。

31

两个质子

审问者：现在开始今天的调查。希望你能像上次一样配合。

叶文洁：我知道的你们都知道了，有许多事情反而需要你们来告诉我。

审问者：不是这样，我们首先想知道的是，在三体世界发往地球的信息中，降临派所截留的那部分内容是什么？

叶文洁：不知道，他们的组织很严密，我只知道他们截留了信息。

审问者：我们换个话题：在与三体世界的通信被降临派垄断之后，你是否建立了第三红岸基地？

叶文洁：有这个计划，但只完成了接收部分，然后建设停止，设备和基地也都拆除了。

审问者：为什么？

叶文洁：因为半人马座三星方向已没有任何信息传来，在所有频段上都没有。我想你们已经证实了这个。

审问者：是的，这就是说，至少在四年前，三体世界已经停止了与地球的联系，这也就使得那批被降临派截留的信息更加重要。

叶文洁：是的，在这方面我真没什么可说的了。

审问者（停顿几秒钟）：那我们找一个可谈的话题吧：麦克·伊文斯欺骗了你，是吗？

叶文洁：可以这么说。他从来没有向我袒露过自己内心最深处的真实想法，只是表达了自己对地球其他物种的使命感。我没有想到由这种使命感产生的对人类的憎恨已发展到这种极端的程度，以至于他把毁灭人类文明作为自己的最终理想。

审问者：看看地球三体组织现在的局面：降临派要借助外星力量毁灭人类，拯救派把外星文明当神来崇拜，幸存派的理想是以出卖同胞来苟且偷生，所有这些都与你借助外星文明改造人类的理想不一致。

叶文洁：我点燃了火，却控制不了它。

审问者：你有在三体组织内部消灭降临派的计划，并开始对降临派采取行动。但“审判日号”是降临派的核心基地和指挥中心，伊文斯等降临派的核心人物常驻其上，你们为什么不首先攻击这艘巨轮呢？拯救派的武装力量大部分忠于你，是有能力击沉甚至占领它的。

叶文洁：为了被截留的主的信息。那些信息都存贮在第二红岸基地，也就是“审判日号”的某台计算机上，如果攻击那艘船，降临派就会在他们认为危急的时刻删除所有信息，那些信息太重要了，我们不能失去它。对于拯救派而言，信息的丢失如同基督教丢失了《圣经》、伊斯兰教丢失了《古兰经》。我想，你们也面临着同样的问题，降临派把主的信息当“人质”，这就是“审判日号”现在仍然存在的原因。

审问者：这方面，你对我们有什么建议吗？

叶文洁：没有。

审问者：你把三体世界也称为主，是否意味着你对三体世界也产生了像拯救派那样的宗教感情，或者，你已经皈依了三体教？

叶文洁：没有，只是习惯而已……我不想再谈这个问题了。

审问者：那我们回到被截留的信息上来吧。也许你真的不知道其详细内容，但某些方面，某些大概的东西，总有所闻吧？

叶文洁：可能只是些谣传。

审问者：比如？

叶文洁：……

审问者：三体世界是否向降临派传授了某些高于人类现有科技水平的技术？

叶文洁：不太可能，因为那些技术很可能会落到你们手里。

审问者：最后一个问题，也是最重要的：迄今为止，三体世界发送到地球的只有电波吗？

叶文洁：几乎是的。

审问者：几乎？

叶文洁：现在这一轮三体文明，宇宙航行速度达到光速的十分之一，这个技术飞跃发生在几十个地球年前，这之前他们的宇航速度一直徘徊在光速的几千分之一，他们向地球发射的小型探测器，现在还没走完半人马座与太阳系之间的距离的百分之一。

审问者：这里有一个问题：已经出发的三体舰队如果以十分之一光

速航行，四十年后就应该到达太阳系，但为什么你们说需要四百年呢？

叶文洁：确实如此。由大型宇宙飞船组成的三体星际舰队质量巨大，加速十分缓慢，十分之一光速只是它们能够达到的最高速度，在这个速度上只能巡航很短的时间，就要开始减速。另外，三体飞船推进的动力是正反物质的湮灭，飞船前方有一个巨大的磁力场，形成一个漏斗形的磁罩，用于收集太空中的反物质粒子，这种收集过程十分缓慢，经过相当长的时间，才能得到供飞船进行一段时间加速的反物质数量，因此舰队的加速是间断进行的，很长时间的收集后才能进行一次。所以，三体舰队到达太阳系所需的时间是小型探测器的十倍。

审问者：那你刚才说的“几乎”是什么意思？

叶文洁：关于宇宙航行的速度，我们是在一个限定范围内讨论的，离开了这个范围，即使是落后的人类，也已经能将一些物质实体加速到接近光速了。

审问者（稍顿）：你所指的限定范围，是不是指宏观范围？在微观上，人类已经可以使用高能加速器，将微观粒子加速到接近光速，微观粒子就是你说的那些物质实体吧？

叶文洁：您很聪明。

审问者（指指耳机）：我背后有世界上最出色的专家。

叶文洁：是的，是微观粒子。六年前，在遥远的半人马座星系，三体世界曾将两个氢原子核加速到接近光速，并向太阳系发射，这两个氢核，也就是质子，在两年前到达了太阳系，然后到达了地球。

审问者：两个质子？他们只送来了两个质子？这几乎等于什么都没送来嘛。

叶文洁(笑): 您也说"几乎"了。三体世界只有这个能力,只能使质子这么大小的东西接近光速,所以在四光年的距离上,他们只能送来两个质子。

审问者: 在宏观世界,两个质子就等于什么都没有——即使是一个细菌的一根毛发,也包含着几十亿个质子。这有什么意义?

叶文洁: 它是一把锁。

审问者: 锁? 锁什么?

叶文洁: 锁死人类的科学,在三体舰队到达前的四个半世纪,因为这两个质子的存在,人类的科学将不可能有任何重大进展。据传伊文斯说过这样的话: 两个质子到达地球之日,就是人类科学死亡之时。

审问者: 这未免太离奇了吧,怎么做到呢?

叶文洁: 不知道,我真的不知道。在三体文明眼中,我们可能连野蛮人都算不上,只是一堆虫子。

汪淼和丁仪走出作战中心时已近午夜,他们刚刚监听了上面的对话。

"你相信叶文洁说的吗?"汪淼问。

"你呢,信吗?"

"最近有些事情确实太不可思议了,但,用两个质子锁死全人类的科学? 这也……"

"首先注意一点: 三体文明从半人马座三星向地球发射了两个质子,竟都到达了地球! 从四光年外? 这也瞄得太准了,漫长的途中有数不清的干扰,星际尘埃什么的,太阳系和地球都在运动中,这比从冥王星上开枪击中这里的一只蚊子都准确，真是个不可思议的射手。”

听到“射手”一词，汪淼的心不由紧了一下。“这说明什么？”

“不知道。在你的印象中，质子、中子和电子这样的微观粒子，是个什么样子？”

“几乎是一个点，当然这个点是有结构的。”

“很幸运，我印象中的图像比你要真实些。”丁仪说着，把手中抽尽的烟蒂扔向远处，“看那是什么？”他指着落到地上的烟蒂问。

“香烟过滤嘴。”

“很好，从这个距离看那个小东西，是什么感觉？”

“差不多也就是一个点。”

“对。”丁仪走过去把过滤嘴拾起来，在汪淼眼皮底下将它撕开，露出里面已由白变黄的海绵丝，汪淼闻到了一股焦油味。丁仪接着说：“你看，就这么个小玩意儿，它的吸附面积如果展开来，有一间客厅那么大。”他说着一扬手又将过滤嘴扔掉，“用烟斗吗？”

“我什么烟都不抽了。”

“烟斗使用另一种更高级的过滤芯，三块钱一个，直径与香烟过滤嘴差不多，但比它长些，是一个装着活性炭的小纸筒，把里面的活性炭倒出来，也就是一小撮像老鼠屎似的黑炭粒，但它们内部微孔构成的吸附面积，展开来有一个网球场那么大，这就是活性炭具有超强吸附性的原因。”

“你想说什么？”汪淼很注意地听着。

“过滤嘴中的海绵或活性炭是三维体，它们的吸附面则是二维的，由此可见，一个微小的高维结构可以存贮何等巨量的低维结构。但在宏观世界，高维空间对低维空间的容纳也就到此为止了，因为上帝很吝啬，在创世大爆炸中只给了宏观宇宙三个维度。但这不等于更高的维度不存在，有多达八个维度被禁锢在微观中，加上宏观的三维，在基本粒子中，存在着十一维的空间。”

“那又如何？”

“我只想说明以下的事实：在宇宙间，一个技术文明等级的重要标志，是它能够控制和使用的微观维度。对于基本粒子的一维使用，从我们那些长毛裸体的祖先在山洞中生起篝火时就开始了，对化学反应的控制，就是在一维层次上操控微观粒子。当然，这种控制也是从低级到高级，从篝火到后来的蒸汽机，再到后来的发电机；现在，人类对微观粒子一维控制的水平已达到了顶峰，有了计算机，也有了你们的纳米材料。但这一切，都局限于对微观维度的一维控制，在宇宙间一个更高级的文明看来，篝火和计算机、纳米材料等等是没有本质区别的，同属于一个层次，这也是他们仍将人类看成虫子的原因——遗憾的是，他们是对的。”

“你能不能说得更具体些，这一切与那两个质子有什么关系？说到底，到达地球的这两个质子能做什么呢？正如刚才那人所说，细菌的一根汗毛中，都可能包含着几十亿个质子，这两个质子就是在我的指尖上百分之百变成能量，我最多也只能感到像被针扎了一下。”

“感觉不到的，它们就是在细菌的手指尖上全部转化成能量，那个细菌也未必能感到什么。”

“那你刚才想说什么？”

“没想说什么，我什么都不知道，一个虫子能知道什么？”

“可你是个虫子中的物理学家，知道的总比我多，对这事，你至少没像我这样茫然。就算我求你了，要不然今晚我睡不好觉的。”

“我要是说得多了，你怕是更睡不好。算了，操这份心有什么用？我们应该学习魏成和大史他们的达观，干好自己的事儿就行了。走，我们去喝点儿，然后回去睡个虫子的好觉吧。”

32

古筝行动

“没关系，我已经没有放射性了。”史强对坐在旁边的汪淼说，“这两天，我让人家像洗面口袋似的翻出来洗了个遍。这次会议本来没安排你参加，是我坚决要求请你来的，嘿，咱哥俩这次保准能出风头。”

史强说着，从会议桌上的烟灰缸中拣出一只雪茄屁股，点上后抽一口，点点头，心旷神怡地把烟徐徐吐到对面与会者的面前，其中就有这支雪茄的原主人斯坦顿，一名美国海军陆战队上校，他向大史投去鄙夷的目光。

这次与会的有更多的外国军人，而且都穿上了军装。在人类历史上，全世界的武装力量第一次面对共同的敌人。

常伟思将军说：“同志们，这次与会的所有人，对目前形势都有了基本的了解，用大史的话说，信息对等了。人类与外星侵略者的战争已经开始，虽然在四个半世纪后，我们的子孙才会真正面对来自异星的三体入侵者，我们现在与之作战的仍是人类；但从本质上讲，这些人类的背叛者也可以看成来自地球文明之外的敌人，我们是第一次面对这样的敌人。下一步的作战目标十分明确，就是要夺取‘审判日号’上被截留的三体信息，这些信息，可能对人类文明的存亡具有重要意义。

“我们还没有惊动‘审判日号’，这艘巨轮目前仍以合法的身份行驶在大西洋上，它已向巴拿马运河管理局提出申请，将于四天后通过运河。这是我们采取行动的一次绝好的机会，随着形势的发展，很可能不会再有这样的机会了。现在，全球的各个作战中心都在制定行动方案，这些方案将由总部在十小时之内选择并确定一个。我们这次会议的任务，就是讨论行动方案，最后确定一至三个最可行的上报总部。各位，时间很紧，我们必须以最高效率工作。

“请注意，所有方案都要确保一点：保证‘审判日号’上三体信息的安全并夺取它。‘审判日号’是由油轮改装的，船体上层和内部都增加了复杂的结构，据说即使是船员，在进入不常去的区域时也要凭借地图认路，我们对其结构的了解就更少了。目前，我们甚至不知道‘审判日号’计算机中心的确切位置，也不知道被截留的三体信息是否存贮于计算机中心的服务器上、有几个备份。我们要达到目标的唯一途径，就是全面占领和控制‘审判日号’，这中间最困难的，就是在攻击行动中避免敌人删除三体信息。删除这些信息极其容易，敌人在紧急时刻不太可能进行常规删除，因为以目前的技术很容易恢复，但只需对服务器硬盘或其他存贮装置打上一梭子，一切就都完了，这前后在十秒钟内就能完成。而我们，必须在行动被觉察前十秒之内，使存贮装置附近的敌人失去行动能力。由于存贮装置的位置不明，备份数量也不清楚，所以必须在极短的时间内，在被目标觉察之前，消灭‘审判日号’上的全部敌人，同时又不能对其内部的其他设施，特别是计算机设备造成重大损坏。因此，这次任务十分困难，有人甚至认为是不可能完成的。”

一名日本自卫队军官说：“我们认为，唯一可能成功的行动，是借助于我方潜伏在‘审判日号’内部，并对三体信息的存贮位置熟悉的侦察人员，在行动前控制或转移存储设备。”

有人问：“对‘审判日号’的监视和侦察一直是由北约军事情报机构和CIA负责的，有这样的潜伏者吗？”

“没有。”北约协调员说。

“那我们后面剩下的，就是扯淡了。”大史插上一句，立刻遭到很多人的白眼。

斯坦顿上校说：“消灭一个封闭结构内部的人员，同时对其中的其他设施又不造成损坏，我们首先想到的就是球状闪电武器。”

丁仪摇摇头，“不行，这种武器已广为人知，我们不知道船体是否装备了屏蔽球状闪电的磁场墙；即使没有，球状闪电虽然可以保证消灭船内的所有人员，但也不能保证同时性；而且，球状闪电进入船体内部后，可能还要在空中游荡一段时间才会释放能量，这段时间短则十几秒钟，长就有可能达到一分钟甚至更多，他们完全有时间察觉到袭击并采取毁灭信息的行动。”

斯坦顿上校说：“那么中子弹呢？”

“上校，您应该知道那也是不行的！”一名俄罗斯军官说，“中子辐射不能瞬间致死，中子弹攻击后，船里敌人剩下的时间够开一次我们这样的会了。”

“另一个方案就是神经毒气，但由于其在船内的释放和扩散有一个过程，也不可能达到将军所说的目标。”一名北约军官说。

“剩下的选择就是震荡炸弹和次声波了。”斯坦顿上校说，人们都期待着他的下文，但他却没有接着说出什么来。

大史说：“震荡炸弹是我们警方用的玩意儿，确实可以一下子把建筑物里的人震昏，但目前好像只对一两个房间有用。你们有能一次震昏一船人那么大个儿的吗？”

斯坦顿摇摇头，“没有，即使有，那样大的爆炸物也不可能不破坏船内的设施。”

“次声波武器呢？”有人问。

“还在实验阶段，无法用于实战。特别是那船十分巨大，以现在试验中的次声波武器的功率，如果对整个‘审判日号’同时攻击，最多也就是让里面的人头晕恶心而已。”

“哈，”大史捻灭抽得只剩下一粒花生大小的雪茄头说，“我说过剩下的就是扯淡了吧，都扯这么长了，大家记住首长的话：时间紧迫！”他坏笑着转向译员，一名一脸不自在的漂亮女中尉，“不好翻吧同志，意思到了就行。”

但斯坦顿居然似乎听懂了，他用刚刚抽出的一支雪茄指着史强说：“这个警察有什么资格这么对我们讲话？”

“你的资格呢？”大史反问。

“斯坦顿上校是资深的特种作战专家，他几乎参加过越战以来所有的重大军事行动。”一名北约军官说。

“那告诉你我的资格：二十多年前，我所在的侦察排，穿插到越军纵深几十公里，占领了那里的一座严密设防的水电站，阻止了越南人炸坝阻断我军进攻道路的计划。这就是我的资格：我战胜过打败了你们的敌人。”

“够了，大史！”常伟思拍拍桌子说，“不要扯远了，你可以说出自己的方案。”

“我看没必要在这个警察身上浪费时间。”斯坦顿上校轻蔑地说，同时开始点雪茄。

没等译员翻译，大史就跳起来说：“泡立死（police），我两次听出这个词了，咋的，看不起警察？要说甩一堆炸弹把那大船炸成碎末，那你们军人行；但要是从里面完好地取出什么东西，别看你肩上扛着几颗星，还不如小偷儿。这种事儿，要出邪招，绝对的邪招！这个，你们远远比不上罪犯，他们是出邪招的大师！知道那招儿能邪到什么程度？我办过一个盗窃案，罪犯能把行驶中的列车中间的一节车厢偷了，前后的其余部分又完好地接起来开到终点站，用的工具只是一根钢丝绳和几只铁钩子。这才是特种作战专家！而像我这样儿在基层摸爬滚打了十几年的重案刑警，受到了他们最好的培养和教育。”

“说你的方案，否则就不要再发言了！”常伟思指着大史说。

“这儿这么多重量级人物，我刚才怕轮不上我，那样老领导您又会说我这人没礼貌了。”

“你已经没礼貌到家了！快些，说你的邪招！”

史强拿起一支笔，在桌面上画了两条弯曲的平行线，“这是运河，”又拿起烟灰缸放到两条线之间，“这是‘审判日号’。”然后，他探身越过桌面，一把扯下了斯坦顿上校刚点燃的雪茄。

“我不能容忍这个白痴了！”上校站起来大叫。

“史强，出去。”常伟思厉声说。

“等我说完，就一分钟。”大史说着，向斯坦顿伸出另一只手。

“什么？”上校不解地问。

“再给我一支。”

斯坦顿犹豫了一下，从一个精致的木盒中又拿出一支雪茄递给史强，后者将第一支雪茄冒烟的一头按到桌面上，使它竖立在桌子上画的巴拿马运河岸边，将另一支的一头弄平，立到“运河”的另一边。

“在运河两岸立两根柱子，柱子之间平行地扯上许多细丝，间距半米左右，这些细丝是汪教授他们制造出来的那种叫‘飞刃’的纳米材料。”

史强说完，站在那里等了几秒钟，举起双手对着还没有反应过来的人们说：“完了，就这些。”说完转身走出了会场。

空气凝固了，所有人像石化般一动不动，连周围电脑的嗡嗡声似乎都变得小心翼翼。不知过了多久，才有人怯生生地打破沉寂：

“汪教授，‘飞刃’是丝状的吗？”

汪淼点点头，“用我们现有的分子建筑技术，只能生产出丝状的材料，粗细大约相当于头发丝的十分之一……这些史警官会前向我了解过。”

“现有的数量够吗？”

“运河有多宽？船的高度？”

“运河最窄处一百五十米，‘审判日号’高三十一米，吃水八米左右。”

汪淼盯着桌上的雪茄，粗略计算了一下，“基本上够吧。”

又是一阵漫长的沉默，与会者都在试图使自己从震惊中恢复过来。

“如果存贮三体信息的设备，硬盘光盘之类的，也被切割呢？”有人问。

“概率不大吧。”

“被切割也问题不大，”一名计算机专家说，“那种细丝极其锋利，切口一定很齐，在这种状态下，无论是硬盘光盘，还是集成电路存贮体，其中的信息绝大部分都可以恢复。”

“还有别的更可行的方案吗？”常伟思看看会场，没人说话，“好，下面就集中讨论这个方案，开始研究细节吧。”

一直沉默的斯坦顿上校站了起来，“我去叫警官回来。”

常伟思挥挥手示意他坐下，然后喊了一声：“大史！”史强走了进来，带着那一脸坏笑看了看众人，拿起桌上“运河”边的两支雪茄，把点过的塞到嘴里，另一支揣进口袋。

有人问：“‘审判日号’通过时，那两根柱子能承受‘飞刃’吗？会不会柱子首先被割断呢？”

汪淼说：“这个能解决，有少量片状的‘飞刃’材料，可以用作细丝在柱子上固定处的垫片。”

下面的讨论主要是在海军军官和航海专家们之间进行了。

“‘审判日号’是巴拿马运河能通过的最大吨位的船只了，吃水很深，所以还要考虑纳米丝在水下的布设。”

“水下部分比较困难，如果时间来不及倒是可以放弃，那里主要放置发动机、燃油和一些压舱物，噪声、震动和干扰都很大，环境恶劣，计算机中心和类似的机构不太可能设在那个位置。倒是在水上部分，如果纳米丝的间距再小一些，效果肯定更好。”

“那在运河的三个船闸之一动手是最好的了，‘审判日号’是巴拿马尺型船[1]，通过时正好填满船闸，‘飞刃’丝的长度只需三十二米左右，间距可以很小，立柱子和拉丝的操作相对也容易些，特别是水下部分。”

“不行，船闸处情况复杂，船在闸中要由四台轨道机车牵引通过，速度很慢，而这时也肯定是‘审判日号’上最警觉的时候，在切割过程中极有可能被发现。”

“是否可以考虑米拉弗洛莱斯船闸外面的美洲大桥？桥墩就可以用作拉丝的柱子。”

“不行，桥墩的间距太宽，‘飞刃’材料肯定不够的。”

“那么我们就确定下来，行动位置是盖拉德水道[2]的最窄处，一百五十米宽，算上建支柱的余量，算一百七十米吧。”

汪淼说：“要这样，拉丝的间距最小就是五十厘米，再小材料不够了。”

“那就是说，”大史吐出一口烟，“得想法让那船白天过运河。”

“为什么？”

“夜里船上的人睡觉啊，都是躺着的，五十厘米的空当太大了，白天他们就是坐着或蹲着，也够了。”

响起了零星的几声笑，重压下的人们感到了一丝带着血腥味的轻松。

“你真是个魔鬼。”一位联合国女官员对大史说。

“会伤及无辜吗？”汪淼问，他的声音中带着明显可以听出来的颤抖。

---

①为通过巴拿马运河的32米宽船闸，相当一部分大型海轮被设计成31米宽，称为巴拿马尺型。

②巴拿马运河的主要人工开挖部分，河道狭窄。

一名海军军官回答:“过船闸时要有十几名接缆工人上船,不过船通过后他们就下去了。巴拿马引水员要随船走完八十二公里的运河,肯定要牺牲掉。”

一名CIA官员说:“还有‘审判日号’上的一部分船员,他们对这船是干什么的可能并不知情。”

“教授,这些事现在不用想,这不是你们要考虑的事情,我们要取得的信息关系到人类文明的存亡,会有人做出最后决定的。”常伟思说。

散会时,斯坦顿上校把那个精致的雪茄木盒推到史强面前,“警官,上好的哈瓦纳,送给你了。”

四天后,巴拿马运河盖拉德水道。

汪淼没有一点儿身处异国他乡的感觉。他知道,西面不远处是美丽的加通湖,东面则是壮丽的美洲大桥和巴拿马城,但他都无缘见到,两天前他乘坐飞机从国内直接飞到巴拿马城附近的托库门军用机场,然后就乘直升机直接来到这里。眼前的景色太平常了,正在进行的运河拓宽工程使两岸山坡上的热带雨林变得稀稀拉拉,坡上露出了大片黄土,那色彩真的使汪淼感到对这里很熟悉。运河看上去也很普通,可能是在这一段它十分狭窄的缘故。这段水道是在20世纪初由十万人一锹锹开凿出来的。

汪淼和斯坦顿上校坐在半山坡一座凉亭的躺椅上,两人都穿着宽大的花衬衣,大草帽扔在一边,看上去就是两个普通的游客。在这个位置,下面的运河尽收眼底。

就在他们下方的运河两岸上,分别平放着两根二十四米长的钢柱,五十根一百六十米的超强度纳米丝已经按约零点五米的间距连接在两根钢柱上，只是每根纳米丝靠右岸的一端还连接了一段普通钢丝，这可以使纳米丝随着系在上面的坠物沉入河底，这样做是为了让其他的船只通过。好在运河上的运输并不像汪淼想象的那么繁忙，平均每天只有四十艘左右的大型船舶通过。两根钢柱的一端都与活动铰接相连，只有等待“审判日号”前面的最后一艘船通过，才能拉回普通钢丝，把纳米丝在右岸钢柱上做最后固定，然后钢柱才能立起来。行动的代号是“古筝”，这是很自然的联想，而纳米丝构成的切割网则被称为“琴”。

一小时前，“审判日号”已由加通湖驶入盖拉德水道。

斯坦顿问汪淼以前是否来过巴拿马，汪淼说没有。

“我在1990年来过。”上校说。

“是那次战争吧？”

“是，但对我来说那是一次最没有印象的战争，只记得在梵蒂冈大使馆前为被包围的诺列加总统播放杰克逊的摇滚舞曲《无处可逃》，那是我的主意。”

下面的运河中，一艘通体雪白的法国游轮正在缓缓驶过，铺着绿地毯的甲板上，有几名穿得花花绿绿的游客在闲逛。

“二号观察哨报告，目标前方已没有任何船只。”斯坦顿的步话机响了起来。

“把‘琴’立起来。”斯坦顿命令道。

几名头戴安全帽工人模样的人出现在两岸。汪淼站起身来，但上校拉住了他，“教授，你不用管，他们会干得很好。”汪淼看着右岸的人利索地抽回连接纳米丝的普通钢丝，把已经绷紧的纳米丝在钢柱上固定好。

然后，两岸的人同时拉动几根长钢索，使两根钢柱缓缓竖立起来。为了伪装，两根钢柱上都挂了一些航标和水位标志。他们干得很从容，甚至看上去还有些懒洋洋的，像是在从事一件平淡乏味的工作。汪淼盯着钢柱之间的空间看，那里看上去一无所有，但死亡之琴已经就位。

“目标距琴四公里！”步话机里的声音说。

斯坦顿放下步话机，又继续刚才的话题，“我第二次来巴拿马是1999年，参加过运河主权交接的仪式，很奇怪，当我们来到管理局大楼前时，看到星条旗已经降下了，据说是应美国政府要求提前一天降下的，以避免在众人面前出现降旗的尴尬场面……那时以为是在目睹一个历史性的时刻，现在想想，这些事情是多么的微不足道。”

“目标距琴三公里！”

“是啊，微不足道。”汪淼附和道。他根本没有听清斯坦顿在说什么，世界的其余部分对他来说已经不存在，他的全部注意力都集中到还没有在视野中出现的“审判日号”上。这时，早晨从大西洋升起的太阳正向太平洋落下，运河中金光粼粼，更近的下方，死亡之琴静静地立着，两根钢柱黑乎乎的，反射不出一点儿阳光，看上去比流过它们中间的运河更古老。

“目标距琴两公里！”

斯坦顿似乎没有听到步话机中的声音，仍在滔滔不绝地说着：“自从得知外星人的舰队正在向地球飞来后，我就得了失忆症。很奇怪，过去的事都记不清了，我指的是自己经历过的那些战争，都记不清了，像刚才所说的，那些战争都那么微不足道。知道这件事以后，每个人在精神上都将成为新人，世界也将成为新的世界。我一直在想，假设在两千年前或更早的时间，人们知道有一支外星入侵舰队将在几千年后到达，那现在的人类文明是什么样子？教授，你能设想一下吗？”

“哦，不能……”汪淼心不在焉地敷衍着。

“目标距琴一点五公里！”

“教授，我想您将成为新世纪的盖拉德[①]，我们期待着您的‘巴拿马运河’建成。不是吗？太空电梯其实就是一条运河，像巴拿马运河连接了两个大洋一样，太空电梯将地球和太空连接起来……”

汪淼现在知道，上校唠叨着这些无意义的废话，其实是想帮他度过这一艰难时刻。他很感激，但这作用不大。

“目标距琴一公里！”

“审判日号”出现了，在从侧面山脊上照过来的落日光芒中，它是河面一片金波上的一个黑色剪影。这艘六万吨级的巨轮比汪淼想象的要大得多，它出现时，仿佛西边又突现了一座山峰，虽然汪淼知道运河可以通过七万吨级的船舶，但目睹这样的巨轮在如此窄小的河道中行驶，确实有一种奇怪的感觉。与它的巨大相比，下面的河流似乎已不存在，它像一座在陆地上移动的大山。适应了夕阳的光芒后，汪淼看到“审判日号”的船体是黑色的，上层建筑是雪白的，那面巨型天线不见了。巨轮发动机的轰鸣声已经可以听到，还有一阵轰轰的水声，那是它浑圆的船首推起的浪排冲击运河两岸发出的。

随着“审判日号”与死亡之琴距离的缩短，汪淼的心跳骤然加速，呼吸也急促起来，他有一种立刻逃离的冲动，但一阵虚弱使他已无法控制自己的身体。他的心中突然涌起了一阵对史强的憎恨，这个王八蛋怎么

① 大卫·杜·博斯·盖拉德（David du Bose Gaillard，1859—1913），设计建设巴拿马运河的工程师，盖拉德水道就是以他的名字命名。

会想出这样的主意?！正像那位联合国女官员所说，他是个魔鬼！但这种感觉转瞬即逝，他想到如果现在大史在身边，那自己的情况会好得多。斯坦顿上校曾申请大史同来，但常伟思没批准，那边现在更需要他。汪淼感觉到上校拍了拍他的手。

“教授，一切都会过去的。”

“审判日号”正在过去，它在通过死亡之琴。当它的舰首接触两根钢柱之间似乎空无一物的平面时，汪淼头皮一紧，但什么都没有发生，巨轮庞大的船体从两根钢柱间徐徐驶过。当船体通过一半时，汪淼甚至怀疑钢柱间的纳米丝是不是真的就不存在。但一个小小的迹象否定了他的怀疑，他注意到船体上层建筑最高处的一根细长的天线从下部折断了，天线滚落下来。

很快，纳米丝存在的第二个迹象出现了，而这险些让汪淼彻底崩溃。“审判日号”宽阔的甲板上很空荡，只是后甲板上有一个人在用水龙头冲洗缆桩，汪淼从高处看得很清楚，当船的这一部分从钢柱间移过的瞬间，那人的身体突然僵硬了，水龙头从他手里滑落；与此同时，连接龙头的胶皮水带也在不远处断成两截，水从那里白花花地喷了出来，那人直直地站了几秒钟就倒下了，他的身体在接触甲板的同时分成两截。那人的上半部分还在血泊中爬行，但只能用两只半条的手臂爬，因为他的手臂也被切断了一半。

船尾通过两根钢柱后，“审判日号”仍在以不变的速度向前行驶，一时看不出更多的异样。但汪淼听到发动机的声音发生了怪异的扭曲，接着被一阵杂乱的巨响所代替，那声音听起来像一台大马达的转子中被扔进去一只扳手，不，是很多只扳手——他知道，这是发动机的转动部分被切割后发出的。在一声刺耳的破裂声后,“审判日号”的船尾一侧出现了一个破洞,这洞是被一个巨大的金属构件撞出的。那个飞出的构件旋即落入水中,激起了高高的水柱,在它一闪而过之际,汪淼看出那是船上发动机的一段曲轴。

一股浓烟从破洞中涌出,在右岸直线航行了一段的“审判日号”就拖着这道烟尾开始转向,很快越过河面,撞到左岸上。汪淼看到,冲上岸坡的巨大船首在急剧变形的同时,将土坡像水一样冲开,激起汹涌的土浪。与此同时,“审判日号”开始散成四十多片薄片,每一片的厚度是半米,从这个距离看去是一片片薄板,上部的薄片前冲速度最快,与下面的逐级错开来,这艘巨轮像一叠被向前推开的扑克牌,这四十多个巨大的薄片滑动时相互摩擦,发出一阵尖厉的怪音,像无数根巨指在划玻璃。在这令人无法忍受的声音消失后,“审判日号”已经化作一堆岸上的薄片,越靠上前冲得越远,像从一个绊倒的服务生手中向前倾倒的一摞盘子。那些薄片看上去像布片般柔软,很快变形,形成了一堆复杂的形状,让人无法想象它曾是一艘巨轮。

大批士兵开始从山坡上冲向河岸,汪淼很惊奇附近究竟什么时候在什么地方隐蔽了这么多人。直升机群轰鸣着沿运河飞来,越过覆盖着一层色彩斑斓的油膜的河面,悬停在“审判日号”的残骸上空,抛撒大量的白色灭火剂和泡沫,很快控制了残骸中正在蔓延的火势,另外三架直升机迅速用缆索向残骸放下搜索人员。

斯坦顿上校已经离开了,汪淼拿起了他放在草帽上的望远镜,克服着双手的颤抖观察被“飞刃”切割成四十多片的“审判日号”。这时,它有一大半已被灭火粉剂和泡沫所覆盖,但仍有一部分暴露着。汪淼看到了切割面，像镜面般光滑，毫不走形地映着天空火红的晚霞。他还看到了镜面上一块深红色的圆斑，不知是不是血。

三天以后。

审问者：你了解三体文明吗？

叶文洁：不了解，我们得到的信息很有限，事实上，三体文明真实和详细的面貌，除了伊文斯等截留三体信息的降临派核心人员，谁都不清楚。

审问者：那你为什么对其抱有那样的期望，认为它们能够改造和完善人类社会呢？

叶文洁：如果他们能够跨越星际来到我们的世界，说明他们的科学已经发展到相当的高度，一个科学如此昌明的社会，必然拥有更高的文明和道德水准。

审问者：你认为这个结论，本身科学吗？

叶文洁：……

审问者：让我冒昧推测一下：你的父亲深受你祖父科学救国思想的影响，而你又深受父亲的影响。

叶文洁（不为人察觉地叹息一声）：我不知道。

审问者：现在告诉你，我们已经得到了被降临派截留的全部三体信息。

叶文洁：哦……伊文斯怎么样了？

审问者：在对“审判日号”采取行动的过程中，他死了。

（伊文斯被“飞刃”切割成三段。当时他身处“审判日号”的指挥中心，他最上面的那部分向前爬行了一米多，死的时候双眼盯着爬向的那个方向，正是在那个方向的一台电脑中，找到了被截留的三体信息。）

叶文洁：信息很多吗？

审问者：很多，约28G。

叶文洁：这不可能，星际间超远程通信的效率很低，怎么可能传送这么大的信息量？！

审问者：开始时我们也这样想，但事情远远超过了所有人的想象，即使是最大胆、最离奇的想象。这样吧，请你阅读这些信息的一部分，你将看到自己美好幻想中的三体文明是什么样子。

33

监听员

三体信息中没有包含对三体人生物形态的任何描述，人类要在四百多年以后才能真正看到三体人。在阅读信息时，叶文洁只能把三体人想象成人类的形象。

1379号监听站已经存在了上千年，像这样的监听站，在三体世界中有几千个，它们全神贯注地聆听着宇宙间可能存在的智慧文明的信息。

最初监听站中有上百名监听员，但随着技术的进步，现在只有一个人值守了。监听员是一个卑微的职业，他们虽然身处恒温且能保证生活供给的监听室中，在乱纪元中不必脱水，但他们的生命也就在这小小的空间中流逝，能够享受到的恒纪元的快乐比其他人要少得多。

1379号监听员透过小小的窗子看着外面的三体世界，这是乱纪元的黑夜，巨月还没有升起来，大多数人都处于脱水的冬眠中，甚至植物也本能地脱水了，成了附着于地表没有生命的一束束干纤维。星光下，大地看上去像一大块冰冷的金属。

这是最孤寂的时刻，在静静的午夜，宇宙向它的聆听者展示着广漠的荒凉。1379号监听员最不愿意看的，就是显示器上缓缓移动的那条曲线，那是监听系统接收到的宇宙电波的波形，无意义的噪声。他感到这条无限长的线就是宇宙的抽象，一头连着无限的过去，另一头连着无限的未来，中间只有无规律无生命的随机起伏，一个个高低错落的波峰就像一粒粒大小不等的沙子，整条线就像是所有沙粒排成行形成的一维沙漠，荒凉寂寥，长得令人无法忍受。你可以沿着它向前向后走无限远，但永远找不到归宿。

但今天，当监听员扫了一眼波形显示后，发现有些异样。即使是专业人员，也很难仅凭肉眼看出波形是否携带信息，但监听员对宇宙噪声的波形太熟悉了，眼前移动的波形，似乎多了某种说不出来的东西，这条起伏的细线像是有了灵魂，他敢肯定，眼前的电波是被智能调制的！他冲到另一台主机终端前，察看计算机对目前接收内容识别度的判别，发现识别度是红色10！！在此之前，监听系统接收到的宇宙电波，识别度从未超过蓝色2，如果达到红色，波段包含智能信息的可能性就大于百分之九十；如果是红色10，就意味着接收到的信息包含着自译解系统！解译计算机在全功率工作着，它发现了信息中的自译解系统并成功地利用它，很快显示译解完成。监听员打开结果文件，三体人第一次读到了来自另一个世界的信息：

向收到该信息的世界致以美好的祝愿。

通过以下信息，你们将对地球文明有一个基本的了解。人类经过漫长的劳动和创造，建立了灿烂的文明，涌现了丰富多彩的文化，并初步了解了自然界和人类社会运行发展的规律，我们珍视这一切。

但我们的世界仍有很大缺陷，存在着仇恨、偏见和战争，由于生产力和生产关系的矛盾，财富的分布严重不均，相当部分的人类成员生活在贫困和苦难之中。

人类社会正在努力解决自己面临的各种困难和问题，努力为地球文明创造一个美好的未来。发送该信息的国家所从事的事业就是这种努力的一部分。我们致力于建立一个理想的社会，使每个人类成员的劳动和价值都得到充分的尊重，使所有人的物质和精神需要都得到充分的满足，使地球文明成为一个更加完美的文明。

我们怀着美好的愿望，期待着与宇宙中其他文明社会建立联系，期待着与你们一起，在广阔的宇宙中创造更加美好的生活。

在令他头晕目眩的激动中，监听员看着波形显示，信息仍源源不断地从太空中涌进天线，由于自译解系统的存在，计算机已经可以实现实时译解，接收到的信息被立刻显示出来。在以后的两个三体时中，监听员知道了地球世界的存在，知道了那个只有一个太阳、永远处于恒纪元中的世界，知道了在永远风调雨顺的天堂中诞生的人类文明。

来自太阳系的信息结束了，译解计算机开始无结果地运行，监听系统所听到的，又是宇宙荒凉的噪声，但监听员可以确定，刚才的一切不是梦。他也知道，分布在世界各处的几千个监听站，也都收到了这三体文明期待了亿万年的信息。两百轮文明爬行在漆黑的隧道中，现在终于在前方看到了一线光亮。

监听员又一次阅读来自地球的信息，他的思绪在地球那永不封冻的蓝色海洋和翠绿的森林田野间飞翔，感受着那和煦的阳光和清凉的微风的抚摸，那是个多么美丽的世界啊，两百多轮文明幻想中的天堂居然真的存在！

激动和兴奋很快冷却下来，剩下的只有失落和凄凉。在过去那漫长的孤寂时光中，监听员不止一次地问过自己：即使有一天真的收到了外星文明的信息，与自己又有什么关系呢？那个天堂不属于自己，自己这孤独而卑微的生活不会因此有丝毫改变。

但我至少可以在梦中拥有它……监听员想着，让自己进入了睡眠。在严酷的环境中，三体人进化出睡眠的开关功能，可以在几秒钟内使自己立刻入睡。

但他并没有得到自己想要的梦，蓝色的地球确实在梦中出现了，但在一支庞大的星际舰队的炮火下，地球美丽的大陆开始燃烧，蔚蓝的海洋沸腾蒸发……

监听员从噩梦中醒来，看到刚刚升起的巨月把一束冷光投进小窗。他看着窗外寒冷的大地，开始回顾自己孤独的一生。现在，他已经活了六十万个三体时，三体人的寿命一般在七十至八十万个三体时，其实大部分人早在这之前就失去了工作能力，这时他们就会被强制脱水，脱水后的干纤维躯体被付之一炬，三体社会是不养闲人的。

现在，监听员突然又想到了另一种可能：说收到外星信息对自己没有影响是不准确的，在目标确定后，三体世界必然会裁减一部分监听站，而自己所在的这种落后的站点肯定是在首批裁减之列，那时他将面临失业。监听员的技能很单一，只是一些程式化的操作和维护，很难找到别的工作。如果在五千个三体时之内还找不到工作，他也将面临强制脱水后被焚烧掉的命运。

逃脱这种命运的唯一途径是与一名异性结合。这时，构成他们身体的有机物质将融为一体，其中三分之二的物质将成为生化反应的能源，使剩下的三分之一细胞完成彻底的更新，生成一个全新的躯体；之后这个躯体将发生分裂，裂解为三至五个新的幼小生命，这就是他们的孩子，他们将继承父母的部分记忆，成为他们生命的延续，重新开始新的人生。但以监听员卑微的社会地位，孤独封闭的工作环境，又到了这个年纪，能有哪个异性看得上自己呢？

在老之将至的这几年，监听员千万遍问自己：这就是我的一生吗？他又千万次回答：是的，这就是你的一生，这一生所拥有的，只有监听室这小小空间中无尽的孤独。

他不能失去那个遥远的天堂，即使是在梦中。

监听员知道，在宇宙尺度上，对于来自太空的低频电波，因为没有足够长的测量基线，只能确定发射源的方向，却无法知道其距离；在那个方向上，可能是远距离的高功率发射源，也可能是近距离的低功率发射源；那个方向有亿万颗恒星，每一颗都以远近不同的星星汇成的星海为背景，不知道发射源的距离，根本不可能确定位置坐标。

距离，关键是距离！

其实，确定发射源距离的方法十分简单：给对方回复一个信息，如果对方在收到这个回信后短时间内回答，由间隔时间和光速就可以得知距离。问题是：对方会回答吗？或者在延迟很长时间以后回答，使三体人无法确定电波信号在路上消耗的时间有多少。但既然这个发射源主动向宇宙中发出呼唤，那他们接到三体世界的信息后有很大可能会回答的。监听员可以肯定，现在三体政府已经发出了指令，向那个遥远的世界发出信息，引诱他们回答。信息也许已经发出，也许还没有。如果是后者，那么他就有了使自己这卑微的生命燃烧一次的机会。

同地球的红岸基地一样，三体世界的大部分监听站也在同时向太空中发射信息，呼唤可能存在的外星文明。三体科学家也早就发现了恒星对于电波的放大功能，遗憾的是半人马座的三颗太阳在结构上与人类的太阳有很大差异，存在着很大的外围等离子气层（正是这个气层使三体世界的太阳在一定的距离上突然变成飞星或由飞星显形），这种气层对电磁波有很强的屏蔽作用，使得到达太阳能量镜面的电波功率有一个极大的阈值，因而不可能把太阳作为天线发射信息，只能用地面天线直接向目标发射。否则，人类早已得知三体文明的存在了。

监听员扑到操作屏前，在计算机上编辑了一条简短的信息，并指令计算机译成与收到的地球信息相同的语言。然后，他将监听站的发射天线指向地球信息来源的方向，发射按钮呈红色的长方形，这时，监听员的手指悬在它上面。

三体文明的命运，就系于这纤细的两指之上。

毫不犹豫地，监听员按下了发射键，高功率电波带着那条简短但可能拯救另一个文明的信息飞向黑暗的太空：

这个世界收到了你们的信息。

我是这个世界的一个和平主义者，我首先收到信息是你们文明的幸运，警告你们：不要回答！不要回答！！不要回答！！！

你们的方向上有千万颗恒星，只要不回答，这个世界就无法定位发射源。

如果回答，发射源将被定位，你们的文明将遭到入侵，你们的世界将被占领！

不要回答！不要回答！！不要回答！！！

我们不清楚三体世界元首的官邸是什么样子，但可以肯定它与外界之间有厚厚的隔墙，以便适应这个世界的严酷气候。《三体》游戏中的金字塔就是一种猜测，另一种可能是它建在地下。

元首在五个三体时前就得到了收到外星文明信息的报告。两个三体时前，他又得到报告：1379号监听站向信息来源方向发出了警告信息。

前者没有使他狂喜，后者也没有令他沮丧，对那名发出警告信息的监听员，他也没有什么愤恨。以上这些情绪，还有其他的所有情绪，像恐惧、悲伤、幸福、美感等等，都是三体文明所极力避免和消除的，因为它们会导致个体和社会在精神上的脆弱，不利于在这个世界恶劣的环境中生存。三体世界所需要的精神，就是冷静和麻木，从过去两百余轮文明的历史中可以证明，那些以这两种精神为主体的文明是生存能力最强的。

"你为什么这么做？"元首问站在他面前的1379号监听员。

"为了不虚度一生。"监听员冷静地回答。

"你发出的警告信息，很可能使三体文明失去一次生存的机会。"

"但给了地球文明这样的机会。元首，请允许我讲这么一件事：大约在一万个三体时前的乱纪元中，监听站的巡回供给车把我所在的1379号站漏掉了，这就意味着我在之后的一百个三体时中断粮了。我吃掉了站中所有可以吃的东西，甚至自己的衣服，即使这样，在供给车再度到来时，我还是快要饿死了。上级因此给了我一生中最长的一次休假，在我随着供给车回城市的途中，我一直被一个强烈的欲望控制着，那就是占有车上所有的食物。每看到车上的其他人吃东西，我的心中就充满了憎恨，真想杀掉那人！我不停地偷车上的食品，把它们藏在衣服里和座位下，车上的工作人员觉得我这样很有意思，就把食品当礼物送给我。当我到城市下车时，背着远远超过我自身体重的食物……

“当然，后来我从这种精神变态中恢复了，但那种强烈的占有欲望给我留下极深的印象。三体文明也是一个处于生存危机中的群体，它对生存空间的占有欲与我当时对食物的欲望一样强烈而无止境，它根本不可能与地球人一起分享那个世界，只能毫不犹豫地毁灭地球文明，完全占有那个行星系的生存空间……我想得对吗？”

“对，消灭地球文明还有另外一个理由：他们也是好战的种族，很危险。当我们与其共存于一个世界时，他们在技术上将学得很快，这样下去，两个文明都过不好。我们已经确定的政策是：三体舰队占领太阳系和地球后，不会对地球文明进行太多干涉，地球人完全可以像以前那样生活，就像三体占领者不存在一样，只有一件事是被永远禁止的：生育。现在我要问：你想当地球的救世主，对自己的文明却没有一点责任感？”

“三体世界已经让我厌倦了。我们的生活和精神中除了为生存而战就没有其他东西了。”

“这有什么错吗？”

“当然没有错，生存是其他一切的前提，但，元首，请看看我们的生活：一切都是为了文明的生存。为了整个文明的生存，对个体的尊重几乎不存在，个人不能工作就得死；三体社会处于极端的专制之中，法律只有两档：有罪和无罪，有罪处死，无罪释放。我最无法忍受的是精神生活的单一和枯竭，一切可能导致脆弱的精神都是邪恶的。我们没有文学没有艺术，没有对美的追求和享受，甚至连爱情也不能倾诉……元首，这样的生活有意义吗？”

“你向往的那种文明在三体世界也存在过，它们有过民主自由的社会，也留下了丰富的文化遗产，你能看到的只是极小一部分，大部分都被封存禁阅了。但在所有三体文明的轮回中，这类文明是最脆弱最短命的，一次不大的乱世纪灾难就足以使其灭绝。再看你想拯救的地球文明，那个在永远如春的美丽温室中娇生惯养的社会，如果放到三体世界，绝对生存不了一百万个三体时。”

“那花朵虽然娇弱但是绚丽无比，她在天堂闲适中感受着自由和美。”

“如果三体文明最后占有那个世界，我们也可以创造那样的生活。”

“元首，我怀疑。金属般的三体精神已经凝固到我们的每一个细胞中，您真的认为它还能融化吗？我是个小人物，生活在社会的最底层，没有人会注意到我，孤独一生，没有财富没有地位没有爱情，也没有希望。如果我能够拯救一个自己爱上的遥远的美丽世界，那这一辈子至少没有白活。当然，元首，这也让我有缘见到了您，如果不是这个举动，我这样的小人物也只能在电视上景仰您，所以请允许我在此表达自己的荣幸。”

“毫无疑问你是有罪的，你是三体世界所有轮回的文明中最大的罪犯，但三体法律现在出现一个例外——你自由了。”

“元首，这怎么行?! ”

“对你来说，脱水烧掉真是一种微不足道的惩罚。你老了，也不可能看到地球文明的最后毁灭，但我至少要让你知道你根本拯救不了她，我要让你活到她失去一切希望的那一天。好了，走吧。”

1379号监听员走后，元首唤入了负责监听系统的执政官。对他，元首也避免了恼怒，只是例行公事而已。

“你怎么能让这样的脆弱邪恶分子进入监听系统呢？”

“元首，监听系统有几十万名工作人员，严格甄别是很难的，1379号毕竟在那个监听站工作了大半生都没出错。当然，这个最严重的失误责任在我。”

“在三体世界的太空监听系统中，与此相关的责任人还有多少？”

“我初步查了一下，由上至下各个层次，大约六千人吧。”

“他们都有罪。”

“是。”

“六千人都脱水，在首都中心广场烧掉——你，就当引火物吧。”

“谢谢元首，这让我们的良心多少安定了一些。”

“这之前，我再问你：那条警告信息能传多远？”

“1379号是一个小型监听站，发射功率不大，大约能传一千二百万光时（约一千二百光年）吧。”

“够远了。你对三体文明下一步的行动，有什么建议吗？”

“是否向那个外星世界发送经过仔细编制的信息，设法引诱他们回答？”

“不，这更有可能弄巧成拙。好在那条警告信息很短，我们只能希望他们能忽略或误解它的内容……好了，你去吧。”

监听执政官走后，元首召见了三体舰队统帅。

“首批舰队最后完成起航准备，还需要多长时间？”

“元首，舰队的建设还处在最后阶段，具备航行能力至少还需要六万时。”

“我将请执政官联席会议审议我的计划：舰队建成后立刻起航，就向着那个方向。”

“元首，在那样的接收频率上，即使方向的定位也不是太准确。要知道，舰队只能以百分之一光速航行，而且其动力储备只够进行一次减速，也不可能沿那个方向进行大范围搜索，如果目标距离不明，整个舰队最终的结局就是坠入宇宙深渊。”

“但看看我们星系的三颗太阳吧，其中任何一颗的气层随时都可能膨胀，吞没我们这最后一颗行星。所以，没有别的选择，这个险必须冒。”

34

智　子

八万五千三体时（约8.6个地球年）后。

元首下令召开三体世界全体执政官紧急会议，这很不寻常，一定有什么重大的事件发生。

两万三体时前，三体舰队起航了，它们只知道目标的大致方向，却不知道它的距离。也许，目标处于千万光时之外，甚至在银河系的另一端，面对着前方茫茫的星海，这是一次希望渺茫的远征。

执政官会议在巨摆纪念碑下举行。（汪淼在阅读这一段信息时，不由联想到《三体》游戏中的联合国大会，事实上，巨摆纪念碑是游戏中少数在三体世界中真实存在的事物之一。）

元首选定这个会址，令大多数与会者迷惑不解。乱纪元还没有结束，天边刚刚升起了一轮很小的太阳，随时都可能落下，天气异常寒冷，以至于与会者不得不穿上全封闭的电热服。巨大的金属摆锤气势磅礴地摆动着，冲击着寒冷的空气，天边的小太阳把它的影子长长地投射到大地上，像一个顶天立地的巨人在行走。众目睽睽之下，元首走上巨摆的基座，扳动了一个红色的开关，转身对执政官们说：

“我刚刚关闭了巨摆的动力电源，它将在空气阻力下慢慢地停下来。”

“元首，为什么这样？”一位执政官问。

“我们都清楚巨摆的历史含义，它是用来对上帝进行催眠的。现在我们知道，上帝醒着对三体文明更有利，它开始保佑我们了。”

众人沉默了，思索着元首这话的含义。在巨摆摆动了三次之后，有人问：“地球文明回电了？”

元首点点头，“是的，半个三体时前我得到的报告，是回答那条警告信息的。”

“这么快?! 现在距警告信息发出仅八万多时，这就是说，这就是说……”

“这就是说，地球文明距我们仅四万光时。”

“那不就是距离我们最近的那颗恒星吗?!”

“是的，所以我说：上帝在保佑三体文明。”

狂喜在会场上蔓延开来，但又不能充分表露，像被压抑的火山。元首知道，让这种脆弱的情绪爆发出来是有害的，于是，他立刻对“火山”泼了盆冷水：

“我已经命令三体舰队航向这颗恒星，但事情并不如你们想象的那样乐观，照目前的情况看，舰队是在航向自己的坟墓。”

元首这话使执政官们立刻冷静下来。

“有人明白我的意思吗？”元首问。

“我明白。”科学执政官说，“我们都仔细研究过收到的第一批地球信息，其中最值得注意的是他们的文明史。请看以下事实：人类从狩猎时代到农业时代，用了十几万地球年时间；从农业时代到工业时代用了几千地球年；而由工业时代到原子时代，只用了两百地球年；之后，仅用了几十个地球年，他们就进入了信息时代。这个文明，具有可怕的加速进化能力！而在三体世界，已经存在过的包括我们在内的两百个文明中，没有一个经历过这种加速发展，所有的三体文明的科学和技术的进步都是匀速甚至减速的。我们世界的各个技术时代，都需要基本相同的漫长的发展时间。”

元首接着说：“现实是，在四百五十万时后，当三体舰队到达地球所在的行星系时，那个文明的技术水平已在加速发展中远超过我们！三体舰队经过那么漫长的航行，中间还要穿越两条星际尘埃带，很可能只有一半的飞船到达太阳系，其余的将损失在漫长的航程中。到那时，三体舰队在地球文明面前将不堪一击——我们不是去远征，是去送死！”

“如果真是这样，元首，还有更可怕的……”军事执政官说。

“是的，这很容易想到。三体文明的位置已经暴露，为了消除未来的威胁，地球的星际舰队将反攻我们的星系。很可能，在膨胀的太阳把这颗行星吞没之前，三体文明已经被地球人消灭了。”

光明灿烂的前景突然变得如此黯淡，使会场沉默了好久。

元首说：“我们下一步要做的，就是遏制地球文明的科学发展。早在收到第一批信息时，我们就开始制订这方面的计划。现在，实现这些计划出现了一个很有利的条件：我们这次收到的回答信息，是由地球文明的一个背叛者发出的，那么我们有理由猜测，地球文明的内部存在着相当多的异己力量，我们要充分利用这种力量。”

“元首，谈何容易？我们与地球的联系细若游丝，八万多时才能完成一次应答。”

“也不尽然，同我们一样，地球世界得知外星文明的存在对整个社会来说是一个巨大的冲击，将对文明内部产生深远影响。我们有理由相信，地球文明内部的异己力量将不断汇集和增长。”

“那他们能做什么呢？进行破坏吗？”

“在长达四万时的时间跨度上，任何传统的战争和恐怖活动的战略意义都不大，都可以得到恢复。在这样长的时间跨度上，要想有效遏制一个文明的发展，解除其武装，办法只有一个，杀死它们的科学。下面，请科学执政官简单介绍一下我们已经制订的三个计划。”

“第一个计划代号‘染色’。”科学执政官说，“利用科学和技术产生的副作用，使公众对科学产生恐惧和厌恶，比如我们世界中技术发展导致的环境问题，想必在地球上也存在，染色计划将充分利用这些因素。第二个计划代号‘神迹’。即对地球人进行超自然力量的展示，这个计划力图通过一系列的‘神迹’，建造一个科学逻辑无法解释的虚假宇宙。当这种假象持续一定时间后，将有可能使三体文明在那个世界成为宗教信徒的崇拜对象，在地球的思想界，非科学的思维方式就会压倒科学思维，进而导致整个科学思想体系的崩溃。”

“如何产生神迹呢？”

“神迹之所以成为神迹，关键在于它是地球人绝对无法识破的。这可能需要我们向地球异己力量输入一些高于他们现有水平的技术。”

“这太冒险了，最后谁会得到这些技术？简直是玩火！”

“当然，输入什么层次的技术来产生神迹，还有待于我们进一步研究……”

“请科学执政官停一下！”军事执政官站起来说，“元首，我想表明自己的看法：这两个计划对杀死人类的科学，几乎起不到什么作用。”

“但做总比不做强。”科学执政官抢在元首回答前争辩道。

“也仅此而已。”军事执政官不屑地说。

“我同意你的看法，‘染色’和‘神迹’两个计划，只能对地球科学发展产生一些干扰。”元首对军事执政官说，然后转向所有与会者，“我们需要一个决定性的行动，彻底窒息地球的科学，使其锁死在现有水平。在这里，我们需要抓住重点：科学技术的全面发展取决于基础科学的发展，而基础科学的基础又在于对物质深层结构的探索，如果这个领域没有进展，科学技术整体上就不可能产生重大突破。其实，这并非只是针对地球文明，也是针对三体文明要征服的所有目标，早在首次收到外星信息之前，我们就在做着这方面的努力，近期的步伐大大加快了。各位请看，那是什么？”

元首指指天空，执政官们向那个方向抬头仰望，看到太空中的一个圆环，在阳光中发出金属的光泽。

“那不是用于建造第二支太空舰队的船坞吗？”

“不是，那是一台正在建造的巨型粒子加速器。建造第二支太空舰队的计划取消了，其资源全部用于智子工程。”

“智子工程?!”

“是的，在场的人至少有一半不知道这个计划，我现在请科学执政官给大家介绍一下。”

“我知道这个计划，但没想到已经进行到这个程度。”工业执政官说。

文教执政官：“我也知道，但感觉那像个神话。”

“智子工程，简而言之就是把一个质子改造成一台超级智能计算机。”科学执政官说。

“作为一个广为流传的科学幻想，这大家都听说过。”农业执政官说，“但要成为现实，还是太突然了些。我知道，物理学家们已经能够操控微观世界十一维结构中的九维，但我们还是无法想象，他们能把一只小镊子伸进质子，在里面搭建大规模集成电路。”

“当然不行，对微观集成电路的蚀刻，只能在宏观中进行，而且只能在宏观的二维平面上进行。所以，我们需要将一个质子进行二维展开。”

“把九维结构展开成二维？面积有多大？”

“很大，您会看到的。”科学执政官微笑着说。

时光飞逝，六万个三体时又过去了。在太空中的巨型加速器完全建成后的两万个三体时，对质子的二维展开将要在三体行星的同步轨道上进行。

这是一个恒纪元风和日丽的日子，天空十分纯净。同八万个三体时前舰队起航的时候一样，三体世界的人们都在仰望着太空，看着那巨大的圆环。元首和全体执政官再次来到了巨摆纪念碑下，巨摆早已静止，摆锤如一块稳定的磐石凝固在高大的支架间，看上去很难相信它曾经运动过。

科学执政官发出了二维展开的启动命令。太空中，圆环周围有三个立方体，那是为加速器提供能量的聚变发电站，现在，它们那形状像长翅的散热片渐渐发出暗红色的光。科学执政官向元首报告展开正在进行，人们紧张地仰望着太空中的加速器，什么都没有发生。

十分之一个三体时后，科学执政官捂着耳机听了一会儿，说:“元首，很遗憾，展开失败了，多减了一个维度，目标质子被减成一维。”

“一维？一条线？”

“是的，一条无限细的线，从理论上计算，它的长度有一点五千光时。”

“哼！”军事执政官说，“花费了一支太空舰队的资源，就得到这么个结果？”

“这是科学实验，总有个调试的过程，这才是第一次展开实验嘛。”

人们带着失望散了，但事情并没有完。本来认为被一维展开的质子将永远运行在行星的同步轨道上，但由于太阳风暴产生的阻力使其减速，一部分一维丝还是落入了大气层。六个三体时后，来到户外的人们发现周围有奇怪的闪光，那些闪光呈细丝状，转瞬即逝，出没不定。他们很快从新闻中得知，这是被展开成一维的质子在引力的作用下飘落到地面上来了。虽然这些一维丝是无限细的，但它的核力场还是能够反射可见光，还是能够被看到。这是人们第一次看到不是由原子构成的物质，它们本身只是一个质子的一小部分。

“这些东西真讨厌。”元首不断地用手拂脸，此时他正同科学执政官一起站在政府大厦前宽阔的台阶上，“我总是感到脸上痒。”

“元首，这只是您的心理作用。所有一维丝的质量之和也就相当于一个质子，所以它们对宏观世界几乎不产生任何作用，当然也没有任何害处，就像不存在一样。”

但空中落下的一维丝越来越密，在阳光下，地面附近的空间中充满了细小的闪光，太阳和星辰看上去都围着一圈银色的绒边。外出的人们身上缠满了一维丝，走动时拖着一片细小闪光。他们回到室内后，一维丝在灯光下闪亮，只要他们一活动，细丝的反光就在他们周围描绘出被他们扰动的空气的形状。虽然一维丝只能在光线下看到，不产生任何触觉，但这也够令人心烦意乱的了。

一维丝的暴雨整整下了二十多个三体时才停止，这并非因为细丝都落到地面上，它们的质量虽然令人难以想象的微小，但还是有的，所以在重力下的加速度与普通物体一样，但一进入大气层，就立刻完全受气流控制，永远也不会落下。但在一维展开后，质子内部的强互作用力大大减弱，使得一维丝的强度不大，渐渐断裂成小段，反射的光肉眼看不见了，人们就感觉它们消失了。一维丝的尘埃在三体世界的空间中是永远飘浮着的。

五十个三体时后，质子的二维展开第二次进行。这一次，地面上的人们很快看到了异兆，当聚变发电站的散热片发出红光后，在加速器的位置上，突然出现了几个巨大的物体，都呈很规则的几何形状，有球体、四面体、立方体和锥体等，它们的表面色彩很复杂，细看发现原来根本没有色彩，几何体的表面都是全反射的镜面，人们看到的只是被映照的行星表面扭曲的图像。“这次成功了吗？”元首问，“这就是被展开成二维的质子？”

科学执政官回答：“元首，这次仍不成功，我得到加速器控制中心的报告，这次少减了一个维度，目标质子被展开成三维。”

巨大的镜面几何体以很快的速度继续涌现，形状也更加多样化，有环状和立体十字形，甚至还出现了一个类似于莫比乌斯带的扭环。所有几何体从加速器的位置飘移开去。约半个三体时后，这些几何体布满了大半个天空，像是一个巨人孩子在苍穹中撒了一盒积木。几何体反射的阳光使地面的亮度增加了一倍，且闪烁不定，巨摆的影子在这投到地面的天光中时隐时现，左右摇摆。接着，所有的几何体开始变形，渐渐失去了规则的形状，像受热融化似的。这种变形愈演愈烈，变化的形状越来越纷乱复杂，现在天空中的东西不再使人联想到积木，更像是一个巨人被肢解后的肢体和内脏。由于形状的不规则，它们散射到地面上的阳光均匀柔和了一些，但其本身表面的色彩却更加怪异和变幻莫测。

在布满天空的这些杂乱的三维体中，有一些引起了地面观察者们的特别注意，首先是因为这些三维体极其相似，再细看时，人们辨认出了它们所表达的东西，一阵巨大的恐怖感席卷整个三体世界。

那都是眼睛！（我们不知道三体人眼睛的形状，但有一点可以肯定：任何智慧生物对眼睛的图像都是十分敏感的。）

元首是少有的真正保持着镇静的人，他问科学执政官：“一个微观粒子，内部的结构能复杂到什么程度？”

“那要看从几维视角来观察了。从一维视角看微观粒子，就是常人的感觉，一个点而已；从二维和三维的视角看，粒子开始呈现出内部结构；四维视角的基本粒子已经是一个宏大的世界了。”

元首说：“宏大这种词用在质子这样的微观物上，我总觉得不可思议。”

科学执政官没有理会元首，自顾自地说下去："在更高维度上，粒子内部的复杂程度和结构数量急剧上升，我在下面的类比不准确，只是个形象的描述而已：七维视角的基本粒子，其复杂程度可能已经与三维空间中的三体星系相当；八维视角下，粒子是一个与银河系一样宏大浩渺的存在；当视角达到九维后，一个基本粒子内部结构的数量和复杂程度，已经相当于整个宇宙。至于更高的维度，我们的物理学家还无法探测，其复杂度我还想象不出来。"

元首指指太空中那些巨大的眼睛，"眼前的事情是不是表明，被展开的质子所包含的微观宇宙中，存在智慧生命？"

"生命这个定义，用在高维度微观宇宙中怕不合适，更准确些，我们只能说那个宇宙中存在智能或智慧。这样的可能科学家们早已预测到了，那样复杂宏大的一个世界，如果没有演化出智慧这样的东西反倒是不正常了。"

"它们为什么变化出眼睛来看着我们？"元首仰望天空。那些太空中的眼睛是很精美的雕塑，栩栩如生，它们都看着下面的行星，目光似乎很诡异。

"也许只是想显示自己的存在吧。"

"那些东西都会落到地面上来吗？"

"不会的，请元首放心。即使落下来，与上次一维展开的细丝一样，这些巨大的物体全部质量之和也就相当于一个质子而已，不会对我们的世界产生任何影响。人们要做的，只是使自己的心理适应这种奇观而已。"

但这次，科学执政官错了。

现在，人们可以觉察到，在布满天空的所有三维体中，“眼睛”们的移动速度明显地比别的几何体快，而且它们都在向着同一点汇聚。很快，两个眼睛相遇了，合为一体，合成后的形状仍是眼睛，只是体积增大了。更多的“眼睛”加入合成体，后者的体积也在迅速增大。最后，所有的“眼睛”合为一体，这颗“眼睛”是如此巨大，仿佛代表着整个宇宙在盯着三体世界。它的眸子清澈明亮，中心映着一轮太阳，在广阔的眼睑上，缤纷的色彩如洪水般滚滚而过。时间不长，“巨眼”表面的细节开始变淡，渐渐消失了，“巨眼”变成了一只没有眸子的盲眼；然后，它的形状开始改变，最后完全失去了眼睛的形状，变成一个完美的圆。当这个巨圆开始缓缓转动时，人们发现它并不是平面，而是一个抛物面，像从一个巨球上切下的一部分。

军事执政官盯着空中那个缓缓转动的巨物，突然悟出了什么，喊道：“元首，快，还有其他人，快进地下掩蔽室！”他指着上方，“它是……”

“一面反射镜，”元首冷静地说，“命令太空防御部队立刻摧毁它，我们就在这里看，哪儿也不去。”

反射镜聚焦的阳光这时已经投射到三体行星上，最初光斑的面积很大，焦点的热量还不具杀伤力。这个光斑在大陆上移动着，寻找着目标。反射镜显然发现了首都这个最大的城市，光斑向这里移来，很快将首都罩在它的范围内。巨摆纪念碑下的人们只看到太空中出现一团巨大的光亮，这光强得掩去了空中其他的一切。与此同时，人们感到了一阵酷热袭来。笼罩首都的大光斑在迅速收缩，这是反射镜在进一步聚焦阳光，太空中的光团亮度继续增强，使人们不能抬头，光斑内的人们则感到热度在急剧增加。就在酷热已不可忍受之时，光斑的边界扫过了巨摆纪念碑，一切都骤然暗了下来。这里的人们花了好一会儿才使眼睛适应了正常的光亮。他们抬头首先看到的是一根顶天立地的光柱，呈倒锥形，太空中的反射镜就是光锥的底部，光锥的头部正刺中首都的中心，使那里的一切都在短时间内变成白炽状态，滚滚的烟柱从那里腾空而起，被光锥的不均匀热量引发的龙卷风则形成了另外几根接天的尘柱，围绕着光锥扭动舞蹈着……

几团耀眼的火球在反射镜的不同部分出现了。它们的颜色与反射镜发出的光芒不同，是蓝色的，这是三体世界太空防御部队发射的核弹在目标上爆炸。由于爆炸是在大气层外进行的，听不到声音。当这几团火球熄灭时，反射镜上出现了几个大洞，然后整个镜面开始撕裂，最后破裂成十几块。与此同时，死亡光锥消失了，世界重新回到正常的光亮中，人们一时间觉得一切像月夜般昏暗。那些已失去了智能的碎块继续变形，很快与太空中其他的几何体混在一起不分彼此了。

“下次展开实验会怎么样？”元首带着嘲讽的神情对科学执政官说，“会不会把一个质子展开成四维？”

“元首，即使这样也问题不大，四维展开后的质子体积要小很多，如果太空防御部队做好准备，对其在三维空间的投影进行攻击，同样可以摧毁它。”

“你在欺骗元首！”军事执政官愤怒地对科学执政官说，“你闭口不提真正的危险！如果，质子被零维展开呢？”

“零维？”元首饶有兴趣地问，“那就是一个没有大小的点了。”

“是的，奇点！一个质子与它相比都是无限大，这个质子的所有质量将包含在这个奇点中，它的密度将无限大！元首，您当然能想象得出这是什么东西。”

“黑洞？”

“是的。”

“元首，是这样——”科学执政官连忙解释道，“我们选择质子而不是中子进行二维展开，就是为了避免这种危险。万一零维展开真的出现，质子带有的电荷也会转移到展开后形成的黑洞中，我们就能用电磁力捕捉和控制住它。”

“万一你们根本找不到它或控制不住呢？”军事执政官质问道，“它就可能降落到地面上来，在途中吸进遇到的一切物质迅速增加质量，然后沉到我们行星的地心中，最后把整个三体世界都吸进去！”

“这事情不会发生，我保证！你干吗总跟我过不去？我说过，科学实验嘛……”

“够了！”元首说，“下次的成功率有多大？”

“几乎是百分之百！元首，请相信我，通过这两次失败，我们已经掌握了微观至宏观低维展开的规律。”

“好吧，为了三体文明的生存，这个险必须冒。”

“谢谢元首！”

“但，如果下次还是失败，你，还有参与智子工程的所有科学家，都有罪了。”

“是的，当然，都有罪。”如果三体人能出汗的话，科学执政官一定抹了一把冷汗。

对同步轨道上三维展开的质子的清理要比一维展开的质子容易得多，用小型飞船就能把那一团团质子物质拖离行星近地空间，避免它们进入大气层。那些像山脉一样的物质几乎没有质量，仿佛是巨大的银色幻影，一个婴儿就能轻松地拖动它们。

事后，元首问科学执政官："在这次实验中，我们是不是毁灭了微观宇宙中的一个文明？"

"至少是一个智慧体吧，而且，元首，我们毁灭的是整个微宇宙。那个宇宙在高维度上是很宏大的，可能存在的智慧或文明显然不止一个，只是它们没有机会向宏观世界表现自己而已。当然，在微观尺度的高维空间，智慧和文明的形态是我们绝对无法想象的，它们完全是另一种东西。还要说明：这种事可不是第一次发生了。"

"哦？"

"在漫长的科学发展史上，物理学家们用加速器撞击过多少质子？又撞击过多少中子和电子？可能不下一亿次吧。每一次撞击，对那个微宇宙中的智慧或文明都可能是毁灭性的。其实，即使在大自然中，微宇宙的毁灭也是每时每刻都在发生的，比如质子和中子的衰变，还有，进入大气层的一束高能宇宙射线就可能毁灭成千上万个微宇宙……您不会为此多愁善感起来吧？"

"你很幽默。我要马上通知宣传执政官，让他把这个科学事实向全世界反复渲染，让三体人民明白，文明的毁灭，其实是一件在宇宙中每时每刻都在发生的再普通不过的事。"

"这有什么意义呢？是让人民能够坦然面对三体文明可能的毁灭吗？"

"不，是让他们坦然面对地球文明的毁灭。你也知道，在我们对地球文明的基本政策公布后，激发起一些极其危险的和平主义情绪。我们现在才发现，三体世界中像1379号监听员这样的人其实是很多的，必须控制和消除这种脆弱的情绪。”

“元首，这种情绪主要是由最近来自地球的新信息引起的。您的预测实现了，地球上的异己力量果然在发展，他们建立了一个完全由自己控制的发射基地，开始源源不断地向我们发送大量地球文明的信息。我得承认，地球文明在三体世界是很有杀伤力的，对我们的人民来说，那是来自天堂的圣乐。地球人的人文思想会使很多三体人走上精神歧途，三体文明在地球已经成为一种宗教，而地球文明在三体世界也有这个可能。”

“你指出了一个巨大的危险，应该严格限制来自地球的信息流入民间，特别是文化信息。”

质子二维展开的第三次实验在三十个三体时后进行，这次是在夜间。从地面上看不到太空中的加速器圆环，只有旁边聚变发电站散热片的红光标示出它的位置。加速器启动不久，科学执政官就宣布展开成功。

人们仰望夜空，开始什么都没看到，但很快，他们发现了一个神奇的迹象：星空分成了两部分，这两部分中星群的图案是对不上的，仿佛两张星空图片叠在一起，小的那张放在大的上面，银河在两者的边界处被截断。小部分的星空是圆形的，正在正常的星空背景上迅速扩大。

“那里面的星座是南半球的！”文教执政官指着正在扩大的圆形星空说。

当人们正在穷尽自己的想象力，试图理解在行星另一面才能看到的星空是如何叠印到北半球的夜空上时，一个更惊人的景象出现了：在那片扩大中的南半球星空移动的边缘，出现了一个巨大球体的一部分，那个球体呈褐色，正在像一个速度很慢的显示屏上的图像一样被扫描出来，那是一个大家都很熟悉的球体，上面清晰地显现着熟悉的大陆形状。当球体的显示完成后，它已占据了三分之一的天空，其表面的细节可以看得更清楚了：褐色的陆地上布满了山脉的褶皱，一片片云层好像是紧贴着大陆的残雪……这时才有人说出了一个事实："那是我们的行星！"

是的，太空中出现了另一个三体世界。

紧接着，天色亮了起来，在太空中的第二三体行星旁边，扩大的南半球星空的边界又扫描出了一轮太阳，这显然是现在正照耀着南半球的那个太阳，但似乎只有它的一半大小。

现在，终于有人悟出了事情的真相："那是一面镜子！"

这面在三体世界上方出现的巨镜，就是那粒正在被展开成二维平面的质子，这是一个没有厚度的真正意义上的几何平面。

当二维展开完成时，苍穹已完全被南半球的星空所覆盖，天顶正中就是三体行星和太阳的镜像。紧接着，周围地平线一圈的星空开始变形，群星的图像被拉长扭曲，像融化后流动一般。这种变形正由周边向上发展。

"元首，质子平面正在我们星球的引力下弯曲。"科学执政官说，他接着指指星空中刚刚出现的许多光晕，就像有人用晃动的手电照着洞窟的顶。"那是从地面发出的电磁辐射，对平面的引力弯曲进行调节，以使得质子平面最后把我们的星球完全包裹起来，之后电磁辐射仍将持续发射，像许多根辐条一样维持住这个大球面的稳定，这样三体行星就成了一个固定二维质子的工作平台，在质子平面上集成电路的蚀刻就可以开始了。”

质子的二维平面对三体行星的包裹是一个漫长的过程，当星空的变形逼近天顶的三体行星映像时，群星从上至下依次消失了，已弯曲到行星另一面的质子平面挡住了星空。这时仍有阳光照进已弯曲成曲面的平面质子内，可以看到三体世界的映像在太空中的宇宙哈哈镜里已变得面目全非。当最后一缕阳光消失后，一切都隐入无边的黑暗中。这是三体世界有史以来最黑的夜。在行星的引力和人工电磁辐射的平衡下，质子平面形成了一个半径为同步轨道的大球壳，将行星完全包在球心。

严寒降临了。全反射的质子平面将所有阳光反射回太空，三体世界的气温急剧下降，最后降到了曾导致多轮文明毁灭的三颗飞星同现时的程度。三体世界绝大多数公民脱水贮存，黑暗笼罩的大地上一片死寂。天空中，只有维持质子巨膜的电磁辐射激发的微弱光晕在晃动，偶尔还可以看到同步轨道上的几点灯光，那是在巨膜上进行集成电路蚀刻的飞船。

微观集成电路的原理与普通集成电路完全不同，因为其基材不是由原子构成的，它本身就是一个质子。电路的PN结是对质子平面局部的强互作用力进行扭结而形成，导线也是传导核力介子的。由于电路平面极大，所以电路的宏观尺寸也很大，线路都有发丝粗细，凑近后用肉眼清晰可辨。如果飞近质子平面，就能看到一个由精细复杂的集成电路构成的广阔平原，电路的总面积是其包裹于其中的三体行星陆地面积的几十倍。

质子电路蚀刻是一个庞大的工程，上千艘飞船工作了一万五千个三体时才最后完成，软件的调试又用了五千个三体时，终于到了智子第一次试运行的时刻。

在处于地下深处的智子控制中心的大屏幕上，当冗长的系统自检程序结束后，接着显示系统的加载过程，最后，空白的蓝屏上出现了一行大字：

“微智慧2.10”载入完成，智子一号等待指令。

科学执政官说：“现在，智子诞生了，我们赋予了一个质子智慧，这是我们能够制造的最小的人工智能体了。”

“可在我们现在看来，它是最大的人工智能体了。”元首说。

“元首，我们将增加这个质子的维度，它很快会变小的。”说完，科学执政官在控制终端上输入一句询问：

智子一号，空间维度控制功能是否正常？

正常，智子一号随时可以启动空间维度控制功能。

将维度收缩至三维。

这个命令发出后，包裹三体世界的二维质子巨膜迅速收缩，仿佛宇宙中的一只巨手扯开了这个世界的蒙布，几乎在一瞬间，阳光普照大地。质子由二维收缩至三维，变成了同步轨道上的一个巨球，看上去有巨月大小，它正处于星球黑夜的一面，但镜面球面反射的阳光使黑夜变成白昼。现在，外部世界仍然处于极度严寒中，控制室中的人们只能从屏幕上目睹这一切。

维度收缩成功，智子一号等待指令。

将维度收缩至四维。

太空中，巨球迅速收缩，最后看上去只有飞星大小，在星球的这一面黑夜重新降临。

“元首，我们现在看到的这个球体，不是真正的智子，只是其在三维空间的投影。它是一个四维的巨人，我们的世界是一张三维的薄纸，它站在这张纸上，我们只能看到它的脚底与纸相接触的部分。”

维度收缩成功，智子一号等待指令。

将维度收缩至六维。

太空中的小球消失了。

“六维的质子有多大？”元首问。

“半径约五十单位吧。”科学执政官回答。

维度收缩成功，智子一号等待指令。

智子一号，你能看到我们吗？

能，我能看到控制室，看到其中的每个人，还能看到每个人的内脏，甚至还能看到你们内脏的内脏。

“它在说什么？”元首惊奇地问。

“智子从六维空间看三维空间，就像我们看二维平面上的一张画，当然能看到我们的内部。”

智子一号，进入控制室。

“它能穿透地层吗？”元首问。

“元首，不是穿透，而是从高维进入，它可以进入我们世界中任何封闭的空间。这也是三维中的我们和二维平面的关系，我们能轻易从上方进入平面上的一个圆，而平面上的二维生物永远不可能，除非它打破那个圆。”

科学执政官的话音刚落，一个镜面球体便出现在控制室的正中，悬浮在半空中。元首走过去，看着全反射球面上自己变形的映像。“这竟是一个质子?!”他带着惊奇和感叹说。

“元首,这只是质子的六维实体在三维空间的投影而已。”

元首伸出手去,看看科学执政官并没有阻止,就接触了智子的表面。在他的手这轻轻一触之下,智子被推移了一段距离。

“好像很光滑。它只有一个质子的质量,可我的手上竟有一点儿阻力感。”元首不解地说。

“空气阻力作用于球体的原因。”

“能让它缩回十一维,变成普通质子大小吗?”元首问。他的话音未落,科学执政官就惊恐地对智子喊道:

“注意,这不是指令!!”

智子一号明白。

“元首,如果缩回十一维,我们就永远失去它了。当智子缩减到普通微观粒子的大小时,它内部的传感器和I/O接口将小于所有电磁波的波长,这就意味着它无法感知宏观世界,也无法接收我们的指令。”

“可我们最终是要让它恢复为一个微观粒子的。”

“是的,但那要等到智子二号、三号和四号建成。一个以上的智子,能够通过某些量子效应,构成一个感知宏观世界的系统。举个例子:假设一个原子核内部有两个质子,它们相互之间会遵循一定的运动规则,比如自旋,可能两个质子的自旋方向必须是相反的。当这两个质子被从原子核中拆开,不管它们相互之间分离到多大距离,这个规则依然有效;改变其中一个质子的自旋方向,另一个的自旋方向也必然立刻做出相应的改变。当这两个质子都被建造成智子的话,它们之间就会以这种效应为基础,构成一个相互感应的整体,多个智子则可以构成一个感应阵列,这个阵列的尺度可以达到任意大小，可以接收所有频段的电磁波，也就可以感知宏观世界了。当然，构成智子阵列的量子效应是极其复杂的，我这种说明只是个比喻而已。”

其后三个质子的二维展开都是一次成功，每个智子的建造时间也只有一号的一半。智子二号、三号和四号建成后，四个智子构成的量子感应阵列也顺利建立。

元首和全体执政官再次来到了巨摆纪念碑下。在他们上方，悬浮着四个已经缩至六维的智子，在每个晶莹的镜面球体中，都各自映出了一轮正在升起的太阳，不由让人想起那些曾出现在太空中的三维体眼睛。

智子阵列，连续维度收缩至十一维。

指令发出后，四个镜面球体消失了。科学执政官说：“元首，智子一号和二号将飞向地球，凭借着存贮在微观电路中庞大的知识库，智子对空间的性质了如指掌，它们可以从真空中汲取能量，在极短的时间内变成高能粒子，以接近光速的速度航行。这看起来违反能量守恒定律，智子是从真空结构中‘借’得能量，但归还遥遥无期，要等到质子衰变之时，而那时离宇宙末日也不远了。

“两个智子到达地球之后，第一个任务就是定位人类用于物理学研究的高能加速器，然后潜伏于其中。在地球文明的科学水平上，对物质深层结构研究所采用的基本方法，就是用经过加速的高能粒子撞击选定的靶标粒子，当靶标粒子被撞碎后，对结果进行分析，以图找出反映物质深层结构的信息。在实际的实验中，是用含有靶标粒子的物质作为撞击目标，物质的内部几乎全是空的，如果一个原子有一座剧院那么大，原子核则只是悬浮在剧院中的一个核桃。所以，成功的撞击是十分罕见的，往往在大量的高能粒子长时间轰击靶标材料之后才发生一次，这种实验就像是从夏天的一场大暴雨中，找出颜色稍有不同的一个雨点。

“这就给了智子一个机会，使它可以代替靶标粒子去接受撞击。由于它具有很高的智能，通过量子感应阵列，它们能在极短的时间内精确判断轰击粒子的轨迹，然后移动到适当的位置。所以，对智子撞击的成功率，是对普通靶标粒子的上亿倍。当智子被撞击后，它就会有意给出错误和混乱的结果。即使偶尔有对预定靶标粒子正确的撞击发生，地球物理学家们也不可能将正确的结果从一大堆错误结果中分辨出来。”

“这样，智子不是也被消耗了吗？”军事执政官问。

“不会的。质子已经是组成物质的基本结构，与一般的宏观物质是有本质区别的，它能够被击碎，但不可能被消灭。事实上，当一个智子被击碎成几部分后，就产生了几个智子，而且它们之间仍存在着牢固的量子联系，就像你切断一根磁铁，却得到了两根磁铁一样。虽然每个碎片智子的功能会大大低于原来的整体智子，但在修复软件的指挥下，各个碎片能迅速靠拢，重新组合成一个与撞击前一模一样的整体智子。这个过程是在撞击发生后，碎片智子在高能加速器气泡室或乳胶感光片上显示出错误结果后完成的，只需百万分之一秒。”

又有人问：“是否存在这种可能：地球人用某种方法将智子识别出来，然后用一个强电磁场将其捕获，并禁锢起来？质子是带正电荷的。”

“这更不可能了。要识别出智子，就需要人类在物质深层结构研究上的突破，但高能加速器都变成了一堆废铁，这种研究又如何进行呢？猎人的眼睛已经先被他要射的猎物抓瞎了。”

“地球人还有一个笨办法，”工业执政官说，“他们可以建造大量的加速器，超过我们建造智子的速度，那么，地球上总有某台加速器中没有智子潜伏，会得到正确的结果。”

“这是智子计划中最有趣的一点！”这个问题使科学执政官兴奋起来，“工业执政官先生，您不必担心建造大量的智子会使三体世界的经济崩溃。我们不必这么做，也许还会再建造几个智子，但不会更多，事实上，有这两个就足够了，因为每个智子在行为上是多线程的。”

“多线程？”

“这是古老的串行计算机的一个术语，那时计算机的中央处理器每一时刻只能运行单一的程序，但由于其速度很快，加上中断的调度，在我们处于低速层面的观察者看来，计算机是在同时运行多个程序。你知道，智子能以接近光速的速度运动，地球世界相对于光速而言是一个很小的地方，如果智子以这个速度在地球上不同的加速器间巡回，那么在地球人看来，它就像同时存在于每台加速器中，能够几乎同时在所有加速器中制造错误的撞击结果。

“我们计算过，每个智子可以控制多达一万台高能加速器，而地球人建造一台这样的加速器就需要四五年的时间，从经济和资源的角度看也不可能大量建造。当然，他们可以拉大加速器间的距离，比如说在他们星系的各个行星上建造，这确实能破坏智子的多线程操作，但在这样长的时间内，三体世界再造出十个或更多的智子也不困难。越来越多的智子将在那个行星系中游荡，它们合在一起也没有细菌的亿万分之一那么大，但却使地球上的物理学家们永远无法窥见物质深处的秘密，地球人对微观维度的控制，将被限制在五维以下，别说是四百五十万时，就是四百五十万亿时，地球文明的科学技术也不会有本质的突破，它们将永远处于原始时代。地球的科学已被彻底锁死，这个锁是如此牢固，凭人类自身的力量是永远无法挣脱出来的。”

“真是太妙了！请原谅我以前对智子工程的失敬。”军事执政官由衷地说。

“事实上，地球目前只有三台达到了可能取得突破性研究成果所需能级的加速器，智子一号和二号到达地球后将几乎处于闲置状态。为了充分利用它们的工作能力，除对三台加速器进行干扰外，我们还为智子安排了其他的工作，它们将成为实施神迹计划的主要技术手段。”

“智子能够制造神迹？”

“对地球人而言，是的。大家都知道，高能粒子可以使胶片感光，这也是地球原始的加速器显示单个粒子的手段之一，智子在高能态上每穿过一次胶片，就在上面产生一个感光点，它们来回穿过，就可以将这些点连成一排字母或数字，甚至图形，像绣花一样。这个过程速度极快，远快过地球人的相机拍照时胶片的感光速度。另外，地球人的视网膜与三体人类似，这样高能智子也能用同样的方式在他们的视网膜上打出字母、数字或图形……如果说以上这些小神迹能使地球人迷惑和恐惧的话，那下一个巨型神迹足以把那些虫子科学家吓死：智子能使他们眼中的宇宙背景辐射发生整体闪烁。”

“这对我们的科学家而言也很恐怖，怎样做到呢？”

“很简单，我们已经编制了使智子自行二维展开的软件，展开完成后，用那个巨大的平面包住地球，这个软件还可以使展开后的平面是透明的，但在宇宙背景辐射的波段上，其透明度可以进行调节……当然，智子进行各种维度的展开时，可以显示更宏伟的‘神迹’，相应的软件也在开发中。这些‘神迹’将制造一种足以将人类科学思想引上歧途的氛围，这样，我们可以用神迹计划对地球世界中物理学以外的科学形成强有力的遏制。”

“最后一个问题：为什么不把已有的四个智子全部发往地球呢？”

“量子感应是超距的，即使四个智子分处宇宙的两端，感应照样可以在瞬间传递，它们构成的量子阵列依然存在。把三号和四号智子留在这里，它们就可以实时接收位于地球的一号和二号智子发回的信息，这样就实现了三体世界对地球的实时监视。同时，智子阵列也使三体世界能够与地球文明中的异己分子进行实时通信。”

“这里有一个重要的战略步骤，”元首插话说，“我们将通过智子阵列，把三体世界对地球文明的真实意图告诉地球人。”

“这就是说，我们将告诉他们，三体舰队将通过长期禁止地球人生育，使这个物种从地球上消失？”

“是的，这样做有两个可能的结果：其一是使地球人抛弃一切幻想决一死战，其二是使他们的社会在绝望和恐惧之中堕落、崩溃。通过对已经收到的地球文明信息进行仔细研究，我们认为后一种可能性更大。”

不知什么时候，初升的太阳又消失在地平线下，日出变成了日落，三体世界的又一个乱纪元开始了。

就在叶文洁阅读三体世界的信息时，作战中心正在召开另一次重要会议，对被夺取的信息进行初步研究。会前，常伟思将军说：“请同志们注意，我们的会议现在可能已经在智子的监视之下了，以后，任何秘密都将不复存在。”

他说这句话时，周围还是熟悉的一切，拉下的窗帘上摇曳着夏天的树影；但在所有与会者眼中，这个世界已经不同于以往了，他们感觉到了一双无所不在的眼睛盯着自己，在这双眼睛下，这个世界已经无处躲藏，这感觉将缠绕他们一生，连他们的子孙后代也无法逃脱。人类要经过许多年，才能在精神上适应这种处境。

就在常伟思说完这句话的三秒钟后，三体世界与地球叛军之外的人类进行了第一次交流，这以后，他们就中断了与地球三体叛军降临派的通信，在所有与会者的有生之年，三体世界再也没有发来任何信息。这时，作战中心所有人的眼睛都看到了那条信息，就像汪淼看到倒计时一样，信息只闪现了不到两秒钟就消失了，但所有人都准确地读出了它的内容，它只有五个字——

你们是虫子！

35

虫　子

“看完那些，你一定想到了三年前因球状闪电研究发现的宏原子，那可是你最辉煌的时代。”汪淼对丁仪说，他们此时正在丁仪家宽敞空旷的客厅中，两人靠在那张台球桌旁边。

“是啊，我一直在建立宏原子的理论，现在受到了启发：宏原子很可能就是普通原子在低维度的展开。这种展开是由某种我们不知道的自然力完成的，展开可能发生在宇宙大爆炸后不久，也可能现在仍然时时刻刻都在进行。也许，这个宇宙所有的原子在漫长的时间里最后都会展开到低维，我们宇宙的最终结局是变成低维度原子构成的宏宇宙，这也可以看作一个熵的增长过程吧……当时以为，宏原子的发现能给物理学带来突破，现在看来根本不是那么回事。”丁仪说，起身到书房去翻找什么。

“为什么呢？既然我们可以捕获宏原子，难道不能绕开高能加速器，直接从宏原子中研究物质的深层结构吗？”

“当初是这么想的，”丁仪从书房中走出来，手里拿着一个精致的银边相框，“现在看来很可笑。”他弯腰从脏乱的地板上拾起一个烟头，“还是看这个过滤嘴吧，我们说过它的二维面积展开来有客厅这么大，但要是真的展开了，你能从那个平面上研究出过滤嘴曾经的三维结构吗？显然不可能，那些三维结构的信息在展开时已经消失了，像打碎了的杯子不可能还原，原子在自然状态下的低维展开是不可逆的过程。三体科学家的高明之处，在于他们对粒子低维展开的同时保留了高维结构的信息，使整个过程成为可逆。而我们要想研究物质深层结构，还只能从十一维微观维度开始，也就是说，离不开加速器。打个比方：加速器是我们的算盘和计算尺，只有通过它们，我们才可能发明出电子计算机来。”

丁仪让汪淼看那个相框中的照片。照片上，一名年轻美丽的少校女军官站在一群孩子中间，她目光清澈，动人地微笑着。她和孩子们站在一片修剪得很好的绿草坪上，上面有几只白色的小动物。在他们的后面，有一幢很高大的厂房一样的建筑，墙上画着色彩鲜艳的卡通动物，还有气球、鲜花什么的。

“在杨冬之前认识的？你的生活够丰富的。”汪淼看着照片说。

“她叫林云，对球状闪电研究和宏原子的发现做出过关键性的贡献，可以说，没有她，就没有这个发现。”

“我没有听说过她啊。”

“是啊，因为一些你同样没听说的事情……不过我一直觉得这对她不公平。”

“她现在在哪儿？”

“在……在一个地方，或一些地方……唉，她要是现在能出现有多好。”

对丁仪奇怪的回答，汪淼没有在意，他对照片上的那个女性并不感兴趣，他把相框还给丁仪，一摆手说：“无所谓，一切都无所谓了。”

“是啊，一切都无所谓了。”丁仪把相框在台球桌上端正地摆好，看着他，伸手去够桌角的一瓶酒……

当史强推门进来时，两人已经喝得有八分醉了，他们看到大史后都很兴奋。汪淼站起来搂住来者的双肩，“啊，大史，史警官……”丁仪则晃晃悠悠地找了个杯子放到台球桌上，给他倒酒，“你那个邪招还不如不出。那个信息，我们看不看，四百多年后的结果都一样。”

大史在台球桌前坐下来，两眼贼溜溜地看看两人：“事情真像你们说的那样，什么都完了？”

“当然，什么都完了。”

“加速器不能用，物质结构不能研究，就什么都完了？”

“那你——说呢？”

“技术不还是在进步嘛，汪院士他们还搞出了纳米材料……”

“想象一个古代的王国，他们的技术也在进步，能为士兵造出更好的刀啊剑啊长矛啊，甚至还有可能造出像机关枪那样连发的弓箭呢，但……”

大史若有所思地点点头，“但如果他们不知道物质是由原子、分子组成的，就永远造不出导弹和卫星，科学水平限制着呢。”

丁仪拍拍大史的肩，“我早就看出来史警官是个聪明人，就是看着……”

汪淼接着说:“物质深层结构的研究是其他一切科学基础的基础,如果这个没有进展,什么都是——用你的说法:扯淡。”

丁仪指指汪淼,“汪院士这辈子还不会闲着,能继续改进刀啊剑啊长矛啊。我他妈的以后干什么?天知道!”说着他把一个空酒瓶扔到桌上,捡起台球丢过去砸。

“这是好事!”汪淼举起酒杯说,“我们这辈子反正能打发完,今后,颓废和堕落有理由了!我们是虫子!即将灭绝的虫子,哈哈……”

“说得好!”丁仪也举起酒杯,“为虫子干杯!真没想到世界末日是这么的爽,虫子万岁,智子万岁!末日万岁!”

大史摇摇头,把面前的那杯酒一口干了,又摇摇头,“熊样儿。”

“那你要咋的?”丁仪用醉眼盯着大史说,“你能让我们振作起来?”

大史站了起来,“走。”

“去哪儿?”

“找振作啊。”

“得了,史兄,坐下,喝。”

大史扯着两人的胳膊把他们拽起来,“走,不行就把酒拿上。”

下楼后,三人上了大史的车。当车开动时,汪淼大着舌头问去哪儿,大史回答:“我老家,不远。”

车开出了城市,沿京石高速向西疾驶,刚刚进入河北境内就下了高速公路。大史停下了车,把车里的两人拖出来。丁仪和汪淼一下车,午后灿烂的阳光就令他们眯起了眼,覆盖着麦田的华北大平原在他们面前铺展开来。

“你带我们来这儿干什么?”汪淼问。

“看虫子。”大史点上一支斯坦顿上校送的雪茄说，同时用雪茄指指面前的麦田。

汪淼和丁仪这才发现，田野被厚厚的一层蝗虫覆盖了，每根麦秆上都爬了好几只，地面上，更多的蝗虫在蠕动着，看去像是一种黏稠的液体。

“这地方也有蝗灾了？”汪淼赶走田埂一小片地上的蝗虫，坐了下来。

“像沙尘暴一样，十年前就有了，不过今年最厉害。”

“那又怎么样？大史，什么都无所谓了。”丁仪带着未消的醉意说。

“我只想请二位想一个问题：是地球人与三体人的技术水平差距大呢，还是蝗虫与咱们人的技术水平差距大？”

这个问题像一瓢冷水泼在两名醉汉科学家头上，他们盯着面前成堆的蝗虫，表情渐渐凝重起来，两人很快就明白了大史的意思。

看看吧，这就是虫子，它们的技术与我们的差距，远大于我们与三体文明的差距。人类竭尽全力消灭它们，用尽各种毒剂，用飞机喷洒，引进和培养它们的天敌，搜寻并毁掉它们的卵，用基因改造使它们绝育；用火烧它们，用水淹它们，每个家庭都有对付它们的灭害灵，每个办公桌下都有像苍蝇拍这种击杀它们的武器……这场漫长的战争伴随着整个人类文明，现在仍然胜负未定，虫子并没有被灭绝，它们照样傲行于天地之间，它们的数量也并不比人类出现前少。把人类看作虫子的三体人似乎忘记了一个事实：虫子从来就没有被真正战胜过。

太阳被一小片黑云遮住了，在大地上投下一团移动的阴影。这不是普遍的云，是刚刚到来的一大群蝗虫，它们很快开始在附近的田野上降落，三个人沐浴在生命的暴雨之中，感受着地球生命的尊严。丁仪和汪淼把手中拎着的两瓶酒徐徐洒到脚下的华北平原上，这是敬虫子的。

“大史，谢谢你。”汪淼向大史伸出手去。

“我也谢谢你。”丁仪握住了大史的另一只手。

“我们快回去吧，有好多工作要做呢。”汪淼说。

尾 声

遗 址

谁也不相信叶文洁能够凭着自己的体力再次登上雷达峰，但她最后还是做到了，一路上没有让别人搀扶，只是在山腰间已经废弃的岗亭中休息了两次。她在毫不怜惜地消耗着自己已不可再生的生命力。

得知三体文明的真相后，叶文洁沉默了，很少说话，她只提了一个要求：想回红岸基地遗址看看。

当一行人登上山时，雷达峰的峰顶刚刚探出云层，在阴霾的雾气中行走了一天，现在一下子看到了在西天灿烂照耀着的太阳和湛蓝的晴空，真像登入另一个世界。

从峰顶上极目望去，云海在阳光下一片银白，那起伏的形状，仿佛是云下的大兴安岭某种形而上的抽象再现。

人们想象中的废墟并不存在，基地被拆除得十分彻底，峰顶只剩下一片荒草，地基和道路都被掩于其下，看上去只是一片荒野，红岸的一切仿佛从未发生过。

但叶文洁很快发现了一处遗迹，她走到一块高大的岩石边，拨开上面丛生的藤蔓，露出了斑驳的铁锈，其他人这才发现“岩石”原来是一个巨大的金属基座。

“这是天线的基座。”叶文洁说。地球文明被外星世界听到的第一声呼唤，就是通过这个基座上的天线发向太阳，再由太阳放大后向整个宇宙转发的。

人们在基座旁发现了一块小小的石碑，它几乎完全被野草埋没，上书：

红岸基地原址

（1968—1987）

中国科学院

1989.03.21

碑是那么小，与其说是为了纪念，更像是为了忘却。

叶文洁走到悬崖边，她曾在这里亲手结束了两个军人的生命。她并没有像其他同行的人那样眺望云海，而是把目光集中到一个方向，在那一片云层下面，有一个叫齐家屯的小村庄……

叶文洁的心脏艰难地跳动着，像一根即将断裂的琴弦，黑雾开始在她的眼前漫涌，她用尽生命的最后能量坚持着，在一切都没入永恒的黑暗之前，她想再看一次红岸基地的日落。

在西方的天际，正在云海中下沉的夕阳仿佛被融化了，太阳的血在云海和天空中弥漫开来，映现出一大片壮丽的血红。

“这是人类的落日……”叶文洁轻轻地说。

后　记

如果存在外星文明，那么宇宙中有共同的道德准则吗？往小处说，这是科幻迷们很感兴趣的一个问题；往大处说，它可能关乎人类文明的生死存亡。

20世纪80年代的国内科幻作家们是倾向于肯定的回答的，那时的科幻小说中，外星人都以慈眉善目的形象出现，以天父般的仁慈和宽容，指引着人类这群迷途的羔羊。金涛的《月光岛》中，外星人抚慰着人类受伤的心灵；童恩正的《遥远的爱》中，人类与外星人的爱情凄美而壮丽；郑文光的《地球镜像》中，人类道德的低下，甚至把技术水平高出几个数量级但却怀有菩萨心肠的外星文明吓跑了！

但是，“人之初，性本善”之说在人类世界都很可疑，放之宇宙更不可能皆准。

要回答宇宙道德的问题，只有通过科学的理性思维才能让人信服。

这里我们能很自然地想到，可以通过人类世界各种不同文明的演化史来同宇宙大文明系统进行类比，但前者的研究也是十分困难的，有太多的无法定量的因素纠结在一起。相比之下，对宇宙间各文明关系的研究却有可能更定量更数学化一些，因为星际间遥远的距离使各个文明点状化了，就像在体育场的最后一排看足球，球员本身的复杂技术动作已经被距离隐去，球场上出现的只是由二十三个点构成的不断变化的矩阵（有一个特殊的点是球，球类比赛中只有足球赛能呈现出如此清晰的数学结构，这也可能是这项运动的魅力之一）。

我曾经陷入宇宙文明点状化的这种思维游戏中不可自拔，20世纪90年代初，为打发时间，我常常编些无聊但自觉有趣的软件，现在网上重新流行的“电子诗人”就是那时的产物。那个时期，我还编过一个宇宙点状文明体系总体状态的模拟软件，将宇宙间的智慧文明简化为点，每个点只具有描述该文明基本特征的十几个简单参数，然后将文明的数量设置得十分巨大，在软件中模拟这个体系的整体演化过程。为此，我请教了一位可敬的学者，他是研究电网理论的，是建立数学模型的高手，算不上科幻迷，但也是爱好者，他对我那个错误百出的模型进行了修正。软件运行时，最多的一次曾在十万光年半径内设定了三十万个文明，这个用现在看来很简陋的Turbo C 编的程序在286机上运行了几个小时，结果很有趣。当然，我只是个工程师，没有能力进行这样级别的研究，只是一个科幻迷玩玩儿而已，从科学角度讲得出的结果肯定没什么意义，但从科幻角度讲却极有价值，因为那些结果所展示的宇宙间点状文明的演化图景，不管正确与否，其诡异程度是很难凭空想出来的。

我认为零道德的宇宙文明完全可能存在，有道德的人类文明如何在这样一个宇宙中生存？这就是我写“地球往事”的初衷。

当然，《三体》并没有揭示那个宇宙文明的图景，其中的两大文明自己也没有意识到这个图景，只是揭开了其面纱的一角。比如，既然距我们最近的恒星都有智慧文明，那这个宇宙一定是十分拥挤的，可为什么它看起来却如此空旷？但愿有机会在“地球往事”的第二部中继续描述。

那个将在“地球往事”中渐渐展开的图景，肯定会让敬畏心中道德的读者不舒服，但只是科幻而已，不必当真。

从《三体》连载中得知，国内科幻读者喜欢描述宇宙终极图景的科幻小说，这多少让人感到有些意外。我是从20世纪80年代的科幻高潮中过来的，个人认为那时的作家们创造了真正的、以后再也没有成规模出现过的中国式科幻，这种科幻最显著的特点就是完全技术细节化，没有形而上的影子。而现在的科幻迷们已经打开了天眼，用思想拥抱整个宇宙了。这也对科幻小说作者提出了更高的要求，很遗憾《三体》不是这样的“终极科幻小说”。创作《2001：太空漫游》式的科幻是很难的，特别是长篇，很容易成为既无小说的生动、又无科普的正确、更无论文的严谨的一堆空架子，笔者对此还没有信心。

哦，这个设想中的系列叫“地球往事”，没有太多的意思，科幻与其他幻想文学的区别就在于它与真实还牵着一根细线，这就使它成为现代神话而不是童话（古代神话在当时的读者心中是真实的）。所以我一直认为，好看的科幻小说应该是把最空灵最疯狂的想象写得像新闻报道一般真实。往事的回忆总是真实的，自己希望把小说写得像是历史学家对过去的真实记叙，但能不能做到，就是另一回事了。

设想中“地球往事”的下一部暂名为《黑暗森林》，取自20世纪80年代流行过的一句话:“城市就是森林,每一个男人都是猎手,每一个女人都是陷阱。”

哦,最后说的当然是最重要的:谢谢大家!